오로라와 춤을

정 다 경 장편소설

오 로 라
와 춤 을

다산글방

1장

우리는 마음속에서
누군가를 사랑하고 싶어한다

나와 인생을 같이 가고 있는 그미

정령(精靈)이 내 마음속에서 애가 타도록 기다리는 그미는 - 이상형(Idealtypus)이란 정령의 다른 이름이라 할 수도 있다 - 현실에 있을까, 아니면 지나가 버린 누구인데 내가 이미 떠나간 줄 모르고 있는 걸까?

항상 내 마음 한구석에서 물음표로 남아 나를 번거롭게 하는 그미는 실제로 존재하는 모습과 형상이 있을까, 누구일까?

어느 날 새벽에 한기를 느껴 눈을 떠 보았다. 억겁의 고독을 품고 있는 깊은 산속에 어둠이 짙게 드리우는 산장에 늦가을의 여명이 창안으로 스며들어 왔다. 언젠가 떠나갔나 싶을 만큼 기억이 아련하게 가뭇한 그미의 실루엣이 눈앞에 아지랑이 가운데서 슬며시 나타나 내 옆자리에 살포시 앉아 나를 휘감듯 감싸고 있었다.

안갯속을 속절없이 헤매듯 손을 휘저어 잡아보려 텅 빈 공간 속에서 허우적거리고 있는 나는 외로이 무언가를 골똘히 생각하며 침상 한 모서리를 지키고 모습으로 침잠해 들었다. 그리고 그림자라 할 수 있는 영상은 서서히 멀리 사라지는 듯하였다.

왠지 모르게 쫓아가야만 해야 할 것 같은 그리고 그 잔상이라도 보고 싶어 숨이 턱에 차오를 만큼 달려가 보니 나의 온 가슴이 콩닥거리고 있음을 느낄 수 있었다. 그러는 사이에 내 마음 저 깊은 곳에서 무언가 치솟아 올라오는 듯한 기운이 나의 머리를 치고 지나갔다.

그 순간 나는 그미를 언뜻 볼 수 있었다. 알프스의 산악열차가 초원에 흩뿌려진 듯한 에델바이스가 넘실거리는 아름다운 목장을 지나가는 동안 띄엄띄엄 보이는 산장들에 취하여 잠깐 눈을 붙였던 것 같다.

처음으로 눈을 마주쳤을 때 오가는 전율 비슷한 감동을 맛보았다. 허허로운 들판을 가로질러 마른번개가 들꽃과 푸르른 작은 관목 숲을 번쩍 때리고 지나갔다고 할 만한 짧은 순간이었다고 생각되었다.

저 아래 아득하게 내려다보이는 계곡에서부터 옅은 갈색으로

버무려 놓은 듯한 운무가 피어올랐고, 그 안개 속에서 그미가 홀연히 나타나 미소 짓고 있었다. 나의 온 마음이 쿵 하고 내려앉았고, 설렘 속에 나는 순간 환희를 맛보았다. 오랫동안 찾아 헤매던 그미가 거기에 있었다. 알프스의 어느 산상 침대에서 잠깐 눈을 붙이며 몽상 속에서 보고 싶어 염원하였던 그미가 내 앞에 앉아 있었다. 무슨 말을 할 듯 말 듯한 넓은 미소를 지으며 내 곁에 와 있었다.

날이 조금씩 밝아 오는 듯 상큼하게 느껴지던 새벽의 공기도 문득 사라져 버린 듯하였다. 모든 것이 빈 듯한 허전함이 왔고, 눈을 떠 보아야 할 것 같아 창가에 기대어 앉아 있던 몸을 일으키며 '여기가 어디쯤일까?' 하고 둘러보았다.

온 주위가 늦가을 초저녁의 산사처럼 고요하게 착 가라앉아 있었다. 엷은 핑크빛의 로제 와인이 채워져 있는 크리스털의 투명한 와인 잔이 눈앞에 있었다. 한 어둑한 카페의 한쪽 벽을 차지하고 있는 벽난로를 등지고 희미한 조명등 아래에 그미가 앉아 있었다. 무심한 눈길이지만 그윽이 나를 바라보고 있었다. 뜻밖에 찾아온 나그네를 보는 듯한, 반가운 웃음을 띠고 있는 것 같기도 하였다.

또 이 망상을 어이할까나~ 꿈속에서나마 이럴 수도 있다고, 그러한 날이 꿈속에서라도 자주 오기를 갈망하며 이른 새벽에 일어나 앉아 몇 줄 끼적이고 있는 나의 모습이었다. 친구들과 약간은 추울지도 모를 5월의 바다를 기대하면서…. 내 서재의 한기가 웬만하였다.

'모든 사물의 끝은 허공(虛空)인데 그 끝이 허공이 아닌 것이 '꽃'이라고 서정주 시인은 썼다. '두 사람의 생(生) 그 사이에 피어난 벚꽃이어라' 일본의 유명한 하이쿠 시인 바쇼가 19년 만에 만난 고향 친구와 재회하였을 때 지은 시이다. 두 개의 생 사이에 그 둘 사이를 이어 주는 또 하나의 생을 가진 벚나무의 꽃이 만발해 있는 것이다.

이전에 마음을 함께 한 사람을 '삶의 한 부분이며 끝을 의미하며 영원한 삶을' 의미하는 장소에서 다시 만나는 감회를 30여 년의 여정의 끝자락이 되었던 삼성병원 장례식장에서의 재회에서 맛보았다. 그 어떤 인연이 오랜 시간이 지난 후에라도 우리를 잠시지만 다시 한 번 만날 수 있게 해주었다.

그녀의 어머니 장례식장에서 우리는 만났다. 만났다 헤어지기를 여러 차례 하여서 늘 언제 어디선가 인연이 이어지면 또다시 만나 연리지의 몇 굽이처럼 함께 하리라 기대하고는 하였지만 이번에 만나면 그녀는 한국으로 안 돌아오고 해외에서 그녀의 생을 이어가리라 생각되었다.

아버지 어머니 다 돌아가신 이 마당에서 귀국해야 할 절실한 이유가 없었다. 설혹 내가 먼저 세상을 떠난다고 해도 날 보러 안 오리라 생각하지만, 그때 본들 이승은 아니라 별 의미가 없다 할 것이니 이승에서는 이번 만남이 마지막일 거라는 생각이 들었다.

몇 해 전 서울에서 암으로 시한부 선고를 받았던 그녀가 오키나와에서 수술을 받고 신앙의 힘으로 기적적으로 목숨을 다시 이어받았다고 하였다. 그녀는 그 이후 도쿄로 돌아와 정양 생활과 신앙에 깊이 침잠한 생활을 하면서 나를 포함한 속세와 단절된 삶을 스스로 택하였다. 그리고 또 기약 없이 헤어졌다.

그녀가 젊었을 때의 수녀원에서 탈속하면서 떠나 있었던 신앙생활에 깊이 침잠하며 정양 생활을 하고 있다는 소식만 인편을 통하여 알고 있었다. 이미 나와 그녀는 속세에서는 한 공간에 살고 있다고 할 수 없었다.

이번 삼성 장례식장에서의 만남이 아마도 마지막이 될 것이기 때문에 그녀를 떠나보내야겠다고 생각하고 있었다. 그녀를 그냥 떠나보낼 수밖에 없어서 그런지 그 전에 헤어질 때보다 오히려 담담해질 수 있었다. 우리의 사랑도 종착역까지 왔구나 하는 생각이 들며 이 기나긴, 조금은 지루하기도 하였던 여정을 마무리해야겠다고 하는 생각을 하며, 도쿄에서 출발해 방금 장례식장에 도착한 그녀를 만날 마음의 준비를 하였다.

마침 민정과 나 사이에 가교역할을 해 온 조희연 박사도 장례식장에 문상하러 내가 도착한 시간쯤에 와 있었다. 조 박사가 나를 보고 반갑게 인사를 하며 내 옆으로 가까이 왔다.

"선배님 오셨네요. 전화로만 말씀 나누다가 이제야 오랜만에 뵙게 되네요. 언니 몇 년 만에 만나시는 거예요? 한 5~6년 된 것 같은데 반가우시겠어요. 마음이 설레지 않으세요? 두 분은 옆에서 뵈면 꼭 처음 만나시는 분들처럼 예의를 갖추시고는 하던데 반가우면 사랑하는 사이인데 안아주셔도 되잖아요. 그러니 언니도 선배님 만날 때 보면 반갑고 기쁘면서도 내색 못 하고 데면데면하잖아요. 이따가 언니 만나면 가볍게 포옹이라도 해주세요. 언니 긴장해서 장례식장에 도착할 텐데 기분 좀 풀어드리세요. 언니 마음이 매우 침통할 텐데."

조 박사가 나만 들으라고 조용조용 잔소리를 했는데 나는 좀 멋쩍기도 하지만 민정에게는 늘 처음 보는 느낌이 들고는 하였다.

"조 박사 이야기대로 하다가 장례식장에서 쫓겨나면 어떻게 해요? 나 보고 정신 나간 사람이라고 욕할 텐데. 그리고 민정이 나를 밀쳐내면 어떻게 해요? 나는 그 친구한테는 늘 자신이 없어요. 나도 모르겠어" 하며 내가 말꼬리를 흐렸다.

"언니 최근에 건강도 많이 회복되고, 신앙생활에 지쳤는지 그림 다시 그리면서 일본 화단 활동에도 적극적으로 나선대요. 이따가 언니 보시면 놀라실지 몰라요. 언니가 많이 수다스러워져서 통화하다 가끔 마음속으로 놀라기도 해요. 많이 변한 것 같아요. 두 분 이제 다시 연애하시는 것 아닌지 모르겠네."

조 박사가 나를 흘낏 쳐다보며 내 의중을 떠보는 것 같았다.

"건강이 회복됐으면 잘됐네. 그리고 정상적인 활동도 해야 하고. 다행이네요, 걱정되었는데. 내가 보기에 민정에게 신앙생활은 안 맞는 것인데 괜한 고집으로 평생 사서 고생하는 것 같아요. 어머니도 돌아가시고 이제 자기를 잡아 두었던 어떤 틀에서 깨고 나왔으면 하는데. 모르지요, 알아서 하겠지요."

조 박사가 내 말을 잠시 음미하는지 조용히 듣고만 있었다.

"선배님 말이에요. 언니 일본으로 그냥 돌려보내실 거예요? 언니가 많이 변했다고는 하지만 선배님과의 관계는 그대로인 것 같은 느낌을 받았는데, 최근에 언니와 대화 하면서 두 분의 인연이 동아줄보다 더 단단하다는 생각이 들었어요."

"글쎄요. 나는 나와 민정의 인연은 몇 년 전에 끝났다고 생각하고 있는데, 이제야 새삼스럽게 무엇을 다시 시작하고 말고 할 게 없지요."

나 자신은 민정하고 같은 세계에 살고 있다고 생각하지 않았다. 민정과의 인연이 이미 다했다고 생각하고 있었다. 도쿄에서 마지막 만나고 나서 내 나름대로 민정과의 관계는 둘 다 서로 간에 정리되었다고 믿고 있을 수밖에 없었다.

그런데 조 박사로부터 민정의 이야기를 듣고 '다시 연애를 시작' 운운하는 말이 묘하게 내 마음에 신비스럽다 할 이상한 파동을 일으키는 것 같은 느낌이 들었다. 이상하였다. 나 자신이 엉뚱한 망상을 하는 것 같아 마음속으로 머리를 흔들어 내저었다. 있을 수 없는 망상이라며 강하게 내 마음을 부정하였다. '민정은 나와 같은 세계에서 오래전에 떠났다'라고. 그러는 사이에 민정이 장례식장에 도착하였다.

지난날의 첫 만남의 기쁨과 운명 지어진 것 같은 아름다운 추억, 그리고 떨어져 오래 마음속에서 키워 온 꿈을 아파하며, 다시 만나 서로의 살아 있음에서 맛보는 경이로운 재회의 가슴 설레는 짧은 시간의 환희 등을 뒤로하고 우리는 헤어졌고 오랜 시간이 지나 다시 만났으며 또다시 헤어져 오던 길을 각자 다시 가는 하였었다.

그러나 올 때보다 돌아가는 길은 몸과 마음이 모두 홀가분하게 가벼웠고, 아쉬움이 없는 길이었었다. 언젠가 살아가다 보면 또다시 기쁘게 만날 수 있을 것 같은 숙명 비슷한 지나간 세월의 우연에 대한 기대가 이제는 다시 이루어질 수 없을 거라 생각하며 안타까운 마음을 가슴에 묻어둘 수밖에 없었다.

Sacred Heart 언덕 너머에 있던 춘천 봉의산 기슭에서 보슬비 맞으며 마음과 마음으로 숙명으로 이어진 듯한 사랑의 길을 아무것도 모른 체, 나름대로 아름다운 내일의 꿈을 안고 가기 시작하였고, 평생 30여 년간 끊어질 듯 이어 온 조금은 우여곡절이 많았던 긴 여정이었다.

아마도 그 길의 끝은 허공(虛空)이겠지만 의미가 있는 '삶' 그 자체였을지도 모른다고 자위할 수밖에 없는 운명의 길이었다.

2장

질풍노도(STRUM & DRANG)의 시절

낙산 기슭에서의 우리의 청춘

어수선한 사회 분위기가 있었지만, 독일에 광부와 간호사 파견, 월남 파병 등 우리나라도 세계 속으로 조금씩 들어가고 있어 변화에 대한 욕구와 희망이 점차 국민들 사이에 퍼지어 가고 있어 나름대로 활력을 찾아가던 시대였다.

1968년 초여름 우리 서울법대 친구들 10여 명과 성심여대 여학생과의 미팅이 춘천에서 있었다. 우리는 드넓게 푸르기만 한 소양호가 내려다보이는 봉의산 숲속에서 젊음의 싱그러움과 화창하기만 한 신록의 계절 5월을 만끽하며 이야기꽃-수다를 떨어대며 여학생들의 환심 사기에 정신이 없었다.

나는 1965년에 낙산 기슭에 있던 초라하게만 보이지만 이름 높은 서울법대에 입학하였다. 우리는 이 시절을 18세기 말 괴테와 실러를 중심으로 독일을 풍미하였던 질풍과 노도의 시대(Strum und Drang)라고 자부하며 꿈을 키우던 대학 생활을 보내기 시작하였다.

대학가를 중심으로 온 나라를 혼돈의 소용돌이에 빠지게 하였던 한-일 회담이 1965년에 마무리되면서 소란스럽고 시끌벅적하던 1학기가 끝나고 2학기에 들어 대학가는 조금씩 불안하기는 하지만 나름대로 안정을 찾게 되고, 사회 분위기도 활력을 찾아가고 있었다.

가난이 사회 곳곳에 스며들어 음울한 시대이기는 하였지만, 변화의 조짐이 모든 분야에서 움트기 시작하면서 자조적인 웃음이 사라져 가고 있고, 무언가 희망을 찾아가고 있는 분위기가 잉태되어 있었다. 기성세대에서는 이러한 흐름에 맞추듯이 젊은이들을 관대하게 대해 주고 대학생들에게 보다 잘사는 사회가 되도록 일정한 역할을 기대하였던 시절이기도 하였다.

대학 생활의 열정과 분방함이 여기저기 대학가에 나타나기도 하며 우스개를 만들고 철없는 행위로 주위의 실소를 자아내기도 하였던, 엉성한 대로 대학의 낭만이라는 단어가 사람들 사이에서 용서와 이해의 마음으로 자리 잡아 가고 있었다.

이른바 어설프나마 '마로니에의 낭만'이라는 로맨티시즘과 '질풍노도'의 시대가 들불처럼 대학가에 번져 나가고 있었다.

1968년 초여름에 우리 친구들이 멀고 먼(그 당시에는 왕복 하루거리) 춘천까지 진출하게 되었던 것이 이 시절의 선물이었던 것 같다.

'대학 생활의 낭만'이라는 미명 아래 온갖 탈선행위를 하는 것이 대학생의 특권인 양 착각하기도 하고, 사회의 어두움 때문에 절망하고 카바이드 막걸리 한잔에 울분을 터트리기도 하였다. 그러나 그런대로 안정되지는 않았지만 대학가는 생동감을 조금씩 찾아가고 있었다.

이 시대에 서울법대는 야망과 좌절, 현실에의 부적응, 고시에 대한 강박관념, 이상한 데카당스한 학내분위기 등으로 혼돈의 나날을 대부분의 학생들이 강의실에서 도서관에서, 산사에서 그리고 거리에서 보낼 수밖에 없는 분위기가 만연해 있기도 하였다.

나는 대학에 들어오자마자 친구들과의 각종 모임 미팅 교섭, 야유회 주선 등을 도맡다시피 하여 친구들을 즐겁게 해주었던 것 같다. 나는 생존과 유리되어 이념화되어가고 있는 운동권에 대하여는 별로 뜻을 같이할 수 없었다.

집안 형편이 너무 어려워 생계가 더 중요하였다. 아르바이트하면서 집안 생활비도 도와야 했고 공허한 구호나 잘 알지도 못하는 사회문제에 대해서 부화뇌동하는 것이 내 성격상 맞지 않았다.

해방 전후에 사회주의가 큰 조류일 때도 이를 이끈 부류는 생활 걱정이 없는 지주의 자제 또는 일본 유학을 할 정도의 여유가 있는, 이른바 인텔리겐차(intelligentsia)라고 생각했다. 그들은 생존의 의미와 세계의 흐름을 외면하는 우를 자주 범하였는데 나는 그런 것을 가진 자의 유희로 느꼈었다.

청운의 꿈을 품고 들어갔던 대학 시절을 우리는 가출 소년들처럼 산과 바다와 술집, 여대 앞에 다방으로 몰려다니며 꿈속을 살 듯 보내다 4학년이 되었다. 유감없이 놀았던 것 같았다. 이제는 더 이상 노는 데 정신을 팔리면 안 될 시점에 이르렀다.

다 같이 마음잡고 공부하자는 단합대회를 이른 봄 대천해수욕장으로 갔다. 소주와 막걸리랑 술을 거나하게 마신 후에 달의 정기를 받겠다며 차가운 바닷물에 뛰어들어 수영하겠다는 객기를 부리기도 하고, 대천에서 돌아오는 기차 안에 비치된 소주를 동나게 하기도 하였다.

대학 시절을 생각하면, 우선 경찰서 유치장이 떠오른다. 유치장 하면 학생운동을 했겠거니 생각하기 쉽지만 사실 대학 시절은 한일협정반대 이후 이렇다 할 이슈가 없었다. 한국비료의 사카린 밀수사건이 유일한 이슈였다.

우리가 유치장을 드나든 건 그저 통행금지 때문이었다. 당시 교정이 있던 혜화동에서 돈암동까지 전차가 다녔다. 도서관에서 공부하기 지루하고 싫어지면 통행금지 시간이 임박해 막걸리 한 잔 친구들과 걸친 다음 전찻길로 나가 어깨동무를 하고 혜화 파출소까지 걸어갔다.

그 앞에 일렬로 서서 통행금지 자체가 위헌이 아니냐고 떠들면서 항의했다. 그러면 동대문서 유치장으로 끌려가 그날 밤을 보내야 했다. 갈 곳도 마땅찮았으니 그럭저럭 하룻밤을 보낸다고 조바심낼 사람은 없었다.

"아니 왜 이렇게 공부를 열심히 하는 겁니까? 공부하더라도 통행금지 시간을 지켜야 하지요."

다음 날 아침이 되면 담당 형사가 나타나 유치장 앞에서 호통도 훈계도 아닌 으름장을 놓으면서 우리를 내보내 주었다. 그러면서 선배들이 해장국 집에서 기다린다고 귀띔을 주곤 하였다. 당시에 대학가의 협객으로 자부하던 운동권의 선배들이 후배들의 지친 빈속을 풀어주기 위해 출동하였다고 해도 무방한, 정이 오가는 자리었다.

당시에는 그게 다 법대생이라고 대우해 준 것으로 생각했다. 사회 분위기가 너무 어려워 대학생들에 대하여 비교적 기대가 많았기에 사회가 관대함을 베풀어 준 게 아닌가 싶다.

그렇다고 대학에 입학했다고 해서 생활이 달라진 건 없었다. 당시 서울대학교에서 가장 가난한 학과로 사대, 농대, 법대를 꼽았다. 대부분 아르바이트로 가정교사 생활을 하였고, 경우에 따라서는 집안 생활비를 마련하고, 동생들 학비도 대야 하는 학생들도 많았다.

끼니를 항상 학교 학생회관의 서클룸에서 라면으로 때우는 친구들도 있었다. 1963년 삼양라면이 일본의 기술제휴로 라면을 처음 생산하여 10원씩에 팔았다. 그것이라도 있었으니 망정이지 그나마도 없어 배를 곯는 경우도 많았다. 커피값은 20원쯤 되었다.

그즈음 라면이 처음 일본과의 기술제휴로 삼양 라면이 처음 발매되면서, 정부의 분식장려운동과 어우러져 우리나라의 대학가

외식문화의 씨를 뿌려가기도 하였다. 여전히 고기는 비싸서 사 먹기 어려워 돼지비계가 대부분인 빈대떡, 두부곱창찌게 등을 가뭄에 콩 나듯이 얻어먹을 수 있었다. '청진동해장국'이나 '이문설농탕'의 메뉴는 학생들이 사 먹기에는 비싼 음식이었다.

아르바이트 월급 받는 날이면 친구들끼리 갹출하여 막 배갈(싸구려 고량주) 한 병에 군만두를 시켜놓고 치열한 토론을 일삼기도 하였다. 탕수육은 너무 고급요리로 엄두가 나지 않아 친구들은 외면하였다. 그나마 한 달에 한 번 정도 기회가 있을 둥 말 둥 하였다.

술은 카바이드로 밀가루를 발효시켜 만든 카바이드 막걸리, 됫병에 든 막소주가 주류를 이루었고, 도라지 위스키가 다방에서 위스키 티(윗티)로 팔리곤 하였다. 60년대 말에 들어서야 대학가에 생맥주가 처음 등장했어도 용돈이 부족했던 대학생 대부분에게는 그림의 떡이었다.

통기타도 이때 대학가에 처음 등장하기 시작하여 재즈를 중심으로 한 팝송의 시대가 도래하게 되었다. 그때까지는 정(情)이 넘치고 한(恨)이 맺힌 이른바 트로트가 주류였다.

'쎄시봉'이라는 음악감상실 등에서 통기타 부대가 무대에서 처음 기량을 겨루는 정도였다. 극히 일부 학생들만이 음악감상실에서 조영남이나 송창식이 불러주는 팝송에 심취하곤 하였다. 조영남이 '딜라일라'를 불러 하룻밤 사이에 팝송 계의 스타로 혜성같이 나타났고, 이어서 송창식, 김세환, 이장희 등의 이름이 대학가에서 가끔 회자되곤 하였다. TV가 없던 시절이라 라디오를 통해서만이 대중음악에 접근할 수 있었기 때문에 대부분 입소문으로 대학가에 번져 나가는 수준이었다.

그래도 대학가에서는 독일 낭만주의와 마로니에를 주제로 한 샹송 등이 고전적인 유럽의 문화를 맛보게 해주는 정도였다. 특히 우리나라는 헌법부터 독일 바이마르 헌법에서 시작하여 민법 등 독·불의 대륙법 체계를 일본으로부터 전수받았기에 독일 대학의 로맨틱한 분위기가 있었다.

괴테의 '젊은 베르테르의 슬픔', 헤르만 헤세의 '데미안', 루이제 린저의 '생의 한 가운데', 전혜린의 '그리고 아무 말도 하지 않았다' 등이 대학가에 광범위하게 독서 분위기를 이끌면서 대학가에 이른바 독일의 19세기 문학운동의 하나인 '질풍과 노도의 시대'가 개막되었고, 불란서의 실존주의 철학자인 사르트르와 마담 보바리의 사랑이 부러움의 대상이 되었다.

6.25 전후의 암담하고 절망적인 황폐한 사회 분위기가 조금씩

낭만이라는 이름으로 자리를 잡아가고 있었다. 유행의 중심지인 명동에서는 목로주점 '은성'을 중심으로 문인과 예술인들이 어우러져 대중문화의 꽃을 피우는 밑거름이 되었다.

명동백작 박인환, 공초 오상순, 천재적인 기인이자 시인인 김관식, 김수영 이러한 작가들과 시인 등이 명동의 대중문화를 이끌고 있었다. 명동을 중심으로 경양식장이 들어서고 'OB캐빈' 같은 고급 경양식장도 그쯤 문을 열었다. 밀가루 반죽이라 할 만한 돈가스나 함박스텍(햄버그 스테이크)이 데이트의 고급 메뉴로 등장하였다.

한편으로는 60년대 후반의 대학가는 혼란 속에서나마 대학 본연의 분위기인 자유와 낭만 그리고 공부하려는 모습이 대학도서관을 중심으로 눈에 띄게 늘어나면서 안정을 되찾아가고 있었다.

물론 그렇다 해서 사회를 외면하고 대학에 안주하며 연구와 토론만 하는 것은 아니고, 사회에서 야기되고 있는 여러 가지 문제에 대한 치열한 토론과 국지적이나마 정부에 대한 반항은 이어져 가고 있기도 하였다.

장준하의 '사상계'를 중심으로 사회 이슈에 대한 치열한 논쟁과 토론 그리고 정치적 화두를 던져주고 이른바 독일과 불란서를 중심으로 한 인텔리겐차의 지적 담론이 활발하게 오가며 암울하던 절망적인 전후에 혼란을 조금씩 극복해가는 시기였다. 시인 고 김지하의 '五賊(오적)'이라는 시사성 짙은 시가 학생들과 지식인들을 격동시키게 하기도 하였다.

우리나라 운동권의 비조라 할 수 있는 서울대 정치학과 중심의 '민족주의 비교연구회', 법대의 '동숭학회' 등이 만들어져 활발한 활동을 하면서 오늘날의 386세대나 586세대의 토대를 만들어 주었다. 나중에 인권변호사로 유명했던 조영래나 김근태, 손학규도 당시 이곳 운동권 선배들과 어울리면서 젊은 날의 꿈을 키워가고 있었다.

가난과 싸우며, 사회의 부조리에 울분을 터뜨리고, 앞날에 대한 불안과 좌절 속에서 한편으로는 여학생과의 '재건데이트(돈이 없어 걸어 다니며 사랑을 속삭이는)'도 하면서 젊은 날의 꿈을 키워나가던 시절이 60년대 중반기였다.

그때 나는 방황 속에서도 한 줄기 빛을 그리고 꿈을 호반의 도시 춘천 봉의산에서, 공지천에서, 삼악산에서 찾아내었다. 나의 길고 긴 고달픈 사랑의 여정이 이렇게 해서 1968년부터 소양호의 청정한 기운을 가득 품고 있던 성심여대 교정에서 시작이 되었다.

이러한 대학가의 분위기 속에서 법대에는 사랑을 빙자한 로맨티시즘의 분위기가 학생들 사이에서 퍼져 나가고 있었다. 낙산다방이나 학림다방에서 클래식 음악에 심취하거나, 대궁다방의 미녀로 소문이 난 레지 아가씨에게 혼이 나가 법학서를 끼고 앉아 여름방학 내내 사랑의 나래를 피어보려고 하는 순수 그 자체인 친구도 있었다.

결국 이를 눈치챈 미담이 이루어질 수 없는 사랑으로 그 청순한 처녀만 상처를 입게 된다고 설득하다가 안 되니까 그녀를 지방 먼 곳으로 보내는 바람에 대학가에 집단 실연의 상흔이 남기도 하였다.

독일의 괴테와 실러가 주도하던 질풍과 노도의 바람이 이백 년 후에 낙산 대학가에서 풍미하고 있었다. 실제로 고시에 합격하고 해군 간부후보생으로 진해에 가서 훈련받을 때 사귄 다방 레지와 로맨스를 벌이고 결혼까지 해 유명인사로 출세한 어느 변호사와 같은 로맨스가 법대생들의 동경의 대상이 되기도 하였다.

우리는 가난하면서도 가난을 그렇게 불편하게 생각하지 않았고, 가난하다고 자신을 한탄하지도 않았다. 순수 그 자체를 추구하였고, 순수한 사랑에 목매는 것을 자부심으로 간직하였고 부러워하였다. 순수의 열정이 충만한 시절이었다.

전화가 없어 불편해하지도 않았다. 사랑하고 있는 여학생의 편지를 애타게 기다리며 마음속 사랑을 키우고, 사랑의 연서를 배달해 주시는 우체국 집배원 아저씨가 몹시도 고마워 장인 모시듯 더운 한여름에는 동네 막걸리 집에서 냉 막걸리 한 사발을 대접하기도 하던 시절이었다.

우리들은 신앙에서도 매우 진지하고 열성적으로 임하였다. 종로5가에 대학생 선교회(UBF) 본부가 있었는데 친구들과 열심히 다니기도 하고, 고시 공부하러 절에 많이 갈 기회가 있어 불교에 심취한 친구들도 꽤 있었다. 외무고시 합격한 친구 중에는 면접시험에서 해외에 가서 선교 활동을 하기 위해서 지망했다고 대답하는 바람에 낙방할 뻔하기도 하였다. 결국 이 친구는 외교관 생활을 마치고 목사가 되어 본인이 원하던 선교 활동을 캐나다에서 하고 있기도 하다.

종로5가의 막걸리 홀도 다니고 종로3가 향락가를 배회하며 대학 생활에서 오는 압박감과 미래에 대한 불안감을 해소해 가기도 할 때였다. 이때 순수 그 자체라 할 소녀를 내가 만나게 되면서 우리의 아름답지만 고달프고 괴로운 여정이 시작되었던 것이다.

첫사랑의 성지, 춘천 성심여대(Sacred Heart)

당시 성심여대는 1964년에 성심학원에서 설립하였고, 춘천시 옥천 등에서 개교한 성심수도회 산하에 대학으로 그 후에 가톨릭 대학으로 흡수 통합된 천주교 계통의 학교였다.

학장이나 교수들이 수녀와 신부가 많이 있어 유럽의 어느 귀족 학교 같은 분위기였다. 서울에서 경기, 이화, 숙명 등 명문여고 출신들 중 가정이 부유하고 신앙심이 비교적 돈독한 집안 출신이 주류를 이루고 있었다. 박근혜 전 대통령이 다닌 성심여고와 같은 계열의 여자대학이었다.

서울에서 멀리 떨어진 지방인 춘천에 있어 조금 일반 사회와 격리된 듯한 학교 분위기로 전원 기숙사 생활을 하였다. 문학소녀나 수녀가 되고 싶거나 하는 소녀들의 취향에 맞는 학교라 가끔 염세적인 학생들이 사고를 치기도 하는 독특한 분위기의 상류층

대학이었다고 우리는 생각했다.

호수와 소양강으로 둘러싸인 호반의 도시 춘천의 분위기에 어울리는 대학이었다. 조용하고 정갈하면서 수녀원 분위기를 조금은 풍기는 아담한 대학이었다. 거기다 전원 기숙사 생활을 하는 여자대학이라 남학생들 사이에서는 다소 신비스럽고, 가까이하기에는 거리가 있는 그런 대학이지만 호기심을 유발하기에 충분하였다.

친구 여동생의 혼사가 춘천에 있어 결혼식에 초대를 받은 우리 악동들은 성심여대생과 미팅을 주선하여 준다는 약속을 받고 춘천행을 하였다. 그렇지 않아도 대학교 4학년의 강박관념 속에서 지루하게 학교생활을 보내던 우리에게는 청량수 같이 반기는 기회였다.

서울에 있는 이대나 숙대 등의 여대생들에게서 진력도 나고, 우리는 신입생처럼 들떠서 호반의 도시로 갔다. 기차가 청평역을 지나고부터는 옆으로 북한강을 끼고 계속 달려가는 환상적인 기차여행이었다. 마치 유럽의 독일 라인강이나 모젤강 또는 다뉴브강 기슭을 연상시키는, 아름다운 풍경이 우리를 더욱 기대에 부풀게 하였다.

춘천시 가까운 외곽에 있는 야트막한 동산이라 할 수 있는 봉의산에서 서울법대생과 성심여대생 간에 최초의 미팅이 이루어졌다고 소문이 나 있다는 것은 나중에 알게 되었지만, 춘천에서는 흥미로운 대학가의 조그만 사건이었던 모양이다. 서울의 대학가까지 소문나 우리는 조금 우쭐해지기도 하였다.

화창한 5월의 청량하기 그지없는 신록의 숲속에서 나는 여러 여학생 중 Y라는 성심여대 신입생(프레시맨)과 파트너가 되었다. 서울의 명문 여고 중 하나인 E여고를 나왔다고 하는 그야말로 앳된 소녀였다.

대학 생활 내내 미팅을 많이 주선하여 보고, 많은 파트너를 만나기도 하였지만, 첫인상이 그날은 많이 다름을 느끼었다. 아주 투명하고, 볼에 연한 복숭아색이 비치는 듯한 깨끗하고 순수한 얼굴이었다. 미인이라기보다는 수녀를 연상시키는 듯한 맑고 정갈하고 반듯한 얼굴에 짙은 감색의 안경테를 걸치고 있는 안경잡이 소녀였다.

대학 생활 내내 많은 여학생을 만나보았지만 그렇게 맑은 얼굴은 처음 보는 것 같았다. 유복한 가정의 막내딸처럼 약간의 장난기도 숨기고 있는 듯한 맑고 깨끗한 용모라고 표현할 수밖에 없었다.

약간 갸름한 얼굴이라 오드리 헵번의 헤어스타일이 어울릴 것 같은 분위기를 가지고 있었지만 그날은 고등학교를 졸업한 지 얼마 안 된 예비 숙녀라 그런지 약간 길게 기른 단발머리 스타일이었다. 옅은 네이비블루 색의 면직물 원피스를 입고 있어 수수하면서도 대학교 1학년생다운 깔끔하고 상큼한 느낌이 났다.

게임 중에 서로 손을 잡고 하는 놀이가 있었는데 내 손을 잡기 전에 연분홍 손수건을 백에서 꺼내 자신의 손을 감고 나서야 나에게 손을 내밀어 그 상태로 나는 맨손으로 손수건이 떨어질까 봐 조심스럽게 잡을 수밖에 없었다. 나중에 들은 이야기지만 처음 잡아보는 남학생의 손이라 당황하여 그러한 어색한 행동을 하였다고는 하지만 약간의 결벽증이 있는 여학생 같았다.

낙산 기슭에서 꿈을 키우며

60년대 말 우리가 대학에 들어가니 법대에는 서울대 내 단과 대학과 유별나게 다른 학교 분위기가 있었다.

수업이 시작되는 1학년 첫 학기에 교수님이 들어오셔서 "대학은 고등학교와 달라 혼자서 연구하면서 공부를 하는 곳이지 교수가 일일이 가르침을 주는 곳이 아니니 학생 여러분 스스로가 알아서 공부에 전념하면서 인텔리로 거듭나는 훈련을 하여야 한다"며 몇 가지 기본 텍스트를 소개하고 시험은 학기 말에 한 번 시행하며 출석은 자율에 맡긴다고 하였다.

어쩌면 오늘 개강하였으니 학기말시험을 앞두고 종강 때나 만나게 될지도 모른다며 대학 생활 충실하게 하여 이 나라 지도자의 길을 갈 준비를 하라고 한껏 추켜세우고 첫 시간을 마치고 강의실을 표표히 떠났다. 그다음 다른 과목 시간도 마찬가지였다.

타 대학에서 출강하는 교양 과목 교수들은 좀 더 성실하고 진지하게 자신의 과목을 소개하고 교과 일정을 소개하였지만 시험과 출석은 전공 교수님들과 똑같았다. 교수들은 '아카데미세 휘어테(Academishe Vierte)'라고 하여 15분 늦게 들어와 강의를 시작하고 15분 일찍 강의를 마치는 독일과 일본의 대학가 유행을 따라하는 것이라 하였다. 법대 응원가에 오늘 휴강 내일 종강이라는 가사가 딱 맞는 분위기였다.

이런 분위기여서 선배들의 행태를 눈여겨보며 알아서 처신하고 공부하는 수밖에 없었다. 법대의 대부분 전공 교수들은 동경제대와 경성제대를 나오신 분들이고 서울대 출신은 전임강사와 신참 조교수 몇 분 정도로, 모두 사제지간으로 연결되어 있었다.

그 권위란 가히 한국의 최고 지성이었다. 사회의 주요 이슈에 대한 서울법대 교수의 코멘트는 영향력이 대단하였다. 법대는 주로 고시에 합격해야 자기의 대학 생활이 마쳐지는 것이라고 학생들 대부분이 생각하고 있었다. 행정고시, 사법고시 등이 있었고 외무고시는 4학년 말에 가서나 부활이 되었다.

합격을 하려면 2차 시험에서 평균 60점은 넘겨야 하는데 수석이 61~62점이니 자린고비보다 더 지독한 채점과 합격 기준이었다. 어느 해인가는 사법고시 2차 합격자가 수만 명 응시자 가운데 5명이었던 해도 있었다. 보통 사법고시나 행정 고시는 20~30명 정도 1년에 합격시키기 때문에 불합격하면 1년을 또 기다려야 응시할 기회가 생겼다.

남학생들은 일반적으로 대학에 입학하면 병역 문제에 직면하게 된다. 헌법상 국방의 의무가 있으니 군에 가기 전에 시험에 합격하여야 했다. 보통 서울대는 재수하여 입학하는 학생이 절반 이상이기 때문에 군에 입대를 어떤 형식으로 하느냐가 초미의 관심사였다.

법대는 사법고시나 행정고시에 합격하면 장교로 갈 수 있기에 군 입대 전에 고시에 합격해야 하는 절박감이 대학 생활 내내 짓누르고 있다. 고시 합격자 수는 상상 이상으로 적고, 병역 문제는 코앞에 있고, 또 연애도 하였으니 여학생과의 장래 문제도 생각해야 하고 입학할 때만 좋았지 4년 내내 이러한 압박감 속에서 대학 생활을 한다.

가끔 비정상적인 탈선행위로 사회의 눈총을 받고, 어리석은 행동으로 주위 사람을 실소케 하기도 하는 희극적인 일이 자주 일어났지만, 대학 생활의 낭만으로 미화하여 대충 눈감아 주는 게 그 당시 사회 분위기였다.

한번은 우리 한 학년 위 선배들이 졸업앨범 사진을 찍는다고 태릉의 배밭으로 놀러 간 일이 있었다. 사진을 찍고 나서 막걸리에 거나하게 취한 한 학생의 충동질로 젊은 혈기를 못 이겨 서울 여대 기숙사로 쳐들어간 선배들로 인해 인근 육사 헌병대가 출동하는 소동이 벌어지기도 했다.

매년 학기 초가 되면 신입생들을 위한 여대생들과의 미팅이 있기 마련인데 여기서 인기 좋은 여대생을 두고 학과끼리 쟁탈전을 벌이기도 하였다. 법대와 이대 영문과가 첫 번째로 미팅하는 것이 관례로 몇 년 동안 이어져 왔는데, 한번은 이대 영문과에서 이 약속을 파기하고 커트라인이 가장 높았던 서울공대 화공과와 미팅을 했다.

이에 법대생들이 서울대 교수회관에서 하는 미팅 장소를 쳐들어가 아수라장을 만들고, 교지인 '대학신문'에 '서울대에 무법자 출현'이라는 기사가 뜨는 어이없는 해프닝이 벌어지며 법대생들은 비정상적이라는 오명을 안겨 주기도 했다.

청춘의 낭만을 태우고 - 경춘선과 성동역

춘천에서 서울 성동역까지 오가는 경춘선은 60년대 당시에 서
울 외곽을 도는 교외선과 함께 청춘남녀의 데이트 코스로 자주 이
용되었던 운치 있는 길이었다. 춘천에서 열차를 타고 출발하여 강
촌을 지나면서 구곡폭포나 삼악산 등선폭포를 둘러보고 청평까지
오는 코스는 보기 드문 절경이었다. 춘천 소양호로부터 내려오는
물길은 소양강에 이어 북한강을 철로 변으로 끼고 1시간가량 계
속 차창 밖으로 이어진다.

독일의 대평원을 가로지르는 라인강의 지류인 모젤강의 양안
에는 경사진 기슭을 따라 포도밭이 펼쳐진다. 위에서 내려다보는
모젤강의 풍경은 한 폭의 그림이라 할 수 있을 만큼 유명한 경치
다.

그러나 북한강 쪽이나 강을 끼고 계속되는 수려한 산세는 모젤

강변보다 나은 절경이었다. 산자수명(山紫水明)이 무슨 뜻인지 절감케 하며 또한 가평을 지날 때는 남이섬이 운치를 더해 주기도 했다.

요즘은 서울 상봉역에서 춘천까지 청춘열차가 급행으로 오가서 이러한 아름다운 절경을 휙휙 지나며 맛보지만, 60년대 당시 경춘선 완행열차는 서울 성동역에서 청평까지 1시간쯤 걸렸고, 다시 청평부터 춘천까지 한 시간쯤 걸렸다. 풍경은 산간과 강변을 달리는 청평~춘천 구간이 많은 터널과 들판을 지나는 성동역~청평 구간보다 낫다고 할 수 있었다.

보통 춘천의 공지천에 있는 '이디오피아하우스(에티오피아 하우스)'에서는 아프리카에서 이름 높은 커피 향이 실내에 가득 퍼져 싱그럽고 아프리카 특유의 인테리어와 함께 서울에서 맛볼 수 없는 진한 커피를 마시며 젊음을 만끽하는 데이트족이 많이 찾는 명소였다.

에티오피아가 6.25 당시 UN 16개 참전국이었는데 춘천시에서 이를 기념하기 위하여 참전비를 건립했고, 아프리카의 이름난 커피 생산국인 에티오피아 커피를 파는 카페가 공지천에 들어섰다. 이디오피아하우스는 전설적인 여왕, 시바의 나라 에티오피아의 이국적이면서 상징적인 명소가 된 것이다.

서울의 웬만한 찻집보다 더 분위기도 좋다 하여 춘천까지 커피 마시러 원정 가는 명소였는데 요즘도 오래전 옛 시절에 성심여대에서 인연을 맺었던 노신사 숙녀가 가끔 젊음을 회상하는 장소로 남아있다.

우리는 봉의산에서 떠들썩하게 시간을 보내고, 공지천을 둘러본 후에 춘천역으로 돌아와 경춘선을 타고 성동역으로 돌아왔다. 물론 돌아오는 열차 안에서 아름다운 경치와 소주와 막걸리에 흠뻑 취한 우리는 고시 공부라는 각박하고 지루한 도서관에서의 일상을 완전히 잊어버리고, 말도 안 되는 여학생들과의 무용담을 과장해 지껄이며 낄낄대기도 했다.

청평부터 시끌벅적한 분위기가 가라앉고 조용한 것이 이상하여 친구들을 둘러보면 젊은 군상들이 얼굴에는 홍조와 미소를 띠고 코를 골고 있기 일쑤였다. 이렇게 하여 젊은 날의 근사한 하루 이벤트가 성동역에서 마침표를 찍었다.

다시 지루하고 피곤한 도서관 생활로 돌아와 있던 어느 날 도서관 입구에 서울대 '대학신문'이 한 무더기 쌓여있었다. 별 특색이 없고 알맹이도 없는 신문이지만 당시에는 여대생 사이에 인기 있는 품목 리스트에 들어가 있기도 하였다.

언뜻 생각이 들었다. 춘천에서 만났던 해맑은 얼굴의 성심여대 여학생이 갑자기 보고 싶어지는 것이었다. 그동안 어떻게 인연을 맺어볼까 궁리하다가 잊고 있었는데 느닷없이 그 여학생이 내 머리를 툭 치고 순간적으로 지나간 것 같았다.

3장

운명적인 첫사랑을 만나다

대학신문과 첫사랑 - 운명의 끈일까?

그때 그 대학신문을 그 학생에게 보내기로 하고 한 부를 정성 껏 싸서 간단한 메모와 내 주소를 밝혀서 성심여대로 보냈었다. 이 작은 대학신문 때문에 그 여학생과의 인연을 맺어 30여 년을 지루하지만 아름다운 이야기를 시작하게 만들 줄은 그때는 상상 하지 못했다.

이상한 운명의 끈이 만들어지기 시작한 것이었다. 한 달쯤 후 에 처음으로 성심여대로부터 그녀에게서 답장이 왔다. 당시에는 서울에서도 편지를 주고받는데 빨라도 2주일이 걸리곤 하였다. 편지 보내는데 1주일 답신 받는데 1주일, 그 당시는 그랬다.

요즘처럼 휴대폰이 있으리라고는 상상도 못 하던 시절이었다. 부잣집에만 이른바 '백색전화'라는 것이 있었는데 국민주택 한 채 값 정도 되었다. 보통 여대생들은 부유한 가정이라 전화가 있지만, 남학생들 대부분은 상대적으로 가난한 수재들이라 집에 전화가 없었다.

그래서 예전에는 편지를 배달해 주는 우체국은 다방만큼 자주 가는 곳이었고 우체부 아저씨(그 당시에는 집배원이라는 용어 대신에 사용)가 누구보다도 반가운 사람이었다.

여하튼 답신 내용은 '대학신문'이 성심여대 우편함에 있는 것을 여러 학생이 보았고, 본인에게 전달해주는 여학생이 부러움 반 시새움 반으로 툭 전해주면서 프레시맨이 벌써 서울대생으로부터 대학신문을 받았다고 힐난조로 말해서 한편 민망하고 부끄러웠다는 것이었다. 하지만 난생처음 남학생으로부터 받는 편지라 본인은 몸이 구름 위를 떠다니는 것 같았고, 성심여대에서 초짜 바람둥이 소녀로 소문날까 봐 걱정된다는 내용도 예쁜 편지 봉투 안에 소녀다운 글씨로 또박또박 적혀 있었다.

언제 다시 한 번 춘천에 오게 되면 만나고 싶으니 연락을 달라고 하면서 대학신문은 계속 보내주었으면 좋겠다고 하였다. 서울에는 2주에 한 번꼴로 집에 오는데 금요일 오후 5시경에 성동역에 도착하는 열차를 탄다고 하였다.

며칠 후에 나도 답신을 하였다. 서울에 언제 올 계획인지 물어

보면서 내가 춘천에 또 가보고 싶으나 서울에서 한번 만났으면 좋겠다고 하였다. 얼마 후 답신이 왔는데 6월 초 어느 날 서울에 갈 계획이라 하였다. 그날이 되어 나는 성동역으로 가 춘천에서 도착한 그녀를 만났다. 춘천 봉의산에서 처음 만나게 된 이후 한 달이 조금 더 지난 일이기는 하지만 그녀의 이미지와 그때의 분위기가 겹쳐져 와 내 마음을 설레게 하였다.

이슬비가 오락가락하는 산촌의 언덕 너머로는 골짜기에서 쉬지 않고 달려온 듯한 여울이 널리 맴돌며 천친히 굽어 흐르고 있다. 노을이 자작나무 숲에 퍼지며 스르르 다가오는 저녁 어름이다. 자욱하게 피어오르는 운무가 숲속에 듬성듬성 서 있는 떡갈나무의 그림자를 휘어 감듯 살포시 안고 있다.

빗방울은 라일락 꽃 같은 흰 보라의 빛깔을 띠며 낟알처럼 가지가지마다 걸려 으스름하게 숲을 수놓고 있고 낮게 깔려 퍼지는 물안개가 너른 차밭을 가득히 품고 있다. 초부가 땀땀이 일구어 놓은 연초록빛이 한적한 너른 차밭에 영롱한 무지개를 안개 속에 걸어 놓고 있다.

한 선객이 차를 다리며 빙그레 웃으면서 소이부답의 모습을 보였다. 차밭의 한 모퉁이에는 대낮부터 해바라기를 하며 졸아 온 듯한 노스님의 얼굴에 퍼져 있는 웃음이 초저녁의 한기에 잠시 멈추어 있는 듯한 적막감이 돌기도 하고 있다. 이 모든 풍광과 분위기가 찻잔 속에서 슬며시 어우러지며 이곳이 연인들의 쉼터가 될 수 있음을 일깨워 주고 있었다.

나와 그녀가 운명적으로 처음 만나게 된 곳. 춘천 호반이 내려다보이는 봉의산 기슭, 그곳이 오랜 세월 동안 내 마음속에 자리 잡은 우리의 쉼터였음을 오랜 세월이 지난 후에야 알게 되었다.

성동역에 그녀와 같이 성심여대생 몇이 내리고, 우리 둘은 광화문 근처로 이동하여 저녁을 먹었다. 학교에서는 대학신문 사건이라고 하면서 친구들이 신문을 다 돌려 보았다고 하였다. 대학신문을 받는 통에 친구들에게서 놀림을 많이 받았고 부러워하더라는 이야기도 했다. 그녀는 학교에 소문이 나서 큰일이라고 짐짓 엄살떠는 미소를 짓기도 하였다.

춘천에서 볼 때보다 조금 더 성숙해진 것 같았고 여전히 앳되기는 하지만 솜털은 안 보였던 것 같다. 이제 제대로 여대생이 되어 가는 모양이었다. 무어라 할까 풋풋한 싱그러운 과일 향이 그녀 온몸에서 나는 듯하였다. 여전히 볼은 연한 핑크빛의 투명한 살결과 잘 어울려 여인의 향을 풍기는 듯하였다.

대학 입학 후에 미팅도 하고, 여러 여학생을 만나 보기도 하였지만, 여인으로서 이성의 느낌을 받은 것은 그날이 처음인 것으로 기억한다. 조금은 설레기도 하였다. 이제야 여인을 처음으로 대하는 묘한 기분이었다.

그녀가 삼선동에 산다고 하여 집까지 데려다주었다. 가족들이 기다릴 것 같아 저녁만 간단히 먹고 헤어진 것이다. 다음번에는 내가 춘천으로 가보겠다 하고 춘천에서의 데이트 약속을 잡고 손가락 걸기까지 하였다. 그렇지 않고 편지로 연락하면 답신을 받을 때까지 빨라도 2주가 걸리니까 떡 본 김에 제사 지낸다고 데이트 약속도 제대로 잡았던 것이다. 그 이후 어수선하게 학교생활을 보내며 춘천 갈 날을 손꼽아 기다리는 나를 보고 싱겁게 혼자 웃곤 하였다.

이디오피아하우스 - 꽃피우는 사랑

얼마 후에 약속대로 춘천에 가서 그녀를 만났다. 연락을 받고 그녀가 바로 나왔고 약간은 형식적인 면회 절차를 밟았다. 외출 준비를 하고 아침부터 기다렸던 모양이었다. 이 면회 절차가 학교에서 학생들에게 무언의 외출 허가이었고 기숙사에서 생활하는 학생들을 보호하기 위한 절차였던 것 같았다.

서울에 있는 대학들과는 달리 아담하고, 차분히 가라앉아 있는 분위기가 수녀원 부속학교 같은 건물과 호반의 도시 춘천의 분위기와 어우러져 이국적인 기분을 맛볼 수 있었다.

학교에서 나와 공지천으로 가 '이디.오피아하우스'에서 커피를 마셨다. 아침 일찍 서울에서 2시간에 걸려 춘천에 왔더니 약간은 잠이 덜 깬 것 같기도 하고 약간은 어사무사한 기분이 좋았다.

제대로 된 에티오피아 명품 커피 향이 실내를 감쌌고 공지천의 풍광과 매치가 잘 되어 보였다. 커피 맛 역시 일품이었다. 풋내 나는 아리따운 여대생, 호수, 커피 향이 삼위일체가 되어 나를 혼미하게 하였다. 장미 가시에 둘러싸인 성에서 잠자며 깨워지지 않는 공주를 구하러 백마를 타고 온 왕자 같은 기분이 들기도 하였다. 하여튼 감흥이 고조되기도 하였다.

춘천에서의 일정을 마치고 춘천역에서 그녀와 헤어졌다. 영화에서나 가끔 보는 기차 플랫폼에서의 이별 - 잠깐이지만 - 이 로맨틱하게 느껴지기도 하였다. 영화에서처럼 손 흔드는 것이 안 보일 때까지 차창 밖으로 그녀를 보내고, 차창 밖으로 지나는 아름다운 풍광을 보며 그녀가 준비해 준 소주와 오징어를 안주로 홀로 한잔하며 감상에 흠뻑 빠져들었다.

춘천에서 강촌을 거쳐 가평을 거쳐 청평까지 북한강을 끼고 기차가 달리게 되어 있었다. 그 강변의 경치는 절경으로 독일 모젤 강보다 규모나 아기자기한 산세로 보나 훨씬 아름답게 펼쳐졌다.

한 시간 정도 걸리는 춘천역에서 청평역까지 구간에서 차창 밖을 내다보며 스쳐 지나가는 풍경에 그녀의 아름다운 미소 등이 겹쳐 보여 술맛은 말로 표현할 수가 없게 좋았다. 그리고 스르르 잠이 들어 1시간쯤 후에 성동역에 도착해 열차 차장이 흔들어 깨울 때까지 그 나른하고 쾌적한 맛이란 지금도 생생하게 느껴질 때가 간혹 있다. 한마디로 천국 갔다 온 기분이 이럴 것이다.

이날 이후 아르바이트하고 학교 공부하느라 친구들과 쓸데없는 인생 토론이나 하면서 지내던 내 대학 생활이 조금씩 변화가 오기 시작하였다. 모든 것을 그녀와 데이트 하는 것을 최우선 순위로 하고 시간을 쪼개서 춘천으로 가고, 성동역으로 그녀를 마중 나가는 일이 일상이 되어 가고 있었다. 대학 생활 내내 데이트다운 데이트를 처음 하는 여학생과의 만남이라 그런지 늘 기분이 들떠 있었고, 공부에도 집중도가 높아 갔다.

언젠가는 그녀에게 당당히 고시에 합격한 모습을 보여주어야 한다고 생각하니 도서관 한구석을 차지해 책 보는 시간이 늘어나고, 친구들과의 만남이 시시해지는 기분이 들었다. 늘 마음은 그녀에게 가 있어 혼자 싱글대고 있으니까 친구들이 조금 의아한 눈으로 보며 곡절을 알아보려 하였지만 나는 의미심장한 나만의 미소만 띠고 응대를 잘 안 해주었다.

그렇게 보내는 날이 많아지다 보니 내가 졸업반이라는 것도 실감 나기 시작했다. 꽤 늦게 철이 들기 시작한 것이다. 그녀와의 만남이 내가 정상 괘도로 복귀하는 계기가 되었고 생활 자체가 성실해진 것이 법학도의 길에 겨우 들어선 것이라 할 수 있었다.

여름방학을 앞둔 초여름 어느 날 나는 또 춘천에 갔다. 그녀가 서울로 안 올라오고 나를 기다리고 있었다. 초여름의 신록이 둘만의 도시 춘천을 더욱 싱그럽게 하면서 보슬비가 아침부터 추적추적 내리고 있었다.

춘천 봉의산에서 - 우리는 사랑을 사랑했다

 우리는 봉의산에 올라갔다. 그리 높지 않은 구릉지 비슷한 야산이었고, 주변에 공동묘지가 비를 맞으며 을씨년스럽게 여기저기 자리 잡고 있었다. 저 멀리 아래로 소양강의 아름다운 풍광이, 언덕을 감싸듯이 피어오르고 있는 물안개 저편에서 가끔씩 아련히 보이기도 하였다.

 그녀와 같이 우산을 쓰고 걸으니 보슬비 오는 것이 거추장스럽기보다 분위기를 더욱 감미롭게 해주는 것 같았다. 내가 가끔 그녀의 손을 스치듯 잡으면 가만히 있다가도 손에 힘을 조금 쥐어 꼭 잡으면 약간 눈을 흘기는 듯하며 슬며시 빼기도 하고, 어깨를 가볍게 감싸 안으면 여인의 향이 아련하게 전해 오는 듯해 가슴이 설레기도 하고, 한번 안아 보고 싶은 충동이 생기기도 하였다. 슬쩍 어깨를 밀착시키려 그녀의 몸을 내 쪽으로 당기기라도 하는 낌

새를 보이면 그녀는 나를 힐끗 쳐다보는 듯하다가 어느덧 내 어깨를 툭 치고 빠져나가 버리곤 하였다.

풋풋한 흙 내음이 걸을 때마다 풀밭에서 풍겨 나오고 가끔 멀리서 산새 울음소리도 나는 봉의산 오솔길을 마냥 걸었다. 미끄러운 길에서는 손도 잡아 이끌어 주기도 하며 서로 마주 보고 해맑은 웃음을 지으며 젊음의 싱그러운 행복을 즐기며 또 걸었다. 보슬비도 어느덧 멈추어 내리막길로 접어들며 서서히 춘천 시내가 시야에 들어오기 시작하였다. 시간이 어떻게 가는지도 모르고 도란도란 학교 이야기와 친구들 이야기를 재미있다는 듯이 떠들며 배꼽을 잡기도 하며 앞서거니 뒤서거니 하며 걸었다.

달콤한 이야기만 나누다가 그녀가 느닷없이 장래 이야기를 하면 수녀가 될 생각이라고 하였다. 그래서 대학도 성심여대를 택하였고 한 학기 지나가지만 자기의 선택이 옳았던 것 같다고 꽤나 진지하게 이야기하였다.

성심여대는 조금은 수녀원 같은 분위기가 있었고, 학생들도 집안이 비교적 부유한 가정의 여학생들로 문학소녀 지망생 또는 염세주의에 빠진 사람, 수녀가 되겠다는 학생이 있는 등 독특했던 것으로 기억한다. 자살 사건 등 충격적인 일이 벌어지는 일도 있었다.

수녀가 되겠다는 그녀의 이야기에 나는 별로 놀라지 않았다. 내 나름대로 성심여대에 관하여 이야기를 들은 것도 있고 자주 오다 보니 기분은 이해가 갔다. 그 정도였다. 청순한 문학소녀의 감상 정도로 생각하고 있었다. 여학생들이라면 한 번쯤은 수녀를 동경하고 꿈꾸는 일이 여자대학생에게는 일상의 하나의 이벤트성 생각이나 취향으로 이해했다. 그 당시에 여자대학 분위기는 로맨티시즘이 그런 식으로 표현되고 발산되기도 하였다.

한창 대학가를 풍미하였던 독일 루이제 린저의 '생의 한 가운데', 헤르만 헤세의 '데미안', 서울법대 교수로 있다 자살한 전혜린의 '그리고 아무 말도 하지 않았다' 같은 책이 여학생들의 필수 탐독 서적이었고, 여대생들이 담배를 꼬나물고 막걸리를 마시며 인생을 논하는 것이 멋이기도 하였다. 수녀의 상징인 순백의 모자, 검고 깔끔한 수녀복, 청아한 순결 자체로 보이는 투명하고 범접할 수 없는 고아한 분위기는 여학생들에게 동경의 대상이 될 만하였다.

수녀가 되겠다는 그녀의 이야기를 전혀 심각하게 듣지 않고 고개만 끄덕이고 말았다. 수녀가 되면 우리는 헤어져야 하고 데이트

하는 것 자체가 어울리지 않는 모순된 행태였기 때문이었다. 그녀의 내면의 세계를 잠깐 엿볼 수 있는 기회였지만 나는 그냥 무심하게 아무 말도 하지 않고 듣기만 하였다.

그녀는 내가 너무 덤덤하게 아무런 언급이 없자 오히려 궁금해하는 것 같기도 하였다. 이때 나의 무심함이 돌이켜보면 우리가 헤어져 각자의 길로 평행선을 그리며 평생을 살아가야 하는 단초가 되었다고 먼 훗날 깨닫게 되었지만 소용없는 일이었다.

나는 물론이고 그녀도 전혀 생각지 못하였던, 그녀는 수녀가 되겠다는 결심을 진지하게 내게 이야기하였지만 나는 그녀와의 데이트로 분위기가 한껏 올랐던 때라 별로 심각하게 받아들이지 않았다. 그저 오빠 같은 연인에게 잠시 투정 부리는 것이려니 하고 일부러 슬쩍 얼버무리며 분위기를 바꾸는 데에만 신경 쓰며 농담으로 가볍게 넘겨 버렸다.

이제야 천천히 그 당시의 상황을 곰곰이 되새겨 보면 그녀의 삶이 나 때문에 잔물결이 일고 있다는 심경의 소극적인 표현이었다. 흔들리는 그녀의 마음을 확실히 잡아주는 나의 멘트를 기대했던 것이었는데 그 좋은 기회를 그냥 흘려버리면서 우리 둘의 고난의 여정을 가게 한 시작이 되었던 것이다.

그리고 보통 때처럼 춘천 시내로 내려와 닭갈비를 맛있게 먹고, 이디오피아하우스에서 커피를 마시고 공지천을 걷고 춘천역에서 기차 타고 서울로 잘 돌아왔다. 그녀와 나의 운명은 상상도 못 하고, 다시 석양에 물든 일몰이 가끔 아름답게 보이기도 하는 낙산의 일상으로 돌아왔다.

그녀를 보고 싶으면 춘천으로 기차 타고 가고, 다음 약속은 서울로 올라올 때 내가 성동역으로 나가 기차에서 내리는 개찰구에서 기다리고는 하였다. 혹시라도 늦으면 지금처럼 휴대폰도 없던 시절이라 못 만나면 큰 낭패라 늘 한 시간 정도 일찍 도착하여 여기저기 둘러보며 시간을 보내며 그녀의 모습을 상상하며 기다리는 맛도 쏠쏠하였다. 개찰구에서 그녀가 나와 두리번거리다 날 알아보고는 웃음을 활짝 짓고 쫓아 나오다가 같이 나오던 친구들에게 쑥스럽고 미안한지 다시 돌아가 무언가 이야기하니 까르르 웃는 소리가 역 안을 시끌벅적하게 하였다.

그녀는 허둥대며 나에게로 다시 와 살짝 혀를 내밀어 반가움을 나타내고는 하였는데 풋풋한 사과의 향이 그녀의 몸에서 발산되는 것 같았다. 내가 친구들과 무슨 이야기를 했기에 그렇게 소란스러웠냐고 물었다.

"저 보고 누구를 만나는데 그렇게 먼저 자기들한테 인사도 안하고 내빼듯 혼자 나가냐고 해 '왜 있잖아, 대학신문 보내준 사람이 저기 나와 기다리잖아' 했더니 '그 법대생?' 하며 자기들한테도 소개해 달라 해서 도망와 버렸어요. 저 잘했죠?" 하며 그녀는 예쁜 혀를 또 날름하는 것이었다.

내가 "그냥 그러고 와도 괜찮아요?"하자 그녀가 "다음 주에 케이크 사 주면 돼요. 그런데 쟤네들 진짜 소개해 주어요?"하고 물어왔다. 나는 "무슨 소리, 빨리 나갑시다. 또 여기 더 있다가는 놀림감 되겠네" 하며 그녀가 샘을 내지 않도록 서둘러 성동역을 함께 빠져나오곤 했다. 나는 성심여대에서 '법대생' 또는 '대학신문'으로 불리는 유명인사가 된 모양이었다. 기분 나쁠 것은 없고 친구들에게 은근 자랑할 일이 생겨 좋았다

어느 날 하루는 데이트 중에 그녀가 "왜 법대를 지망하게 되었어요? 공부 잘하셨을 테니까 공대나 상대 아무 데나 가서도 되는데 왜 골치 아프게 법을 전공하시게 되신 거예요?"하고 물었다. 그녀는 법이 어렵고 골치 아픈 것쯤으로 생각하는 눈치였다. 대부분 다른 여대생들도 비슷한 생각을 해서 미팅 교섭을 하면 가장 인기

없는 대학이었다. 그녀들은 법대생 하면 육법전서나 끼고 다니는 공부벌레에 고리타분한 대학생으로 치부하는 것이었다.

"수학을 하기 싫어 이공계는 갈 생각이 없었고, 상대는 집이 가난해 사업을 하기가 어려워 포기했다. 그래서 시장 군수나 외교관 되려고 법대 지망한 것이지 특별히 이유는 없었다" 하고 답하면 "법대는 판검사나 변호사 되는 거 아녀요?", "정의의 실현, 불의의 원수 뭐 그런 거 생각하신 거 아녜요?" 하고 그녀가 속사포 같이 계속 질문을 던졌다.

평소에 별로 심각하게 생각해 본 일이 없었기에 대충 웃고 넘어가며 창경원 돌담을 끼고 걷다가 포장마차에 들러 막걸리를 한 사발씩 하고는 하였다. 그녀에게 막걸리 먹는 법도 가르쳐 주며 내 나름대로 그녀의 멋있는 기사가 되려고 애썼다. 그녀는 '가난' 이라는 내 말에는 아예 관심이 없었다. 그만큼 순진하고 세상 물정 모르는 꿈 많은 문학소녀였다.

서울 법대 도서관에서 – 사랑과 야망의 터

여름방학이 되었고, 친구들은 대부분 고시 공부하러 절로 들어 갔고, 나는 경제적인 문제도 있고 해서 아르바이트를 계속하여야 했기에 법대 도서관으로 매일 출근하였다. 그 당시의 서울법대 도 서관은 대학 시설 중에서 가장 현대화되어 있어 시설도 좋았고 분 위기도 괜찮았다.

당시로는 쾌적한 도서관이었다. 더우면 도서관 앞 분수대에서 더위를 식히고, 공부하다 지루하면 구내 다방에 가서 당시로는 굉 장히 멋있는 인텔리겐차인, 이모 같은 다방 아줌마와 인생을 논하 면서 그런대로 심심치 않은 방학 생활을 보낼 수 있었다.

심산유곡에 들어가 절간 생활을 하며 공부를 하는 친구들이 부 럽기도 하고 하였지만 한적한 여름방학 분위기로는 괜찮았고 가 끔 탁구도 하고 농구도 하면서 스트레스를 풀었다.

여름방학도 중간쯤 지나가는 8월 초 어느 날 오후에 도서관에서 점심 도시락을 까먹고 나른한 낮잠을 취하고 있었다. 밖에는 땡볕이 내리쬐는 몹시나 후덥지근한 날씨였다. 구내 다방 아줌마한테서 시간 나는 대로 들리라는 전갈이 왔다.

잠도 쫓을 겸 커피나 한잔하려고 구내 다방에 갔더니 웬 과일 바구니가 있었고, 아줌마가 어떤 여학생이 땀 흘리며 무거운 바구니를 맡기고 방금 갔는데, 내게 전해 달라고 하였다면서 약간은 신기한 듯하면서도 호기심을 보이는 눈치를 보였다.

내가 "누구래요?"하고 물어보니 "그 여학생이 별말 없이 공부하는데 잠깐 쉬면서 과일이나 먹으라" 하면서 맡기고 갔다고 했다. 용모나 말투를 물어보니 그녀가 두고 간 과일바구니였다.

꽤 양이 많은 것을 보니 같이 공부하는 친구들과 나누어 먹으라고 무거운 바구니를 땡볕에 들고 왔던 것 같았다. 순간 머리가 멍하여 지면서 가슴이 설레었고 감동하였다. 대학교 들어와서 여학생한테 처음 받아보는 선물(?)이었다. 그런데 확인할 방법이 없었다. 그녀일 것이라 확신은 하지만 우리 둘 사이에는 편지 외에는 연락할 방법이 없었다.

그 당시에만 해도 여학생 집에 전화하는 것은 금기 상황이었다. 어머니나 가족이 전화를 받으면 어떤 반응을 보일지도 모르고 하여 서로 간에 전화 통화는 해 볼 일이 없었다. 비교적 여학생들 집은 부유한 편이라 전화가 있었지만, 남학생들은 대부분 집에 전화가 없어 급할 때(예컨대 아르바이트 등)는 공중전화를 이용할 때였다. 집에 있는 백색전화를 설치하려면 집 한 채 값이 들 정도였다.

이런 느낌은 처음 맛보는 달콤한 그 무엇 이상이었다. 이게 이른바 '사랑'이라는 것인가 하고 되새겨 보았지만 어림없는 상상과 헛된 꿈일 것으로 생각했다. 공부하는 내내 그녀의 모습만 책장 사이에서 어른거리며 그녀가 너무 보고 싶어졌다. 혼자 뜻 모를 웃음을 흘리다가 도서관에 빈둥거릴 수밖에 없었다.

친구들이 연애하기 시작하면 왜 공부가 안된다고 하는지 어렴풋이 이해가 가기도 하였다. 하여간에 한 번도 느껴보지 못하였던 감정이었다. 이게 꿈인가 생시인가 하였다.

그 다음주에 서울 광화문 제과점에서 만나기로 하였으니 그때까지 답답한 데로 기다리는 수밖에 없었다. 하여튼 기분은 하늘에 떠다니는 뭉게구름을 헤매고 다니는 것 같았다.

그 다음주에 우리는 만났다. 그랬더니 나를 보고 다소 장난기 어린 표정으로 "어느 여학생이 도서관으로 과일 들고 다니며 공부 열심히 하라고 격려하고 있다는 이야기를 들은 적이 있어요?" 하며 시치미 떼고 이야기하기에 그냥 그녀의 볼을 꼬집어 주었다. 고맙다고 인사를 했는지도 모를 정도였다.

나는 서서히 그녀에게 빠져들기 시작하였다. 공부하느라 책을 보다가도 책장을 넘기면 또 그녀의 미소가 겹쳐 보이기도 하였다. 꿈도 자주 꾸게 되었다. 온 세상이 그녀로 가득 찬 것 같았다.

아름답고, 달콤하기만 하였던 대학 생활의 마지막 여름방학이 끝나가고 있었다.

어느 날 그녀를 데리고 우이동에 있는 화계사로 놀러 갔다. 그녀가 법대생들의 고시 공부에 관하여 관심을 나타내고 어떻게 공부하는 건지 궁금해하기도 해서 분위기도 알려줄 겸 나를 이해하는 데 도움이 될 것 같아 같이 선배가 공부하고 있는 절에 데리고 가기로 했다. 현장 실습인 셈이었다.

나는 절에 갈 형편이 안 되었고 분위기는 보여주고 싶기도 하였다. 가보기도 전에 그녀는 마냥 신기해하는 것이었다. 그 당시에는 6.25 전쟁 후에 상처가 치유되지 않아 경제적으로나 여러 가지 면에서 사회 전체가 가난하였고 5·16 이후에 경제개발계획을 수립하여 본격 추진하려 하고 있었으나 크게 일자리가 늘지 않아 독일 광부나 간호사로 가던 시절이었다.

고시에 합격하면 바로 판검사나 군수, 경찰서장으로 사회적 신분이 상승하기 때문에 개천에서 용 난다는 식으로 젊은이들의 허황한 욕구를 채워줄 수 있고, 고시 공부한다는 것만으로도 한 수 접어주고 봐 주던 분위기가 있어 여학생들에게도 약간은 흥미의 대상이기도 하였다. 춘향전이 인기가 있던 때였으니 말이다.

화계사 올라가는 계곡이 한여름인지라 시원한 물소리와 더불어 땀을 식혀 줄 것 같아 경희와 계곡 가에 앉았다. 이내 경희는 구두를 벗더니 계곡물에 발을 담그려고 종아리를 걷어 올리는데 하얀 종아리가 미끈한 게 예뻤다.

경희가 나를 의식했는지 "조선무 통다리인데 쳐다보지 말아요. 친구들이 가끔 흉봐요" 하며 배시시 웃었다. 그래서 슬쩍 물을 튕겨 주며 "미스 코리아가 울고 가겠어. 예쁜데 뭘 그래" 했더니 "정말이요? 에이 거짓말도 잘하셔" 하면서도 기분이 좋은지 깔깔대며 즐거워했다.

마침 절에 와 공부하고 있던 선배는 출타 중이라 공부방만 보여주었다. "저렇게 많은 책을 다 봐야 해요? 와! 그리고 뭐가 저렇게 두꺼워요? 죄다 한자네요" 하며 법학책과 육법전서를 신기한 듯이 들여다보았다.

"하루에 몇 시간이나 공부해요? 얼마나 공부해야 고시에 합격해요?"라고 묻기에 "법대 재학 중에 합격하는 경우는 거의 없고 이백여 명 동기 중에 한두 명이나 될까" 하고 대답했다. 이어 "운이 안 좋으면 몇 년 걸릴 수도 있다니까~ 하루에 10시간 이상 공부해야 하고 열심히 하면 대학 졸업 후 2~3년 걸린다고들 생각하며 공부하지"하고 덧붙였더니 눈을 동그랗게 뜨더니 자그맣게 한숨을 쉬는 것처럼 보였다.

계곡을 따라 내려오며 "내가 상상했던 것보다 고시 공부가 크게 힘든 것 같을 것 같아요. 어떻게 건강은 유지해요?" 하는데 나를 염두에 두고 하는 말처럼 들려 민정이 더욱 성숙한 여인으로 보였다.

그날 화계사에 다녀온 이후 경희는 나를 볼 때마다 내 공부 걱정을 하는데 너무나 자기 일처럼 진지하였다. 난 이런 경희가 더욱 좋아지고 가끔 그녀 앞에서 힘들어 죽겠다고 엄살도 부리며 고시 준비에 마음속 반려자로 경희가 자리매김하고 있었다.

하지만 아르바이트도 해야 해서 공부하는 것이 뜻대로 되지는 않았다. 여름방학이 지나가고 있었다. 그래도 공부는 해야 하였다. 그녀에게 잘 보이기 위해서라도 열심히 하려고 노력하였다. 시간이 지나니 마음이 안정되고 공부에도 활기가 넘치며 책의 내용도 머리에 쏙쏙 잘 들어오고 공부에 효율과 활력이 생겼다.

그녀와 나는 여름방학에 자주 만나기도 했지만 도서관으로 과일바구니를 가지고 온 이후에는 그녀도 프레시맨의 때깔을 벗기 시작하고 나의 어엿한 애인인 양 스스로 생각하는 것 같았다.

어느 날 하루는 청일집에서 빈대떡에 막걸리를 마시며 그녀와 농담을 하고 있었다. "이제 고시를 패스하고 원하시는 외교관이나 시장, 군수가 되시고 나면 그다음 늙어서는 무엇을 할 거예요? 정치가, 교수 아니면 대기업 사장님? 다 좋은데 정치가는 하지 말아요."

그녀가 장난기 어린 말투로 말했다.

평소 그런 것까지 생각해 보지 않았던 나는 "왜? 정치가 멋있잖아. 국민을 위해서 자기의 이상을 피어 볼 수도 있고"하며 그녀의 반응이 어떻게 나오는지 궁금하여 지그시 그녀의 입술을 쳐다보았다.

그녀의 앵두 같은 작은 입술이 예뻤다. 의외의 말을 심각한 표정으로 하였지만 나는 그녀를 장난스럽게 쳐다보았다. 그녀를 그냥 어린 소녀로만 나는 생각하고 있었다.

"동서양의 유명한 정치인들이 많이 있잖아요. 그 사람들 열심히 국민들을 위하여 많은 일을 하고도 끝에는 안 좋았잖아요. 암살당하기도 하고, 유배 가기도 하고. 나폴레옹도, 시저도, 김구 선생님도, 이승만 박사도 그렇고. 하여간 정치가는 되지 말아요."

"내가 정치를 한다 해도 그렇게 유명한 분만큼 될 수도 없고, 괜한 걱정이야" 했더니 "누가 알아요. 왜 그런 분들만큼 못 돼요? 내가 보기에는 틀림없이 그만한 일을 하고도 남을 사람이잖아요. 그러다 혹여 잘못될 수도 있잖아요. 그러면 나는 어떻게 해요?"하고 진지하게 그녀가 답했다.

순간 그녀의 터무니없는 상상과 말이 어이없기도 하였지만 "그런 일이 일어날 일이 없는데 왜?" 하고 되물으니 "저 혼자 어떻게 살아요?" 하며 보통 심각한 표정이 아니었다.

나는 웃을 수도 없고 멍하게 그녀를 쳐 보았다. 나를 쳐다보는 그녀의 눈빛이 간절하게 내가 정치인 안 되겠다고 말하기를 원하는 것이었다. 그녀는 나를 평생의 반려로 생각하고 말하는 것이었다. 아찔하였다. 잘못 대답하면 오해할 수도 있을 것 같아 우선 그녀를 안심시켜야 했다. 결혼 같은 것을 생각해 보지 못했는데 여자들은 다른 것 같았다.

"알았어. 정치인 같은 거 안 하고, 교수나 될까. 평생 어떻게 공부만 해? 사업가가 되어 돈 많이 벌어 우리 공주님 호강시켜야겠네" 라고 허세를 부리는 말투로 장난스럽게 말하였다. 그러나 그녀는 진지한 표정으로 내 말을 들었다.

"고마워요. 내가 사람 보는 눈이 있거든요. 우리 손가락 걸어요. 나에게 지금 하신 말 맹세해요" 하며 손을 내밀었다. 나는 순간 순진무구한 그녀와 얼떨결에 맹세했지만 그때 그녀의 진심 어린 표정을 평생 가슴에 간직하게 될 수밖에 없는 운명의 고리에 걸려버렸다는 것을 먼 훗날에야 깨달았다.

우리는 용돈이 넉넉하지 않아 하루 종일 걸어다니며 밀어(?)를 속삭여야 하는 이른바 재건데이트에 의존하였지만 그녀와 나는 마음은 늘 풍족하였고 활기에 넘치고 행복한 청춘이었다. 헤르만 헤세의 'Schoen ist die Jugend!(청춘은 아름다워라)'가 생각나는 인생의 봄날이었다. 정수라 노래 '어느 날 문득'의 "사랑에는 이별이 숨어 있는데, 왜 그때는 몰랐을까" 하는 가사가 생각나는 한때이기도 했다.

지금 생각해 보면 공부를 그때처럼 즐겁게 열심히 한 적이 별로 없었던 것 같았다. 실력도 조금씩 늘기 시작하는 게 느껴졌다. 땡볕이 내리쪼이는 어느 날 법대 도서관으로 그녀가 찾아 왔다. 법대 구내 다방에서 기다리고 있었다.

"친구분들은 여름방학에 주로 어디서 공부하세요? 여기 법대 도서관에서 다들 같이 공부하세요? 이렇게 더운 날에 고생들 사서 하시네요, 고시 공부 안 하면 이렇게 고생 안 하셔도 되잖아요."

나는 경희가 무슨 소리를 하려고 일부러 법대 도서관까지 찾아와서 뜬금없는 이야기를 하나 하고 의아해하며 답했다.

"고시 공부 안 하면 어떻게 해? 법대생이, 더워도 할 건 해야지. 견딜 만해. 괜찮아, 친구들 대부분은 시골이나 산사에 들어가서 고시 공부들을 하는데, 다 각자 형편에 따라 선택하는 거지 뭐. 나는 도서관이 편해. 서울 떠나 절에 들어가서 공부하고 싶기도 하지만…."

"집에 가서 혼자 생각해 봤는데 방학 끝날 때까지 한 달 이상 남

앗는데 절에 들어가서 공부 한번 해 보실 생각이 없나 해서 물어 보러 오늘 여기 온 거예요. 마침 공부하기 안성맞춤인 절을 어머니가 자주 다니셔서…"하며 그녀가 은근히 권하는데 혼자 많이 궁리한 것 같아 쉽게 대답하기가 어려웠다.

"도서관에서도 공부 잘되는데, 그리고 아르바이트도 해야 하고…" 내가 얼버무렸다.

"지금은 아르바이트 쉬고 있잖아요, 다시 구할 때까지 만이라도 절에 가서 집중적으로 한 달 만이라도 공부하고 오세요. 어머니한테 이야기해서 절에다 수소문하여 놓았으니 다녀오세요, 본인 이야기도 안 들어보고 제멋대로 해서 미안해요. 지난번에 고시 공부 이야기 듣고 나서 혼자 많이 생각해서 한 것이니 너무 야단치지 말고 이미 어머니께도 말씀드려 취소할 수도 없잖아요. 이번에만 제 소원이니 절에 다녀오세요. 화내셔도 할 수 없어요."

난감하였지만 그녀의 이야기를 더 들어보고 생각하기로 마음 먹었다.

"어디 있는 절인데?"

"강원도 황지라는 곳의 태백산 중턱에 있는 사찰이에요, 절 이름이 청원사라고 하는 곳인데." 처음 들어본 절은 아니고 선배가 지난여름에 다녀온 사찰인데 환경이 좋았다는 이야기를 들은 기억이 났다.

"그 절을 세운 회사가 함태 탄광을 가진 우리나라 굴지의 탄광 회사인데 아버지가 그 회사 오너와 절친한 친구 사이라 어머니가 다니시는 절이거든요, 이번에 한 번 다녀와 보시고 마음에 들면 다음에 또 가도 되잖아요"하고 그녀가 말했다.

이야기가 이렇게 돌아가면 그녀의 어머니나 아버지에게도 내 이야기를 한 모양인데 간단한 문제가 아니었다. 그렇다고 그녀 집에서의 입장이 있는데 제의를 거절하기에도 어려웠다. 한숨을 푹 쉬면서도 그녀의 마음 씀이 너무나 고마웠다. 지난번에 장래 이야기할 때도 막연히 느낀 것이지만 그녀는 나를 평생을 같이할 연인으로 대하는 것으로 생각하고 있었다.

"알았어요. 고마운데 앞으로는 이런 것은 나하고 의논하고 일을 저지르기로 약속해요"라고 그녀에게 다짐을 해두고 나는 방학을 한 달여 남겨두고 그녀가 소개해 놓은 태백산 청원사로 떠났다.

청량리역에서 중앙선 야간열차를 타고 밤새 가니 새벽에 통리역에 도착하였다. 낙동강의 시원지라고 하는 황지가 경내에 있는 청원사에 도착하였다. 그 당시로는 드물게 시설이 현대화된 사찰이었다. 전기도 들어오고, 난방도 연탄으로 하게 되어 있었다. 태백산 해발 6백 미터 고지에 있어 청정한 절이었다. 공부하기에 최적의 환경이었다. 나에게는 과분하다 할 정도의 환경이었다. 그녀의 마음 씀이 정말 고마웠다. 한 달만 모든 것 잊고 공부하기로 마음을 먹었다.

처음 해 보는 사찰에서의 일과가 시작되었다. 새벽 4시에 일어나 예불을 드리고 공양 즉 아침 식사를 마치고 나면 점심 식사까지 6시간 정도 공부를 할 수 있었고 저녁에 잠들 때까지 8시간 정도 집중하여 책을 볼 수 있었다. 이래서 친구들이 다들 절에 가 공부하러 떠났구나 하는 생각이 들며 나에게 이런 기회를 만들어 준 그녀의 마음 씀에 감동하며 고시 공부에 열을 올릴 수 있었다.

정말 고마워서 부처님께 곡차를 올려야 할 것 같아 8백 미터 고지에 사는 화전민 농가에 부탁하여 강냉이로 만든 엿술을 주문하여 주지 스님에게 올리고 부처님께 감사의 경배를 올렸다. '경희 그녀와 일생을 같이하려니 굽어살펴 도와주십사' 하는 축원을 드렸다. 고시에 이미 합격한 기분이었다.

그녀에게 틈틈이 편지를 써 보내니 그녀와의 연정도 깊어갈 수밖에 없었다. 불과 한 달 남짓 절에서 보냈지만 하산하여 학교에 돌아왔을 때는 친구들이 놀랄 정도로 나는 바뀌어 있었다. 그녀에 대한 나의 믿음이 힘이 되어 공부에 활력이 붙었고 그녀 외 다른 생각은 할 겨를이 없을 만큼 공부와 그녀와의 미래의 꿈으로 행복하기만 한 나날이었다. 아르바이트도 힘든 줄 몰랐다.

서울로 돌아오자 대학 시절을 마감하는 마지막 학기가 시작되었다. 절에 다녀온 이후에 그녀와 우리 둘의 만남은 의미를 더해가며 낙산 기슭의 대학로의 가을은 마로니에의 단풍과 더불어 깊어갔다.

졸업반 마지막 학기가 시작되어서, 공부는 이번 학기에 마무리 지어야 한다는 압박감이 밀려들어 왔지만, 그녀가 성원하고 있어 자신감도 생기며 하루하루가 알차게 지나가는 것 같았다.

성심여대 오픈하우스와 펜던트

9월 학기가 시작되고 얼마 지나지 않아 10월 초순쯤에 성심 여대에서 기숙사 Open house 행사가 있다고 하면서 그날 와달라고 그녀로부터 연락이 왔다.

여자대학 기숙사 오픈 행사라고는 처음 초청을 받아보니 오만가지 그림을 혼자 그려 보았다. 만사 제쳐놓고 춘천으로 그날 달려갔다. 오전에 공식 행사하는 것이 끝나고 우리 둘은 강촌역 부근에 있는 구곡폭포로 놀러 갔다. 야생화가 코스모스와 국화와 어우러진 들판 오솔길을 가로질러 구곡폭포에 이르렀다.

인적도 드물고 적막하기만 한 골짜기에 비단실을 엮어 수놓은 듯한 폭포 줄기가 암벽을 타고 시원하게 아래로 내려 떨어지며 작은 심연을 만들어 놓고 있었다.

그때 그녀는 나에게 펜던트를 아주 소중한 물건을 건네듯이 내밀었다. 아무 말도 없이 미소만 띠고 작은 목소리로 직접 만들어 본 첫 작품이라며 내게 드리고 싶다고 하였다. 나는 순간 당황하였지만 귀한 마음이 그 펜던트에 실려 있는 것 같아 엉겁결에 받으면서 "내가 이렇게 소중한 작품을 받아도 되는지 모르겠다"고 말을 더듬거렸다.

"제게는 처음 이성으로 다가와 제 마음을 훔쳐 가신 분이니 단지 선물로 생각하지 말고, 보잘것없이 소박하기 그지없는 펜던트지만 제 마음 모두가 실려 있는 것이니 알아서 가지고 계시라"고 하면서 씩 웃는 얼굴이 이 펜던트를 잃어버리거나 손상이라도 입히면 날벼락 떨어질 것이라는 의미를 전하는 반 협박조(?)로 느껴졌다.

펜던트는 목각으로 부조 형식으로 만들었는데 손바닥 반만 한 크기의 심플한 디자인이었다. 암갈색을 진하게 띠고 있었다. 펜던트를 받아서 소중하게 목에 걸어 보았다. 가볍기도 하고 촉감이 좋았다. 그녀의 마음이 온통 무게감을 가지고 펜던트를 통하여 나의 마음에 전해져 왔다.

원래 미술에 취미가 있어 대학을 미대 쪽으로 가려 하였는데 성심여대에는 미술 관련 학과가 없어 좋아하던 과목인 화학과를 택하였다고 하는데 조금 이상한 생각이 들었다. 그래서 서울에 미대가 많은데 왜 이 춘천까지 와서 재능이 있는 미술 쪽을 포기하였는지 물어보았다.

"미술 쪽은 취미로 해도 될 것 같고, 평생 할 것이라 화가가 될 생각도 없고, 수녀가 되기에 성심여대가 여러 가지로 도움이 될 것 같아 춘천으로 올 수밖에 없었어요, 그리고 또 하나, 엄마의 잔소리로부터 잠시나마 해방될 수 있잖아요"

그녀의 말은 처음 만난 후 봉의산에서 보슬비 맞으며 을씨년스러운 묘지들 옆에서 수녀가 하겠다고 한 이야기가 문학소녀의 단순한 이야기가 아니었음을 깨달았다.

"어머니가 엄하신 모양이죠?" 하니 장난스럽게 씩 웃으며 "반드시 그렇지는 않지만 저의 아버지는 엄마한테 꼼짝도 못 하세요, 우리가 엄마 말 안 들으면 무조건 엄마 편이에요. 아버지는 퇴근하시면 특별한 일 없으시면 칼같이 집으로 들어오세요. 아마도 아버지에게는 엄마가 완벽한 이상형이라고 생각하시는 것 같아요. 어머니 뒤만 졸졸 따라다니는 공처가, 아시죠? 바보 같아요" 하며 깔깔대고 웃었다,

"집에서 떠나 여기 기숙사에 있으니 너무 좋아요. 여기도 사감

선생님이 좀 무섭기는 하지만, 그래도 집에서는 어린애 취급하지만, 여기는 우리를 성인 대접해 주시는 편이거든요. 학생들이 대부분 서울 출신인데 다들 좋아해요. 학교 분위기도 서구풍이고, 호수가 많은 호반의 도시 얼마나 낭만적이에요? 아이 참, 불량소녀 같지 않아요? 엄마가 아시면 또 꾸지람하셨을 텐데" 하며 나를 보고 혀를 살짝 내밀었는데 풋풋하니 귀여웠다. 소설책 소공녀에서 읽은 소녀의 기억이 났다.

"아니요, 알프스의 소녀 같아요. 아버님이 어머님을 많이 사랑하시는 모양이죠? 부럽네요" 하며 점잖빼며 신사 흉내를 내 보았다.

"나 없을 때 속으로는 흉보실 거잖아요, 별 말괄량이 다 봤다고. 사실은 저를 새침데기라고 친구들이 놀려 그런 이야기 하는 친구들이 얄미워 죽겠어요. 그런 친구들 저 대신 혼 좀 내주실 수 있어요?"

"그럴까요, 어디 경희 씨 같은 모범생을 놀려요? 내가 보기에는 장미의 성에 갇혀 있는 잠자는 공주님 같은 매력적인 분인데" 하며 그녀를 웃으며 쳐다보았다. 그러자 "그래요, 걔네들 혼 좀 내주세요, 아이 재미있어"하며 그녀가 좋아하였다.

오늘 데이트는 반은 성공했다고 나 스스로 자찬하였다. 그녀가 재미있었다. 한창 꿈에 부풀어 있는 문학소녀 느낌이었다. 그러나 청순하였고, 해맑으면서도 약간 홍조를 띠며 말하는 품이 매력적이었다.

'그러면 수녀가 되겠다 하는데 나와의 만남은 뭐지'하는 생각이 들면서 다소 불안한 마음이 들기도 하였지만, 그 순간 폭포 소리에 그러한 짧은 순간의 느낌은 묻어 버리고 그냥 지나갔다. 우리의 앞날을 예고하는 의미를 가진 펜던트였던 것이다.

강촌역에서 석양에 물들어가는 초가을의 북한강의 여운을 즐기면서 우리들은 헤어져 서울로 돌아왔다. 그녀는 학교가 있는 춘천으로 돌아가며 소주 1병과 오징어 한 마리를 봉투에 담아 주며 '약주 너무 자주 많이 하시지 말라'고 애정 가득한 잔소리를 하더니 방긋 웃으며 손을 흔들어 주었다.

어느 영화에 본 듯한 기차역 홈에서 이별 장면이라고 생각해 보며 청평까지 열차 차창 밖으로 펼쳐지는 북한강의 수려한 풍경을 즐기며 소주 한잔하고 나니 스르르 잠이 들었다. 시간이 좀 지났을까 했는데 열차 차장이 종착역인 성동역에 다 왔다고 나를 흔들어 깨웠다. 의미가 나름대로 있는 달콤하기만 한 긴 하루 여행이었다.

그해 가을은 그녀도 대학 생활에 익숙해지어 가는지 여대생 티가 자리 잡히고, 키도 봄에 만났을 때보다 조금 더 커 보이기도 하고 솜털도 사라지고 숙녀티가 웬만큼 나기도 하여 여인으로서 성숙해가는 분위기를 풍기고는 하였다.

우리는 춘천과 서울을 오가며 젊은 날의 꿈을 키워가고 있었다. 고시 공부도 잘되고 세상이 나를 위해 존재하는 것처럼 즐겁고 신나는 하루하루가 지나갔다. 조금은 지겹고 피곤하였던 아르바이트도 힘든 줄 몰랐다.

내 젊은 날이 계속 이렇게만 갈 것이라는 몽상 속에서 인생은 살아볼 만한 가치가 있는 것이라고 실존주의 철학자들의 말을 음미하며 내 나름대로 졸업반 생활을 마무리해 가고 있었다.

거의 똑같은 대학 생활이기는 한데 그녀를 만난 이후 나도 많이 변해가고 있었고, 좀 더 진중해지고 앞날을 많이 생각하며 구체적인 고뇌를 해 보기도 하였다. 다 늦게 대학 생활을 제대로 보내는 것이 대학 졸업반이 되어서야 늦게 찾아온 것이다.

그러나 이러한 '질풍노도의 시대」의 낭만에 푹 빠져있는 나를 시샘하는 누군가가 있었는지 그녀와 나 사이에 어두운 그림자가 드리우기 시작하였다.

10월 어느 날 그녀가 성심여대에서 축제가 개최된다며 웬만하면 춘천으로 와서 참가해 달라고 하였다. 나를 초청해 학교에 등록하겠다고 해서 나는 만사 제쳐놓고 춘천에 가서 근사한 여대 축제에 참여하겠다고 기꺼이 말하였다. 그녀는 뛸 듯이 기뻐하며 옷차림을 이렇게 저렇게 하라고 가르쳐주며 그날 친구들 앞에서 멋있게 보여야 한다며 잔소리 아닌 달콤하기 그지없는 조언을 해주었다.

축제가 다가오고 춘천에 가서 쓸 경비도 좀 마련해 놓고 잔뜩 기대하였는데, 예상치 못한 일이 생겼다. 내가 가르치고 있는 학생이 무슨 경시대회에 나가게 되었다고 하며 3주 정도의 특별과외 지도를 부탁하는데 도저히 거절이 안 되는 경우였다.

공교롭게도 축제 기간과 겹쳐 꼼짝할 수가 없었다. 미리 갔다 올 수도 없고 어떻게든 축제에 참가해야 한다고 생각하며 궁리를 하다가 그녀에게 아무 연락도 할 수 없는 상황이 되어 축제에 갈 수가 없게 되었다. 그 사건(?)이 우리 둘 사이를 오래 갈라놓는 계기가 되기 시작하였다는 것을 그때는 상상도 못 하였다.

축제에 참석 못 하고 2주일쯤 지난 후에 짬을 억지로 내어 춘천 성심여대에 갔다. 어느덧 늦가을이 되어 있었다. 학교 안은 축제가 끝난 후 시일이 지나서인지, 학기 말이 되어가서인지 비교적 가라앉아 차분한 분위기였고, 단풍이 곱게 물들어가며 쓸쓸한 기분을 느끼게 하는 가을날이기도 하였다.

그녀를 만났다. 내가 축제에 못 온 것에 대해 사과하였더니 그럴 줄 알았다며 바쁜데 여기까지 올 수 있을 거라 잘못 생각하였다고 아주 차분하게 나의 사과를 받아주는 듯 점심을 먹으러 춘천 공지천으로 가자고 했다.

공지천에 갈 때까지 그녀는 아무 말이 없었다. 나로서는 워낙 미안하니까 할 말이 없었고, 구구하게 내 사정을 변명하기도 싫었다. 그녀는 "하루 종일 이제나저제나 눈 빠지게 기다렸는데…" 하며 딱 한 마디 했을 뿐이었다. 그리고 아무 말을 안 하니 내 속이 터질 수밖에 없었고 그제야 사태의 심각성을 감 잡기 시작하였다.

점심을 같이한 후 시간을 보내다 춘천역에서 그녀가 나를 배웅해 주었다. 그녀는 무심한 듯 지나가는 말로 "제가 드린 펜던트 가지고 계시지요?"하고 말했다. 그렇지 않아도 내 마음을 표현할 길이 없었는데 옳다구나 하고 안주머니에 가지고 있던 펜던트를 꺼내 보여주며 늘 가지고 다닌다고 하였다. 그녀가 씩 웃으며 보여 달라기에 주었더니 그녀는 한참 들여다본 후에 묘한 미소를 띠더니 그녀의 핸드백 속에 넣고 나서 "이제 펜던트 돌려받았으니 안심이 된다"고 하였다.

무슨 소리인지 모르고 어안이 벙벙하고 있는데 그녀가 자기가 잘못 판단하여 펜던트를 나에게 주었다고 하면서 미안하지만 펜던트를 나로부터 돌려받았다며 표표히 춘천역 플랫폼을 뒤도 안 돌아보고 걸어 나가 버렸다.

그것으로 그녀와 나는 끝이었다. 내가 아무런 연락 없이 축제에 나타나지 않으니까 친구들 앞에서 창피하기도 하고 혼자 화내며 별생각을 다 하다가 나와의 인연을 정리하는 것으로 마음을 먹었던 것 같았다. 먼 훗날 그녀는 "이때 수녀가 그녀의 갈 길이라고 다시 한 번 정리하고, 나와의 인연을 정리해버리고 말았던 것"이라고 술회하였다.

그 후 성심여대에 몇 번씩 가서 그녀를 만나기도 하고 마음을 돌려보려 펜던트를 한 번만 보여 달라고 하였지만 그녀는 요지부동이었고 편지를 춘천으로 보내도 답신이 없었다.

그렇게 해서 우리는 1차로 헤어지게 되었다. 1968년 늦가을에
일어난 우리들의 이야기였다. 나는 졸업시험을 앞두고 있었고 이
듬해 봄에 있을 외무고시를 준비해야 했기에 그녀와의 관계로 더
는 방황할 수가 없었다.

그리고 나는 대학 졸업 직후에 치른 외무고시 첫 번째 시험에
실패하면서 군의 징집 영장이 나와 군에 입대할 수밖에 없었다.
운이 좋았는지 카투사로 병과를 받아 국방부 고문관실에서 번역
병으로 군 복무를 하게 되었다. 지루한 졸병 생활이었지만 서울
용산에 근무하게 되니까 외무고시 준비를 틈나는 대로 시간을 쪼
개서 할 수 있었다. 한 해 한 해 평범할 수밖에 없는 군 생활을 성
실하게 보내었다. 그녀를 떠올리며 가끔 쓸쓸한 한숨을 짓기는 했
지만 마음은 편해졌다.

두 번째로 고시에 응했지만 아슬아슬하게 또 낙방하면서 군 생
활이 끝났다. 대학원에 입학하며 불안정한 재수생 생활을 시작했
지만 시험이 늘 목에 걸려있는 낭인 생활은 회색빛으로 다른 무엇
을 생각할 마음의 여유가 없었다. 그래도 대학원에 다니며 틈틈이

준비하여 세 번 만에 외무고시에 합격하였다. 그해 10월에 정부로부터 임관 발령을 받았다.

주위가 어느 정도 안정되었다. 그녀와 헤어진 지 어느덧 3년이란 시간이 흘러 내게는 3년이란 공백기가 그녀를 찾아가 만나기에는 주저하게 만드는 걸림돌이 되어 있었다. 프레시맨이던 그녀도 4학년 졸업반이 되어 많이 변하여 있을 것으로 생각하니 엄두가 나지 않았다. 그래도 뜬금없이 그녀가 마음속에 한구석을 차지하며 나를 시도 때도 없이 그녀 앞으로 달려가게 하였다. 그녀를 만나야 모든 것이 안정을 찾을 수 있을 것 같았다. 그해 늦가을에 어느 토요일 춘천 성심여대로 가서 그녀를 만나 볼 수 있었다.

가을의 성심여대 교정에서 - 재회를 기대하며

나는 그녀를 3년 만에 만났다. 막상 만나 보니 생각보다는 부담 없이 나의 장래와 그녀와의 관계를 이야기할 수 있을 것 같았다. 대학교 입학 직후에 만나게 되었던 그녀는 이미 졸업을 앞두고 있었다. 그해 늦가을 아무 연락 없이 춘천 성심여대로 그녀를 만나러 갔다. 헤어진 그해 늦가을부터 딱 만 3년이 지났다.

그녀를 만났다. 늦가을의 단풍으로 물들어 있는 성심여대 교정 벤치에 앉아 서로를 쳐다보았다. 그녀는 롱드레스를 입고 기숙사에서 나왔을 때 약간은 핼쑥한 얼굴이었지만 완전히 성숙한 여인이었다. 너무 근사하여 말이 떨어지지 않았다.

늦가을의 성심여대 교정에 앉아 있는 그녀의 모습을 회상하여 보면 그 후에도 가끔 설렐 때가 있을 정도였다.

"고시 합격했다는 소식, 영숙이 통해 들었어요. 늦었지만 축하

드려요. 그리고 고시계에 쓰신 합격기도 읽어 봤어요. 정말로 고생하셨어요. 그 어렵다고 하는 시험에 합격 하시다니 참말로….”

오랜만에 만난 그녀가 내게 한 말이었다.

합격기를 내 친구가 경희의 성심여대 동기생인 그의 동생 영숙에게 보여주었다는 이야기를 한 적이 있었다.

그녀는 해쓱한 얼굴에 목소리도 힘도 없어 보였다.

“혹시 어디 아파요?” 내가 물었다.

“지난여름부터 몸이 안 좋아 병원 치료를 받고 있어요. 조금씩 나아지고 있는 것 같아요. 그런데 어쩐 일로 여기까지 오셨어요?”

춘천행을 마음먹고 며칠 동안 준비했던 로맨틱하고 시적인 어휘가 그 순간 생각나질 않았다. 어려운 질문도 아니었는데 적잖게 당황해서 뭐라고 답을 해야 할지 머릿속이 하얘졌다.

“홍천 친구 집에 놀러 왔다가 잠깐 들렸어요.”

지난 3년간 담아오던 말을 어쩌면 그런 식으로 망쳐버리고 말았을까?

“그래서 오셨군요….” 그녀는 실망한 듯 혼잣말하듯 말했다.

이어 “지난여름에 아파 입원하고 있을 때 문병 오셨다가 퇴원 후라 못 뵙게 되어 미안하였어요. 연락을 드렸어야 했는데 차일피

일하다가…" 라고 말을 흐렸다.

그녀가 '어떻게 오시게 되었냐?'고 물었을 때 내가 당황해서 머릿속이 하얗게 되었던 것이 아니었나 싶었다. 나도 모르게 "홍천 친구 집에 놀러 왔다가 잠깐 들린 것"이라고 바보처럼 엉겁결에 이야기하는 순간 그녀의 표정을 보았다.

"그래서 오셨군요" 하는 그때 그녀의 얼굴에 스치어 지나가는 약간의 실망을 나는 놓치지 않았다. 3년이나 지나 만난 자리에서 어느 정도 솔직한 표현을 기대하였을 텐데 그때 축제에 안 온 것도 역시 나의 불성실함 때문에 그래서였구나, 하는 표정을 읽을 수 있었다.

아차, 하며 분위기를 수습하려 지나간 3년 동안의 내 생활을 이야기하였지만 덤덤하게 듣기만 하고, 건성으로 고개를 끄덕이는 것 같았다. 나중에는 다시 한 번 나에게서 배신감을 느낀 듯한 표현이 담긴 어휘를 쓴 것 같기도 하고 짜증을 부리기도 하였다.

이야기는 계속 헛바퀴 돌며 겉돌았다. 성심여대 교문을 나서며 보았던 그녀의 뒷모습에서 찬바람이 불었다.

그녀에게서 들은 마지막 이야기는 수녀가 될 준비를 마치었고,

오랫동안 생각했던 데로 졸업 후에 수녀원으로 들어갈 것이라는 결심이었다.

지금 돌이켜 보면 나와 그녀에게 마지막 기회를 나 스스로 무산되게 하였다. 3년 만에 만났을 때보다 진지하게 열정적으로 내가 그녀만을 3년 동안 생각하며 공부하였고, 이제 나름대로 정리되었으니 우리 다시 시작해보자고 말했어야 했는데…. 그녀도 나를 3년 동안 기다렸으며 그 대답을 듣고자 하였다고 먼 훗날 내게 그때의 소회를 말하였다. 그 말 한마디로 우리의 인연 아니 운명은 거기까지였다.

그녀의 졸업식에는 가야 해야 할 것 같아 친구와 같이 갔었지만 나를 대하는 그녀의 태도는 냉랭하였다. 아니 거의 의례적이라고 느낄 정도로 무관심한 태도를 보였다. 축하 인사를 건네는 것으로 그녀와의 인연은 끝났다고 생각했고, 졸업식에서 잠깐 만난 이후에는 그녀를 잊어버리고자 노력을 끊임없이 하였다. 결국에는 그녀를 마음속에서 지워버렸다고 생각하였다. 그렇게 그렇게 또 3년이 지나 나도 맞선을 통해 만난, 재원 티가 나는 여의사와 결혼하였다.

그녀는 졸업 후 수녀가 되었다고 소식을 들었다. 우리는 그렇

게 정리되었다고 생각하였고 각자의 길을 가며 다시 만나리라고
는 생각도, 상상도 못 했다. 그녀를 졸업식에서 마지막으로 보고
나도 새 생활에 적응하느라 그녀를 마음속에서 지워버린 지 어느
날 3년쯤 되었던 것 같다.

4장

잠깐의 재회 - 길고 긴 이별의 터널

성심수녀원과 그녀

사무실로 나를 찾는 전화가 걸려 왔는데 성심수녀원이라고 하였다. 순간 가슴이 덜컹 내려앉고 혹시나 하고 전화를 받았더니 수화기 너머로 가느다란 그녀의 목소리가 들려왔다.

"여기 성심수녀원인데 저 기억하고 계시냐?"고 그녀가 물어왔다.

마음에서 지워버렸다고 하였지만, 그녀의 목소리를 듣는 순간 그간의 노력은 헛수고로 사라지고 가슴이 설렜다.

스스로 간신히 진정시키고 덤덤한 목소리로 무심한 듯이 목소리를 낮게 깔며 "오랜만이야! 그동안 잘 있었지?" 하며 수녀가 언제 되었느냐 묻지도 않고 심심하게 안부 통화만 하였다. 고시 합격 후 그녀를 성심여대로 찾아갔을 때와 마찬가지로 사무적인 척 반응을 보였고, 반가운 내색도 하지 않았다.

그러다 혹시 전화가 끊기라도 하면 어쩔까 조심하며, 언제 얼굴 한번 보자고 하며 날짜를 달라 하니 "아무 때나 좋다"고 답이 와서 당장 보고 싶었는데도 여유 있는 척하며 일부러 1주일 후로 약속을 정하였다. 그녀와 만나기로 한 날까지 1주일간 그녀에 대한 상상만 하고 왜 그렇게 시간이 안 가는지 조바심내고 설레며 그날 약속장소로 나갔다.

그때는 내가 결혼한 지 6개월쯤 되었는데 아내와 불화가 있어 신혼 초인데도 아내는 집에서 나가 3개월째 별거하고 있었던 때였다. 중매를 통해 만난 그 사람은 객관적인 조건이 상당히 남들이 부러워할 정도였고 서로 마음이 맞아 결혼까지 했지만, 핑크빛 신혼은 남 이야기였다. 아버지가 유명한 외과 의사인 부유한 집에서 태어나 명석한 머리로 의대를 들어간, 외동딸로 곱게 자란 아내는 좁은 집에서 시부모님을 모시고 시동생까지 함께 살아야 했던 것이 너무 힘들었는지 툭하면 친정으로 가버리기 일쑤였다.

더욱이 아내는 의학도여서 레지던트를 막 끝내자마자 나와 결혼을 하였기에 실제로 병원 일에서 헤어나기도 힘들었고, 시집살이와 커리어우먼 역할을 함께 하기에는 너무 벅찬 것 같아 보였다. 누구의 잘못이라고 할 수도 없었지만 현실 생활은 녹록한 것이 아니었다. 어찌 보면 양가의 사회적 격차가 너무 차이가 나는데 내가 속물근성으로 과욕을 부린 결혼이라고 남들이 뭐라 해도 할 말이 없다 할 것이었다.

더구나 내가 해외 근무를 많이 해야 하는 직업이라 두 사람 중 누군가의 커다란 양보나 희생 없이는 결혼생활은 가시밭길일 수밖에 없었다. 양가의 생활 여건부터 자라 온 환경이나 생활 관습도 많이 달라 우리 단둘이 살아도 힘들 텐데 서로 맞추어 살아가려니 처음부터 불협화음이 날 수밖에 없었다.

우리 부부의 앞날은 터널 속에 들어와 있는 것처럼 암담했고 별거 생활로 이어졌다. 결혼하자마자 바로 닥친 시련인데 뾰족한 해법도 없어 부부는 앞날이 매우 비관적이라 생각하고 있었고 둘은 평행선을 달려야 했다. 서로 헤어질 생각을 굳히고 있어 둘의 결단만 남은 상황까지 와 버렸다.

이혼까지도 구체적으로 생각하고 있었고 나 자신이 매우 가정적으로 불안한 때였다.

직장 일도 손에 잘 안 잡힐 정도로 정서적으로 정상이 아니었을 때였는데, 그녀와의 재회가 혹시 나의 암담한 결혼생활의 터널에서 저 멀리서 뻗쳐오는 희망의 햇살처럼 보이기도 하는 1주일이었다.

    퇴근 후 사무실 근처 비원 앞에 있는 조용한 카페에서 그녀를 3
년 만에 만날 수 있었다. 그녀가 수녀복을 안 입고 사복 차림으로
나와 조금 의아하였는데 수녀원장님의 허가를 받으면 외출할 때
사복을 입을 수 있다고 하면서, 수녀원장님께 나를 만난다고 자초
지종을 말씀드렸더니 허락해주시었다고 웃으며 이야기하였다.

    3년 만에 보니 그녀는 이제 완전한 여인이었고, 몸매는 보기 좋
을 만큼 아담하며 미끈한 건강 미인으로 보였다. 졸업하면서 바로
수녀가 되기 위한 모든 과정과 절차를 마치고, 원효로에 있는 성
심수녀원에서 수녀로서 수도 생활을 하고 있다고 하면서 그녀는
주님과 영적인 결혼을 한 셈인데 나는 어떠냐고 내 근황을 물었
다.

    나는 6개월 전에 속세의 여인과 결혼하였다고 하니 전혀 몰랐
던지 조금 당황한 표정을 지으며 축하한다며 저녁도 안 먹고 수녀
원으로 돌아가야 한다고 일어나려 했다. 하지만 내가 억지로 앉히
다시피 하여 저녁을 같이하였다.

    그리고 이런저런 지나간 일을 얘기하다가 내 표정이 맑지 않아

보였는지 결혼생활에 대하여 조심스럽게 묻길래 그대로 이야기해 주었다. 현재 별거 중이라고 하니 많이 안타까워하면서도, 자리에서 일어나지 않고 이런저런 이야기를 많이 나누었다. 꽤나 착잡한 심경이었던지 표정이 어두워지고, 다시 억지로 밝아지고 하는 것처럼 내 눈에 비쳤다.

시간이 늦어 택시로 원효로 성심수녀원까지 바래다주고 나는 그 근처 포장마차에 들어가 나 혼자 감상에 젖어 폭음하였다. 그녀와 춘천역에서 마지막으로 헤어질 때도 소주 한 병과 오징어 한 마리로 폭음하며 내 감정을 다스렸는데 그날 역시 똑같은 행동을 나는 할 수밖에 없었다.

어지간히 술이 오르자 용기가 나고, 객기도 생겨 성심수녀원으로 전화를 걸어 원장님에게 내 소개를 하였더니 오늘 잘 지냈냐고 하면서 웃으셨다. 그녀와 통화하고 싶은데 허락해 달라고 하였더니 전화를 연결하여 주었다.

내가 가정을 정리하고 그녀와 결혼하겠으니, 수녀 생활 청산하고 탈속하라고 하며 거의 울부짖듯 이야기하였다. 그리고는 이야기를 더 안 하고 답을 기다리겠다고 일방적으로 통보하고 전화를 끊고 집으로 돌아왔다.

역시 집에는 내 방에 아무도 없었다. 나도 모르게 나 자신에 대해 화도 나고 하여 방 안에 있던 인형을 내동댕이쳐 부숴버렸다. 안방에 계시던 아버지가 이 소란을 들으셨는지 부르시었다. 정신 차리고 무릎 꿇고 앉으니 벼락같이 따귀를 때리시며 "못난 놈!"이라고 질책하셨다. 아버지께 생전 처음이자 마지막으로 맞아 본 귀싸대기였다.

며칠 후 그녀에게서 전화가 왔다. 동료 수녀가 대학원에서 석사 논문을 준비하는데 참고자료를 좀 구해달라는 부탁이었고, 다른 말은 없었다. 기꺼이 도와주었다. 그 이후 몇 번인가 통화할 기회가 있었지만, 우리 둘은 아무 일도 없었던 것처럼 예민한 문제나 나의 가정을 정리하는 문제에 아무런 이야기도 못 하였고 그녀도 수녀 생활을 탈속하는 데 대해 아무런 언급을 하지 않았다.

그렇게 또 시간이 흘러갔고, 2년여가 지나고 나는 아내와 다시 살게 되었다. 그냥 그 상태로 지나갈 수밖에 없었다. 내가 정리가 안 되니 그녀에게 수녀 생활에 대해서 무어라 왈가왈부할 수 없었다. 그때는 그랬다.

그리고 얼마 있다 과장으로 승진하여 유럽의 브뤼셀에 있는 국제기구에 주재관으로 부임하면서 그녀와의 연락도 자연스럽게 단절되고 말았다. 그런 와중에 시어머니와의 문제로 아내와의 고민과 갈등이 계속되던 참에 해외로 발령 나면서 자연스럽게 가정문제는 그런대로 봉합되었다. 그 이후 나는 결국 분가를 선택하게 되었고 가정적으로나 사회적으로 아무 문제가 없이 평온하게 잘 지내었다. 아이 둘이 태어나고 자라면서 그녀와의 기억은 서서히 사라지는 듯했다.

그리고 13년의 세월이 지나갔다.

미국에서의 만남

내 나이 마흔이 되기 전 어느 해 나는 미국으로 부임하여 2년간
의 공관 근무를 마치고 본부의 중요한 자리로 발령을 받았다. 결
혼생활의 우여곡절은 있었지만 가정을 희생하는 대가로 일은 열
심히 하였기에 본부에서도 인정하였던 모양이었다. 2년간 혼자
나와서 외교관 생활을 한다는 것이 쉬운 일이 아니었는데도 나는
밤낮 가리지 않고 교민생활 안정과 미국에서의 한인사회 역할 제
고 업무에 최선을 다하였다. 오히려 혼자 미국에 와 있었기 때문
에 더 열심히 할 수 있었던 것 같았다.

아내는 의사로서 자기 분야에서 꽤 인정을 받았고 애들도 한국
에서 잘 지내고 있었다. 우리 두 부부와 가정은 굴곡이 있었지만
잘 극복하고 나름대로 안정을 이루었다.

미국을 떠나기 전에 후배들과 교민들이 나의 영전을 축하한다

며 환송 겸 크리스마스 파티를 미시간 호수 근처 작은 강가에 있는 교포가 경영하는 식당에서 열어주었다.

　그 자리에는 많은 후배들이 참석해 있었다. 담소가 오가고 여흥이 무르익어 가고 있었다. 어느 후배로부터 13년 만에 그녀의 소식을 처음 들었다.

　고등학교 후배로 컴퓨터 공학 박사 과정에 있는 위성범 군이 "형님 잠깐 봬요, 드릴 말씀이 있는데요" 하며 나를 호수가 한눈에 보이는 창가로 데려갔다. 근처에 아무도 없자 "형님 혹시 윤경희 씨라는 여자분 아세요?"하고 조용히 나에게 물어왔다.

　"누구? 윤경희라고 방금 이야기했나?"

　"예, 윤경희 씨라고 여자분이 형님을 아시던데요." 나는 순간 멍해졌다. 내 귀를 의심해서 성범에게 다시 확인하였다.

　"윤경희라는 사람은 지금 수녀로 있을 텐데. 수녀인 그 사람을 자네가 어떻게 알아? 내가 아는 윤경희라는 여자분은 지금도 성심수녀원에 있을 텐데" 하며 확인도 해볼 겸 말꼬리를 낮추며 성범 군을 쳐다보았다. 실로 오랜만에 듣는 이름으로 내 기억 저편에 있으면서도 이 세상에 같이 있지 않은 여인으로 생각하지만 늘 내 마음 한구석을 차지하고 있는 잊을 수 없는 이름이었다.

"수녀인 윤경희?" 혹시나 해서 다시 물었다.

"형님! 맞아요. 아시는 분이시네. 수녀 생활하셨고, 지금은 수녀원에서 나와서 인디애나에서 공부하고 계세요. 어, 이러면 이야기가 재미있게 되네요. 지난여름에 형님이 가족들과 동부로 여행 떠나셨잖아요, 그날 윤경희 씨가 여기 저희 집에 오셨어요. 지금 인디애나에서 공부하고 계신데 저희와 인디애나에서 아주 가깝게 지냈어요. 그래서 지난 여름방학에 집에 놀러 오신 거였어요. 공교롭게도 형님은 동부로 아침에 떠나시고 윤경희 씨는 인디애나에서 그날 오후에 집으로 오신 거죠. 어느 순간 고속도로에서 교차해서 스쳐 지나가셨겠네요. 아, 이거 재미난 이야기가 되겠네요, 신기하지 않아요?"

지난여름에 가족들이 서울에서 와서 휴가를 얻어 동부로 여행을 떠난 날에 그녀가 왔었던 모양이었다. 그 이야기를 듣는 순간 내가 몽매에도 잊지 못하여 온 경희가 맞았다. 머리가 띵해 오며 가슴이 철렁하고 내려앉았다.

"맞는데 내가 잘 아는 사람이야, 근데 왜 이제야 나한테 말하는 거야? 6개월 전에 여기 다녀간 것을 이제야 이야기하다니. 싱거운 사람이네." 내가 힐난조로 성범 군에게 말했다.

"그 사람 윤경희 씨가 내 이야기 무어라고 해서 자네가 오늘 한국으로 떠나는 사람에게 장난스럽게 말하나?" 하며 짐짓 반가운 소식인데도 못마땅한 듯한 표정을 지으며 말을 이었다. 순간 성범 군이 죄송하다고 사과하며 그날 경희가 와서 나에 관해 이야기했는데 두 분의 오래전 이야기인 것 같기도 하고 공부하느라 바빠서 차일피일하다 오늘에서야 이야기하게 되었다고 사과하였다.

"그래 나에 대헤 무어라고 그래, 그냥 아는 사람이다, 그 정도로, 내 안부나 물었겠지."

"형님하고 그분하고 사랑하던 사이였는데 '수녀가 되는 바람에 헤어지게 되었다'고 하시면서 '신파소설 같지요?' 하며 웃으시길래 우리도 그럴 수 있겠다 정도 생각하고 있었지요, 윤경희 씨가 형님이 자기의 첫사랑이라고 이야기하실 때는 상당히 진지하게 말씀하셔서 잠깐 숙연해지기도 했지만, 오래전 일이라 생각하고 별생각 없이 지나갔지요. 일주일 계시다 인디애나로 돌아가셨어요."

"내가 여기에 와 있는 걸 어떻게 알았을까?"

"이곳 공관 명부를 보시다가 형님 이름을 보시고 이것저것 물

어보시더니 '이분 내 첫사랑이야, 어떻게 여기 와 계시지, 참 희한
하네. 지금 여기 계셔요?' 하기에 '오늘 아침에 가족들과 동부 여
행 떠나셨어요, 여행 안 가셨으면 뵐 수 있었을 텐데, 아쉽게 되셨
네요' 하며 놀렸더니 '아이 그렇기는 하지만 지금 뵈어 봐야 그렇
지' 하면서 가만히 한숨을 쉬더니 다른 이야기로 화제를 바꿔 더
이상 이야기는 없었지요."

　　수녀원에서 탈속하고 인디애나에 유학 와 있는 그동안의 그녀
상황을 성범 군에게 들을 수 있었다. 성범은 경희가 자기들과 인
디아나 대학에 있을 때 아주 가깝게 지냈던 사이라 했다. 대충 들
어보니 수녀원에서 나와 방황 좀 하다가 몇 년 후에 탈출구로 미
국에 유학 와 공부하게 된 것 같았다. 지금 그녀의 연락처를 알았
으면 하는데 그녀에게 물어보고 좋다고 이야기하면 나에게 알려
달라 하였다. 그녀의 반응이 궁금했다. 기다려졌다.
　　그 후배가 전화번호를 가지고 며칠 후에 와서 LA의 경희와 통
화한 사실을 전했다.
　　"전화번호 알려드려도 좋대요. 그런데 경희 씨가 좀 서운했나
봐요. '이제 와서 새삼스럽게 통화는 갑자기 왜? 무슨 일 있나요?

지난여름에 미시간 다녀오고 나서 그동안 아무런 연락도 없었는데' 하시기에 제가 저간의 사정을 말씀드렸어요. 사실은 제가 그동안 바빠서 깜빡하고 경희 씨가 미시간 지난여름에 다녀가신 것을 말씀 못 드렸다. 귀국 환송연에 가서야 말씀드렸더니 선배님이 화를 크게 내셨다고. 그러자 경희 씨가 '그래서 아무 연락이 없었군요. 괜찮아요. 저도 오랜만에 안부나 여쭈어보고 싶으니 제 번호 알려드리세요. 기다릴게요' 하며 통화하고 싶으면 통화해 보라고 하셨어요."

드디어 겨울방학이라 LA에 가 있는 그녀와 13년 만에 전화로 대화를 나눌 수 있었다.

"여보세요, 여기 미시간이에요. 내 목소리 기억나요? 너무 오래간만이라 어때요?"

"어마! 진짜로 전화 주셨네요, 제가 목소리를 기억 못 할까 봐 걱정은 되셨나 보죠? 목소리에 특이한 음색이 있잖아요, 제가 어떻게 잊어요? 그런데 귀국하신다고 하던데요, 언제 미시간 떠나세요?"

내가 순간 당황해지며 할 말을 잃고 멍하게 있었던 순간에도 수화기로부터 그녀의 목소리는 또박또박 들려왔다. 서로 목소리를 처음 듣는 순간부터 우리 둘은 13년 전으로 돌아가 버리고 말았던 것이다.

"저, 경희예요, 그간 안녕하셨어요? 지난여름에 미시간의 조희연이네 놀러 갔다가 그곳에 와 계신 것 알고 깜짝 놀랐어요, 그런데 그날 아침에 동부로 여행 떠나셨다고 하는데 그 순간 왠지 우리는 왜 이럴까? 순간 그런 생각이 들며 서운하면서 얼굴이라도 뵙고 싶은데 하는 생각이 들었어요. 하여튼 오랜만에 목소리 들으니 그대로시네요. 반가워요."

"경희도 그대로인데, 아이고 어떻게든 만났어야 했는데 뭐 이렇게 일이 꼬이네, 일주일 있다 귀국해야 하는데 지금 LA에 있다면서? 가볼 수도 없고 말야."

"미시간에서 여기 인디애나로 돌아와서 연락 주시겠지 하며 은근히 기다렸는데 아무 연락이 없어서 이제 나 같은 거는 잊어버리셨겠지 하면서도 서운하면서도 혹시나 했는데 조희연이 신랑이 미처 알려드리지 못하고 깜박했다 하길래 속으로 욕은 했지만 다행이다 싶으면서 통화하고 싶다는 말씀 전해 듣고는 나를 그렇게 쉽게 잊으실 분이 아닌데 하면서 전화 꼬박 기다렸어요, 잠도 며칠 밤 설치면서, 아이 눈물 나요."

"내가 경희를 어떻게 잊어요? 13년 동안 늘 생각했는데, 단지 속세의 사람이 아니니 하며 체념은 하였지만, 조희연 씨 남편이 나한테 욕 좀 먹었지만 그래도 그 친구들 때문에 이렇게 목소리라 도 들으니 다행이다 싶고, 너무 뭐라고 그 친구들한테 그럴 거 없어, 전화번호 가지고 와서 경희랑 통화해 보라고 할 때는 눈물 나게 고마워서 지나간 일 다 잊어버렸지."

"정말이지 우리 살아 있으니 이렇게라도 이야기할 수 있어 정말 고마워요. 그런데 서울로 이제 돌아가시면 어떻게 하지?"

"그런데 언제 수녀원 나왔어요? 그리고 미국에는 언제?"

"이야기하면 길고 우여곡절이 많았어요, 그때 수녀원에 전화하시고 저 방황 많이 하다가, 체념하다가, 말도 말아요, 저 고생 좀 했어요. 나중에 말씀 다 드릴게요, 전화로 이야기 다 못 해요, 서울 가면 또 바쁘시고, 그리고 저 기억이나 하시겠어요?"

나는 순간 당황하였다. 이렇게 끝낼 수는 없었다. 아직도 나를 기다리고, 나 때문에 사연이 많았다 싶었다. 전화로 길게 이야기 할 수 없었지만, 그녀와 나와의 앞으로의 삶에 중요한 시간이라는 생각이 얼핏 들었다. 생각을 정리하여서 그녀에게 내 생각을 전하고 싶었다. 그렇지만 2~3일 있다가 공관 생활을 마치고 한국으로 돌아가야 하니 이제 어떻게 그녀를 미국에서는 만나 볼 수 있는 상황도 아니고 전화로는 다 이야기하기에 어려웠다.

"내가 서울에 돌아가는 데로 연락할게요, 그동안의 내 사연은 들어서 아는지 모르지만 내 편지로 상세하게 써 보낼 테니 이해를 해주어요. 그리고 이제 13년 만에 연락이 되었으니 자주 안부라도 전하고 지내요. 경희만 괜찮다면."

내 말에 잠시 침묵이 이어지다가 경희가 말을 이었다.

"이제 와서 아이! 어떻게 하면 좋아요? 새삼스럽게 오해받을 수도 있고, 하여간에 서울 잘 돌아가시고, 연락이나 주세요" 하더니 "이제 언제 목소리라도 다시 들을 수 있겠어요?" 하며 숨죽이며 "흐흑" 하는 소리가 수화기를 타고 가늘게 들려왔다.

"내 서울 돌아가서 바로 연락할게, 그러면 되잖아. 그동안 잘 있어요, 아! 우리를 이렇게 다시 만나게 해주시다니, 우리 모두에게 고마워하자고."

그녀와 나의 오랜만에 해후는 이렇게 이루어지고, 나는 또 언제 그녀를 만날지도 모르는 체 기약 없이 서울로 돌아왔다.

내가 동부 여행을 위하여 뉴욕으로 향하고 있는 고속도로에서 같은 시간에 그녀는 인디애나에서 미시간으로 오고 있었다. 우리는 그 고속도로에서 아무것도 모르고 어느 같은 순간에 어느 지점에서 교차하면서 스쳐 지나가 버린 것이다. 참 희한하게도 비껴가고 마는 것이 우리의 그동안의 운명(?)이지 않았나 하는 불길한 예감이 들기도 하였다.

지나간 20여 년 세월을 돌아보면 우리 둘은 조금씩 가는 길이 어긋나고 있었다. 그녀가 기다릴 때는 내가 가지 못하고 내가 준비되어 찾아가 만날 때는 그녀는 수녀가 되기로 마음먹었고, 그녀가 수녀 생활을 정리하려 마음먹고 나를 찾았을 때는 나는 불과 6개월 전에 가정을 꾸리고 있었다.

그리고 13년 후에 미국 미시간에서 만날 수 있었는데, 그 시간에 나는 미시간으로 향하는 차 안에, 그녀는 시카고에서 인디애나에서 미시간으로 오는 고속도로에서 어느 순간 우리는 어긋나고 스쳐 지나가 버렸던 것이다.

동부여행서 돌아오고 나서 후배가 그녀 소식을 알려주었으면 내가 인디애나로 갔다 오든지 해서 우리는 미국에서 만날 수 있었는데 모든 것이 그냥 조금씩 어긋나 버려 우리는 또 각자의 길을 종착지가 어딘지도 모르고 가고 있었다. 하기는 미국에 있을 때 만났다 하여도 특별히 별다른 일이라도 일어날 수는 없었을 테지만 몹시 아쉬웠다.

떠나기 이틀 전 그녀와 통화를 하고 나서 그녀에게 장문의 편지를 보내고, 나는 미국을 떠나 귀국하였다. 그녀의 소식을 불과 며칠 전에 듣고 나는 많은 혼란과 충격에 빠져버렸고 현실에서의 그녀의 존재를 확인하고 싶어 그녀와의 통화를 원하였는데 막상 통화하고 나니 새삼 그녀가 이 세상에서 나와 같은 공간에서 살아가고 있다는 것이 실감나기 시작했던 것이다.

담담하게 있는 그대로 받아들여지지 않았다. 한마디로 꿈이야 생시야 하는 비몽사몽에서 깨어났다고 할 수 있었다. 그녀는 나에게서 그런 존재였다. 그녀가 수녀원으로 들어갔다는 소식을 들었을 때부터 그녀는 나에게서는 이 세상에서 같이 삶을 누리는 사람이 아니었다. 그러니까 내가 그녀와의 인연이 다 했다고 생각하고 헤어짐을 현실로 받아들일 수 있었던 것이었다. 그녀는 내 가슴 한구석을 차지하고 있는 죽은 사람이었다.

서울로 이삿짐도 다 부치고 미국을 떠나기 직전에 시카고를 끼고 있는 미시간호숫가의 외딴 카페에 들러 찬찬히 마음에 새기듯 미국에서의 2년간의 공관 생활을 뒤돌아보았다. 호반 주위의 풍경은 흰 눈으로 끝없이 덮여 있고 알래스카에서 거침없이 휘몰아쳐 내려온 북극 바람이 눈보라를 일으킬 때였다. 미국 중서부는 서쪽으로는 로키산맥 동쪽에는 애팔래치아 산맥이 있지만, 북쪽에는 알래스카 바람을 막아줄 산맥이 없어 북극 바람이 그대로 내려오고 미시간호가 옆에 있어 겨울은 그대로 알래스카나 북극이라고 보아도 괜찮을 정도였다.

이렇듯 황량하면서도 산타가 눈썰매를 몰고 사슴을 앞세우고 올 듯한 로맨틱한 분위기를 바라보고 있는 나로서는 묘한 상념에 빠질 수밖에 없었다. 크리스마스도 지나고 사위는 적막하기 이를 데 없었다. 그동안의 미국 생활이 명멸하듯이 스쳐 지나가면서 나이 들어 홀로 공관 생활을 하면서 죽도록 고생한 기억이 오히려 추억으로 아련하게 아쉬움으로 남았다. 약간 감상에 빠져있는데 불과 며칠 전에 그녀와의 대화가 불현듯 가슴에 커다란 물결을 일으키며 다가왔고 나의 몽롱한 의식 속에 깊이 잠재해 있던 뜨거운 덩어리를 끄집어내고 있다는 것을 느끼게 되었다.

불현듯 정신이 들어 필기구와 편지지를 챙겨온 것이 눈에 들어

왔다. 그녀에게 미국을 떠나기 전에 내 가슴 속 저 깊이 오랫동안 묻어두었던 그녀에 대한 나의 이야기를 하여야만 해야 했다. 나는 쫓기듯이 글을 써 내려가기 시작하였다. 그때가 아니면 앞으로도 두 번 다시 이런 기회가 없을 것 같았다.

지나간 세월을 되새겨 자세하게 서술하면서, 나도 처음으로 그녀에게 나의 그녀에 대한 감정을 비교적 솔직하게 표현하였다. 내가 그녀를 사랑하고 있다는 표현도 편지에 처음으로 썼다. 처음 만나서 20여 년이 거의 다 되어서야 비로소 사랑이라는 단어를 썼다.

내가 그녀를 그동안 죽 잊지 못하여 왔는데 서로 조금씩 오해가 있어 어긋난 것이니 다시 시작해보자는 글과 함께 X-MAS 카드를 그녀에게 인디애나로 보내고 나는 서둘러 2년간의 미국에서의 공관 생활을 마감하고 귀국하였다.

서울로 와서 대략 2~3개월은 2년간의 공관 생활로 인한 공백을 메꾸느라, 새로운 집 구하느라 시간이 지나가 3개월쯤 되었을 때 그녀에게 내 소식을 미국으로 전하였다. 일찍 소식을 전하려 하였으나 자리 잡는 데 시간이 걸려 늦게나마 소식을 보낸다고 하며 내 근황과 연락처를 편지로 간략하게 써서 보냈다. 그녀에게 안부를 전하는 정도의 사무적인 내용이었다. 내가 미국을 떠나며 보낸 편지에 대한 그녀의 반응을 몰라서 내 딴에는 절제된 표현으로 내 안부를 전해 보낸다는 것이 그녀를 당혹스럽게 한 듯하였다.

얼마 후에 전화가 왔다. 무슨 일이 있었는지 궁금해 혼났다고 하면서, 새로운 보직은 어떠냐는 등 일상적인 안부만 서로 물어보았고, 나는 미국을 떠날 때 그녀에게 보내었던 열정적인 자세는 최대한 억누르고 담담하게 근황을 이야기하고 자주 연락하자고 하며 통화를 마치었다.

나는 늘 그런 식이었던 것 같다. 열정적으로 내 마음을 토로하고 나서 얼마 지난 후에는 언제 그랬냐는 듯이 지극히 감정을 억제하고 냉정하리만큼 담담하게 대하여 왔던 버릇을 그때에도 못 버리고 오랜 친구와 일상적으로 대화하듯이 물에 물 탄 듯, 별 특징 없이 조금은 건조하다고 할 이야기만 하였던 것 같았다. 그러니 상대방은 번번이 나에게 기대한 것이 있을 텐데 실망할 수밖에 없었을 것 같았다.

한 달이 이럭저럭 지나가고 직장 일도 잡혀가고 있었다. 미국
의 그녀로부터 사무실로 편지가 왔다.

5장

사랑을 다시 불태우게 한 편지들

'사랑하는 이에게'로 시작하는 편지

구체적이고 긴 이야기는 아닌데 내 가슴을 후려치는 정신이 번쩍 나는 말이 있었다. 내가 미국을 떠나면서 보낸 편지를 받고 그녀가 "방학 동안 추운 겨울을 어떻게 보냈는지 아세요?"라고 하면서, "사람을 그렇게까지 힘들게 해놓고 이제 다른 사람이라도 된 양하는 것이 아닌지 모르겠어요?"하고 내게 일갈을 하였다.

속된 말로 심심풀이로 연못에 던지는 돌이 개구리에게는 치명상이 될 수도 있다는 이야기였다.

"혹시나 해서 그런 거지만 지난번 미국을 떠나면서 편지에서 써 보낸 내 마음이 진심인지 헷갈리곤 해요" 하고 조심스럽게 꼬집는 이야기도 있었다. 아차 싶었다. 똑같은 실수를 내가 또 한 것 같았다.

다급한 김에 미국으로 전화하였다. '황태자의 첫사랑(Alt Heid

elberg)'에 나오는 대사를 우선 독일어로 읊어 주었다. "Ich liebe dich, ohne dich ich kann nicht leben(당신을 사랑합니다. 당신 없이는 살 수 없어요.)"이라고. 적당히 에둘러 이야기하였더니 다시 한 번 확인하였다. "진심이라고 믿어도 되냐?"고 되물었고, 나는 "그렇다"라고 처음으로 자신 있게 확신에 찬 대답해 주었다. 그녀가 "알았어요, 편지로 저의 입장을 써 보낼게요"라고 답했다. 우리는 아주 중요하다고 할 통화 – 나중에 돌이켜보면 – 를 간단히 마치었다.

얼마 후 한 2주쯤 지났을까 하는 시간이 지나고 미국에서 그녀로부터 편지가 왔다. 처음 만날 때부터 그녀는 내 이름을 한 번도 불러본 적이 없었다. 눈빛으로 아니면 몸짓으로 나를 지칭하였지 나의 호칭을 불러본 적이 없는데 처음으로 내 호칭이 '사랑하는 이'가 된 것이다.

나는 감동하였고, 어떠한 긴 미사여구보다 나의 감성을 전율시키다시피 흔들어 깨웠다. 나는 자신이 아직도 그녀를 사랑하고 있다는 나의 감정을 확인할 수 있었고 나와 그녀는 깊은 사랑의 늪에 빠지게 되었다. 헤어졌다고 하면 헤어져 오래 소식을 못 전하고 있을 때도 그녀에게 나는 '사랑하는 그이'로 그녀의 가슴에 깊이 간직된 채 이 세상 끝까지 가리라고 지금도 나는 확신하고 있다.

'사랑' 이라는 단어는 그녀를 만나고부터 오랜 시간이 지난 그때야 처음 듣는 것이었고 그녀가 직설적으로 언급한 사실에 감동하였다. '사랑'이 포함된 호칭을 들은 이후 나는 그녀의 노예가 되어버렸고, 그녀에게서 영원히 내가 떠날 수 없음을 직감하였다. 한마디로 그녀 앞에서 '닭 앞에서의 지네' 꼴이 되어버렸다. 엄격히 호칭은 아니어도 이 표현은 나의 마음과 혼을 모두 빼앗아 버리고 나를 그녀의 소유가 되도록 했다.

우리는 열정적이다 못해 격정적이라고 걱정할 정도로 사랑의 열병에 걸리면서 그동안 20여 년간 잠재워 왔던 모든 것이 활화산의 용암이 분출하며 나오듯이 걷잡을 수 없이 사랑을 유감없이 태워 버리기 시작하였다. 하루의 일과의 대부분 심지어는 잠이 들어서도 그녀의 생각이 내 생활의 전부를 차지할 정도로 나는 미쳐가고 있었다.

직장 일은 그럴수록 더욱 열심히 할 수밖에 없었다. 우리의 거사(?)를 남의 눈에 이상하게 눈치채지 못하도록 하는 방법이 일을 열심히 하는 것만이 그녀에게 몰두하는 나를 지킬 수 있는 유일한 성벽이고 방어진일 수밖에 없었다. 철저한 이중인격자 즉 밤과 낮이 다른 '지킬박사와 하이드'가 될 수밖에 없었다.

나도 그랬지만 그녀도 매일 1통씩 어떤 때는 보름씩이나 하루도 빠짐없이 편지를 써 보내고 받고 하였다. 어떤 날은 한 번에 몇 통씩 사무실로 편지가 배달되기도 하는 바람에 비서가 "또 미국에서 여러 통의 편지가 한 번에 왔어요" 하며 의미심장한 미소를 짓기도 하였다.

사무실 전화를 사용할 수 없으니 전화국에 가서 국제전화를 자주 하였다. 한 번에 15분에서 20분 정도씩 일주일에 두어 번씩 하니 전화국 교환수가 나를 알아보는 것 같기도 하였다. 내 용돈의 대부분이 국제통화료가 될 정도였다.

13년의 세월을 메꾸려는 듯 사진도 서로 주고받았다. 그녀가 다른 여자 유학생들과 같이 찍어 보내준 사진에서 내가 그녀를 찾아내지 못하는 해프닝도 있었다. 한창 데이트할 때는 삐쩍 말랐었는데 살이 어느 정도 올라 내가 좋아 보인다고 그녀가 놀리는 듯하면서도 좋아하는 모습도 전해주었다. 하여튼 우리는 행복이 넘칠 정도로 깊은 열애에 빠져들어 가고 있었다.

한마디로 우리 둘은 서로에게 미쳐 있었다. 주위에 아무것도 눈에 들어오지 않을 정도였다. 더욱이 얼굴을 직접 대하지 못하고, 목소리와 서신으로만 대화하니 더욱더 안으로안으로 타들어

갈 수밖에 없었다.

그녀로부터 온 서신 몇 가지를 인용해 보겠다.

사랑하는 이에게

1월 말 LA에서 돌아와, 미국을 떠나시면서 X-MAS 카드와 함께 보내준 편지를 읽고는 겨울방학 한 달을 전혀 공부할 수 없었어요.

너무 충격이 컸던 탓이지요. 한국으로 돌아가신 후 아무 소식이 없다가 4월 초가 돼서야 길고도 짧은 편지 받고는 협박이겠거니 하면서도 미칠 것 같았어요.

가슴이 터져나갈 것도 같고 아무한테도 의논할 수가 없잖아요. 우리 둘 다 자격이 없는 사람들끼리 사랑해야 한다니~ 상상이나 해보았겠어요.

포기하고 체념하고 보낸 세월이 근 10여 년 넘어가는데~ 청천벽력 같은 이야기에 꿈인지 생시인지 그대로 혼돈 속에 빠진 채 엎어져 버려 냉동인간이 될 뻔하였어요.

어젯밤 전화로 대화를 나누면서 제 가슴이 움직이는 것에 저 스스로 너무 놀랐어요. 아! 이것을 어떻게 다 말로 표현하지요. 답답하기 이를 데 없었는데 종당에는 자신에게 솔직하기로 했지요, 감정이 흐르는 데로 따라가기로 하였어요.

그러나 걱정마세요. 지금 가지고 계신 계획이나 생각에는 전혀 방해되지 않도록 처신할 테니까요.

궁금한 것이 아주 많아요. 수녀원에 있을 때 그리고 대학교 졸업식에서 뵌 모습이 많이 달라졌을 텐데~ 어떻게 변하셨어요? 지난 여름에 미시간에 갔을 때 사시는 모습이 너무나 보고 싶어 살고 계신 APT는 일부러 찾아가 봤지만, 지금 서울로 오셔서 사시는 데는 어느 동네인가요?

사무실에서 어떻게 일하고 계세요? 운전하며 사무실로 출퇴근하는 모습도 보고 싶어요. 약주 하시고 웃으시는 모습, 기분 나빠 상 찡그리며 화내시던 것. 적당히 얼버무리며 가끔 거짓말로 둘러대는 모습 등등.

욕심을 부리자면 당장이라도 바로 만나고 싶어요. 이제부터는 학교에서 집으로 돌아오면 Mailbox부터 뒤지는 일이 하나 더 생겼으니까요. 행복, 초조, 실망, 환호의 반복된 일상이 될 것 같아요. 여하튼 닥친 일이니 즐겁게 감당할 생각이에요.

편지를 받는 것은 즐거운 일이지만, 답장하려고 쓰는 것은 힘드네요. 마음속에 있는 말을 다 표현할 방법이 없으니 말이에요. 이러다가 마음의 병이나 혹이 생기면 어떻게 하지요.

아직도 무어라고 불러드려야 할지 호칭 문제는 우리가 처음 만난 20여 년 전부터 지금까지 제가 해결하지 못하고 있는 난제랍니다. 차마 이름을 부르지는 못하는 게 바보 같은 저의 주변머리랍니다. '사랑하는 이'가 호칭은 아니지만 호칭이 만들어질 때까지 편지

서두에 사용하려고 하니 제가 마음껏 부를 이름을 만들어 주세요.

이곳에도 봄이 시작하려고 하고 있어요. 인디애나도 미시간호 안에 있어서 그런지 겨울에는 사정없이 춥고 이제 사월인데도 초봄 기운이 완연하지는 않네요. 어젯밤에는 싸락눈도 내렸지만 4월 초인지라 그런지 아침에는 모두 녹았더군요.

어떻게 지내고 계신지요?
지난 2월에는 조금 지내기 힘들었지요. 보내주신 편지에 담긴 명문(?) 때문에~ 아직도 자신의 감정에 충실히 사는 이곳 사람들의 방식이나 사고와 저처럼 30여 년 이상을 타인에 의해 세워진 '생의 테두리 속' 생활이나 행동 규범과의 중간에서 갈피를 잡지 못하고 있는 것 같아, 지금은 가슴이 아프기도 해요.

지금은 spring break 기간이에요 제일 싫어하는 것 중 하나가 쓸쓸하기만 한 학기 중 break 기간이지요. 시간은 있지만 공부하기는 싫고, 이번엔 take home exam이 있어서 놀면서 마음만 불안하지요.

보내주신 책은 오늘 받았는데, 만화책은 다 읽었고, 천경자 씨의 '사랑이~'에서 몇 권의 에세이를 읽었지요. 여러 날씨 탓과 한이 맺힌 여자의 글이라 가슴이 먹먹해지네요. 걸레스님'이야기는 제일 마지막으로 읽을 예정이에요.

너무 많이 마음을 받은 느낌이 들고 소포에 즐비하게 붙어있던 우표들이 조금은 불편하기도 하고 고맙기도 하고~ 아! 나도 모르겠어요.

이 break가 끝나면 시험, paper due 등등, 그리고는 곧 학기 말이 되고, 시험 보고. 이번 학기도 끝나겠지요. 작년 여름에는 New Mexico에 있는 Navajo Indian Reservation에서 보냈었지요.

미국 속의 제3세계에서 많은 것을 배웠고, 지독한 고독을 체험하였고, 새로운 친구들도 얻어서, 이번 여름에도 다시 초대를 받았는데 아직 결정을 못 하고 있지요.

한 번 더 가볼 것인지 그냥 이곳에 머물 것인지, 작년과는 제가 많은 것이 달라진 것 같아 가끔 당황하기도 하고 내심 재미있기도 하며 어쩌다 내가 이렇게 변했나 싶기도 하기만 하네요.

누구 때문에 내가 이러고 있는지 아시는가 모르겠어요. 어떤 때는 얄밉고 밉상스럽다가도 너무 보고 싶어 꿈에서라도 그리워하며 지내요.

글재주 없는 사람이 이렇게 쓰자니 힘이 드네요. 머릿속의 생각과 종이 위에 그려지는 그림과는 너무 많은 차이가 나니까요.

읽기 힘드시겠지만, 답신이 없는 것보다는 읽는 고통(?)의 시간을 드리는 것이 나을 것으로 생각했지요. 환절기에 건강 조심하시고 약주 너무 많이 드시지 마세요. 이만 총총.

4월의 어느 날 블루밍턴에서 사랑과 함께

이 편지를 받아보고 내가 살아온, 짧지만은 않은 내 삶의 기억 속에서 지금까지도 최고의 선물이라고 생각하고 있을 수밖에 없다 해도 과언이 아니라고 하고 싶다. 이때의 내 기분은 천하를 얻었다고 느낄 정도였다. 지금까지도 이때의 환희를 잊지 못하고 있다. 이러면서 나는 이른바 사랑의 구렁텅이 속에 빠지어 헤어 나오지 못하고 있는 사랑의 피에로가 된 것이다. 사랑이라는 묘약에 중독되어 사랑을 사랑할 수밖에 없는 인간이 되어버린 것이다.

나도 그녀에게 바로 답장을 하였다. 우리 다시 시작하자고 하며, 지나간 시간은 묻어 버리고 내가 고시 합격하고 성심여대로 찾아갔을 때 말하고자 하였던 말을 이십여 년이 지난 이제야 하게 되었다고 하면서 그동안 마음속에 간직하였던 나 자신이 지어낸 이야기를 생각해 내어 그녀에게 써서 보냈다.

"나는 경희 씨를 처음 봉의산에서 처음 보는 순간 맑고 투명하리라 느껴지는 얼굴에 첫 만남에 반했다는 게 내 솔직한 심정이었다. 경희 씨와 헤어진 후에 고시 공부를 3년여 하는 고달픈 시절 가끔 꿈에서 경희 씨 어머니를 뵙곤 했던 것 같다. 경희 씨는 그렇게 보고 싶어 해도 꿈을 못 꾸었는데 그리고 경희 씨 얼굴을 아무리 생각해 내려 해도 생각이 나지 않았는데 어느 날 꿈에서 경희 씨를 보았다. 우리가 처음 만났을 때보다 몇 년이 지난 후의 나이 들은 얼굴인데 시골 성당이 있는 들녘에서 나를 보더니 반가워하며 여기까지 나를 어떻게 찾아 왔냐고 하였다. 경희 씨 뒤 조금 떨어진 곳에 우아하기 이를 데 없고 성스러운 기운이 주변을 감싸고 도는 듯한 분위기 속에서 노부인이 손짓하며 어서 오라고 하였다. 경희 씨와 그 노부인에게 가까이 가려는데 다리가 움직이지 않았다. 그 자리에서 한 발이라도 내디디어 가려 하나 엉기적거리기만 하고 있을 수밖에 없는데 그 노부인이 내 손을 잡아 경희 씨에게 데려다주었다. 꿈속에서 이 광경을 보고 있던 사람들이 그분을 향해 경배를 올리며 성모가 발현하시었다고 소곤대고 있었다. 그러다가 잠을 깼는데 꿈이었다. 꿈에서 깨어나 그 노부인을 떠 올리려다 비슷한 언젠가 뵌 일이 있는 경희 씨 어머니 같았다. 경희 씨의 어머니였다. 어머니와 어느 부분에서 경희 씨가 이미지가 같아 나에게 그런 꿈으로 현몽한 것 같았다"는 꿈 이야기를 써서 보냈더니 다음과 같은 편지가 왔다.

사랑하는 이에게

며칠째 목이 아프더니 드디어 몸살이 나 버렸네요. 혼자 살면서
제일 힘들 때가 아플 때인 것 같아요. 시험공부 하기 싫은데 핑계
로 실컷 잠도 10시간씩 잤는데 오늘은 수업에 가기 싫을 정도로
열이 오르고, 목이 아프고, 걱정 마세요. 아플 때는 마음이 많이
깅해지니까요.

옆에 누가 있으면 도리어 마음이 약해지고 자꾸 의지하려 들 텐
데 아무도 없으니까 빨리 어려움에서 빠져나오는 것 같아요. 그
래서 혼자 사는 여자는 너무 강해서 못쓴다고 하나 보아요.

이틀 동안 무지무지한 허무감 때문에 편지를 못 썼어요. 아마도
학기가 끝나면서 언제나 느끼는 허무감이겠지요.
어떻게 그렇게 살이 많이 찌셨어요. 20여 년 전에 우리 처음 만날
때는 눈빛만 번쩍이는(?) 갈비씨였는데, 인상이 달라진 것 같아
요. 부드러워진 것 같기도 하고, 기분이 이상해요. 중년이 되면서

살이 많이 오르면 성인병 등이 문제가 된다는데 걱정이 되네요.

보내주신 책 중에 '김동길 교수' 글 중에 '솔직함'에 대한 것이 있어요. 사람이 진정으로 솔직하다는 것이 얼마나 어려운지. 요즈음 많이 생각하고 있던 차라 금방 공감이 가더군요. 항상 솔직해지고 싶으면서 결코 솔직하지 못하게 살고 있으니까요.

솔직하지 못하는 것을 메꾸기 위하여 핑계(이유)를 100% 합리적으로 만들어 내는 재주가 저에게 있는가 보아요. 나쁜 여자 같지요?

편지를 길게 쓰시느라 힘이 드시겠지만, 읽는 사람은 좋기만 하네요. 우리 대학 시절 데이트할 때 금방 들통 날 거짓말, 우스개 또는 동화 같은 이야기를 잘도 지어낸다고 생각은 하였었고. 가끔은 진짜로 거짓말하실 줄 안다고 그전에도 가끔은 생각하고는 했었지만 이번에 보내주신 거짓말 같은 꿈 이야기는 지어내신 이야기라고 생각하지만 진짜로 믿고 싶을 만큼 감동적이에요.

고시 합격 후에 성심여대 찾아오셨을 때 거짓말이라도 이번에 편지에 써 보내주신 이야기의 반만이라도 해 주셨으면 우리 이렇게 멀리 떨어져 있지 않아도 됐잖아요. 친구 집에 왔다고 잠깐 들렸다는 게 말이 돼요? 내가 뭐 심심풀이 땅콩인가 하며 서운하다 못해 화가 나고 고시만 합격했으면 다 인가 재수 없어 하는 막가는 생각도 들어 화가 났었다고요. 왜 이제야 이야기해요? 엄마가 '사랑하는 이'를 좋아하시기는 하셨어요. 남자답고 착한 것 같다고 가끔 이야기하셨거든요.

마지막 학기 시험을 끝까지 망치려는지 공부가 제대로 안 되네요. 건강하게 잘 계시지요?
내일은 편지 받을 수 있겠지요. 기다리는 것 참 싫어요. 안 기다릴 수도 없고, 일생 동안 기다리다가 끝날 것 같아요.(방정맞은 소리 같기는 하지만)

한 번쯤 무언가 이루어 보았다는 만족감을 느껴보고 싶어요. 욕심이 많은 탓인가요. 실패한 탓인가요. 실패했다고 인정하기에는 아직 젊은 것 같아요. 공부해야겠어요. 오늘 하루도 편히 지내시기를 멀리서나마 기도하고 있어요.

4월의 마지막 주를 보내며~~~블루밍턴에서 사랑과 함께

이 편지에서 그녀가 자신의 지나간 세월에 대하여 확신을 갖지
못하고 회의하며 실패 운운하는 이야기에 내 가슴이 조금씩 아려
오는 것 같아 내가 그녀에게 또 다른 상처를 줄 수도 있지 않을까
하여 우리의 관계에 대한 생각을 되새김질해보았지만, 다른 선택
의 여지는 생각하기도 싫었다. 나 자신이 너무 깊이깊이 빠져들어
가고 있어서 객관적으로 우리 관계를 살펴보는 냉정한 마음과 평
정심을 잃어버려 어딘가로 갈지도 모르는 길로 그냥 감성이 시키
는 대로 가고 있었다.

사랑하는 이에게

예정대로라면 5월 말이나 6월 초에 서울에 다녀오고 싶은데요. 제

대로 될는지 모르겠어요. 다녀오는 것이 두렵기도 하고 작년 New Mexico에서 혼자 운전하면서 돌아올 때 두렵던 것에 비교도 안 될 만큼 두렵네요. 닥치면 어떻게 되겠지요.

보내주신 사진들 자꾸 보니까 조금씩 눈에 익어 가네요. 그러나 아직도 이상해요. 인상이 달라져서 그런가 보아요. 많이 보고 나면 달라지겠지요. 어쨌든 사진으로라도 볼 수 있어서 좋아요.

그리고 만나서 당황(?)할 일은 없을 것 같고요. 저녁에는 조희연이가 온다니 또 수다 떨 일이 생겼죠. 조희연이 아시지요? 지난번 여름방학에 미시간에 갔을 때 조희연이네 갔던 일 때문에 우리가 희한하게 다시 만나는 계기가 되었지요.

블루밍턴에서 경희가 손님맞이 집안 청소를 끝내고~~

미시간대학 로고가 새겨져 있는 티셔츠를 입고 북한산을 등산하고 있는 내 사진을 보고 보내온 그녀의 놀라워하는 모습이 상상

되어 나도 모르게 그녀가 갑자기 귀엽게 느껴졌다.

이날 조희연 씨 내외가 그녀의 집에 와서 책상 위 사진 틀 속에 있는 내 사진을 보고 상당히 놀란 표정을 지었다고 그녀가 깔깔대며 전화로 신이 나서 이야기하였다.

그녀가 미시간 조희연 씨 댁에 와서 내가 미시간에 온 것을 확인하며 내가 그녀의 첫사랑이라고 농담처럼 이야기해서 그랬는지 상대방이 별 감흥 없이 듣고 나에게 바로 이야기 안 해서 우리 둘이 미국에서 못 보게 했다는 섭섭함이 그녀에게 있었기 때문에 그들에게 내 사진을 일부러 보도록 해놓고 그들이 놀라는 모습을 그녀가 즐겼던 것이라 하겠다.

그리고 한편에는 누구에게도 인정받지 못하리라 생각하면서도 나와의 연애를 이해하고 지지해 달라는 희망을 그녀와 나를 잘 알고 있는 조희연 씨 내외에게 은근히 시위하며 의사 표현을 한 것이라 생각되어 그녀에게 미안하기도 하고 순진무구한 그녀의 마음을 고생시킨 것 같아 안쓰럽기도 하였다.

지난번에 먼저 말씀드린 데로 우리의 일은 조희연밖에 몰라요. 성범 씨도 몰라요. 속 깊은 희연이(사실 그 아이는 제 마음속을 잘 들여다 보거든요)가 아직은 남편께도 이야기가 할 때가 아니라고 생각해서 혼자 알기로 하였데요.

너무나 솔직한 표현인데(어쩌면 너무 어린애 같은 생각인지도 모르고), 편지 속의 사진을 본 순간 아주 짧은 순간 느낀 것이 새암 비슷한 감정이었어요. 이래서는 안 되겠지요.

아드님들이 상당한 미남이네요. 정말 아빠를 많이 닮았고요. 작은 아드님 모습이 어렸을 때의 모습이라니 그럴듯하네요.

부럽다는 생각이 들면서 갑자기 저만 소외되고 있는 이방인이 되어버린 것 같네요.

세 분의 행복한 모습이 너무 좋은 것 같으면서도 '가족'이란 의미를 다시 생각게 되고요, 밝은 두 아드님의 얼굴에 그늘이 지는 일이 일어나서는 안 되겠다고 다시 다짐하게 되네요. 사진 보기를 잘한 것 같아요.

자신의 감정변화에 잘 대처할 수 있을 테니까요. 조희연이는 인디애나로 옮겨와서 공부하고 있어요. 조희연이는 어리지만, 말이 잘 통해요. 그리고 저를 큰언니처럼 대해 주고요.

무슨 말이건 의심 없이 그대로 받아들이기 때문에 이야기할 때마다 마음이 편해요. 그리고 조희연이와 동기동창인 외숙이랑 좋은 친구를 이 꽃동네에서 얻은 셈이지요.

주말이면 외숙이와 Mall에 나가 이것저것 보다가 저녁 먹고 들어오는 것이 일주일 중에 제일 즐거운 시간이거든요. 조희연이만큼은 친하지 않지만, 이 꽃동네에서 제일 많이 같이 어울려 지내는 사람이에요.

건강 조심하고 감기는 혼자 다 앓을 테니 빨리 좋아지셔야 해요. 다음 편지 때까지 편히 계시고, 곧 보내주실 편지 읽을 기쁨이 기대되네요.

5월의 어느 저녁에 블루밍턴에서

조희연 씨 내외가 그녀 집에 놀러 갔을 때 내 사진을 본 조희연 씨 남편이 상당히 걱정스러운 표정을 지었다며 너무 어려운 길을 가시는 것 같다고 했다. "세상사가 뜻대로 안 되는 것인데"라고 혼자 되뇌고 "앞으로 그런 반응을 많이 겪을 텐데"하며 그녀는 대수롭지 않게 말했다고 전화로 이야기하는데 마음이 아팠다.

조 씨 내외는 내가 미시간에서 늦깎이 공부를 할 때 인디애나에서 미시간으로 옮겨 와 조희연 씨는 회계학, 남편 되는 미스터 위는 컴퓨터 공학 박사 과정에 있었다. 내 고교 후배로 나와 가깝게 친하게 지냈는데 내가 미국을 떠나기 전에 경희 소식을 알려주었다. 내가 떠난 후에 인디애나로 다시 돌아와서 공부하고 있었기 때문에 두 내외가 경희와 잘 어울려 다니고 있었던 모양이다.

얼마 전에 아들들과 찍은 사진을 별생각 없이 보내주었더니 이런 반응을 그녀가 편지로 보내 왔다. 여름방학 기간 중 서울에 와야겠다고 구체적으로 생각하던 때에 사진을 보니 나와의 관계가 현실적인 문제로 그녀에게 다가왔기 때문이 아닌가 싶다. 관념에서의 나와의 관계가 현실이 되니 그녀로서는 당황스럽고 어떻게 대처해야 할지 적잖이 걱정될 수밖에 없었을 터였다. 이 편지를 받고 나 역시 망상에서 깨어나 그녀가 한국에 와서 나를 만났을 때 무언가 구체적이고 현실적으로 가능한 이야기를 해주어야 할 것 같았다. 우리의 관념적인 사랑 이야기가 현실에서는 풀어내기 쉽지 않은 문제로 우리 둘에게 던져진 것이었다.

경희와 모처럼 통화해 이렇게 말했다.

"우리는 지금 다른 환경에서 얼굴도 맞대지 못하고 사랑의 이야기를 풀어가고 있기에 서로 이해하지 못하고 오해할 수 있는 일이 많이 생길 거야. 그리고 오랜 시간의 공백이 우리 둘 사이에 가로놓여 있다는 것을 염두에 두고 시간과 공간의 공백을, 아니 우리 둘의 생각의 다름을 인정하고 매듭 풀어나가듯이 대화로 좁혀가야 한다고 생각은 되지만 쉬운 일은 아니잖아. 지금 우리가 처음 만나 사랑하기 시작하고 빠져들어 가고 있다고 생각하자."

그녀는 금방 알아듣고 "앞으로 닥칠 문제나 해결할 해야 할 일이 있으면 빼놓지 않고 의논할게요. 우리 둘이 못 할 게 뭐가 있겠어요? 그런데 너무 보고 싶을 때가 요즘 자주 생겨 병이 될까 봐 투정 부리는 거예요. 아무것도 모르고 상상만 하던 시간도 얼마나 긴데 이까짓 것은 아무것도 아니에요. 그냥 목소리라도 자주 듣고 싶어서 응석 부려 본 거예요" 라고 했다.

오래 국제전화를 하기도 그렇고, 이런 식의 통화를 자주 하기는 어려웠다. 하지만 전화로 직접 대화하면 편지로 이야기하기는 것보다 소통이 훨씬 잘 되었고 나는 그녀의 목소리를 듣는 것만으로도 행복하였다. 전화를 마치기 전에 그녀의 기분도 풀어줄 겸 한마디 툭 던졌다.

"남자들 본성에는 늑대의 야성이 숨겨져 있고 백인들은 한국 남자보다 더 야만성이 있으니 조심해야 해요. 아름다운 내 여인을 야만인들에게 빼앗기고 싶지 않으니 너무 늦게 다니거나 술집에 가지 말아요. 그리고 서울에 오는 것 너무 조급하게 생각하지 말아요. 다 때가 있으니까. 공부하느라 힘들 때는 마음껏 놀아버려요. 푹 쉴 수도 없기는 하겠지만 그곳 자연이 좋을 테니 머리 식힐 겸 유학생들과 어울려 카누도 타고 하면 스트레스도 풀리고 재충전이 될 테니까 말이야."

사랑하는 이에게

전화를 끝내고 나니 훨씬 마음이 가벼워지고, 갑자기 오늘의 할 일은 모두 끝낸 듯한 느낌이 들면서 허전해지네요.

너그러이 받아주셔서 고맙습니다. 너무나 먼 곳에 떨어져 있어서 답답하다고 생각하다가도, 전화 목소리를 듣고 나면, 얼마 동안은 직접 만난 듯한(?) 느낌이 들면서, 가히 멀리 떨어져 있는 것 같지 않아요. 당분간은 편지와 전화로 만족해야겠어요.

낮엔 Dr. Dever를 만나 떠난다고 인사드리고 이야기하고 나왔어요. Dr. Dever는 제가 무지무지하게 좋아하는 사람인데 진짜 교육자인 것 같아요.

개인적으로 한 번도 가까이해 본 적이 없는데, 그분의 강의와 인간성과 그분이 부인을 깊이 생각하고(사랑하고) 자식들을 독립된 인간으로서 인정하면서, 좋은 친구가 되어주시는 것을 보면 존경스러워요.

이 꽃동네에서 저의 생활이 궁금하신 모양인데, 특히 서울 간다, 안 간다고 변덕 부린 것에 대해 이곳에서 무슨 일이 생긴 것으로 짐작하시나 본데, 여기서는 아무 일도 없어요.

저는 대체로 조용히 사는 편이에요. 한정된 몇몇 사람만 가까이하고, 많은 한국 사람들이 대체로 한국 사람 명부에서나 저를 알지 실제로 아는 사람은 별로 없어요.

많은 사람들이 문제가 생기면 와서 신세 한탄하고 가요. 들어주는 데는 선수이니까요.
주말에는 외숙이와 grocery나 호숫가에 잠깐씩 다녀오고, 대체로 어린 학생들이기 때문에 저에게 깍듯이 예의 지키고 잘해주고 있어요.

그러니 필요 없는 상상이나 걱정은 마세요. 술 '너무 많이' 드시지 말고요

인디애나 대학을 떠나 네브래스카 대학으로 옮기기 위하여 절차를 밟으면서 보내온 편지인데 대학을 옮기고 거기서 다른 환경에 적응해야 하고 미국 대학에서 공부한다는 게 쉬운 일이 아닌데 – 그렇다고 내가 도울 수 있는 것도 아니고 – 답답하지만 잘하겠지 생각하며 구경이나 할밖에. 수녀원 생활에서 외로움을 이겨내는 내공이 생겼을 테니 믿고 기다리는 마음뿐이었다.

경희에게서 사무실로 오랜만에 전화가 왔다. 그녀는 특별한 경우가 아니면 전화를 삼가고 있었다. 길게 할 말이 있을 때는 전화 부탁한다고 해서 내가 전화국에 가서 통화하곤 하였다.

"별일 없이 잘 계시죠? 목소리 듣고 싶어 전화 한 거니까 바로 끊을게요. 어제는 정민이 내외와 당구 치고, 볼링하고 하루 종일 먹고 마시며 재미있게 보내고, 집에 돌아와 곯아떨어져 그만 아침까지 자고 말았어요. 당구라는 것 처음 쳐본 것인데 아주 재미있더군요. 당구 치는 동안 내내 생각 많이 했어요. 같이 칠 수만 있다면 얼마나 좋을까 하고~~"

전화로 이런 이야기를 들을 때마다 그런 날이 올 텐데 쓸데없는 걱정을 여자들은 많이 한다고 혼자 되뇌다가 문득 그렇게 쉽게 내 생각대로 될까 생각하면 자신이 없어지기도 해 마음을 다잡아 매고는 하지만 현실적으로 쉬운 문제는 아니었다.

사랑하는 이에게

저의 '남'에 대한 비판적 태도는 쉽게 고쳐질 것 같진 않아요. 그러나 고치도록 노력할게요. 보내주시는 글바디 긍정적이고 항상 위로하여 주시니 편지 읽을 때마다 제 마음이 맑아지는 것을 느끼게 되고 시간이 좀 걸릴지는 몰라도 제가 많이 변할 것 같아요.

오늘 오후에 또 편지 받을 테니까 더욱 나아지겠지요.
비행기 표 건은 보내주신 것으로 할게요. 사흘 동안 곰곰이 생각해 본 결과 보내주시는 마음을 어떻게 헤아려야 할지 모르겠어요 (감격, 놀라움, 그런 호의 받을 자격 등등). 만약에 미국에라도 오시게 된다면 저는 능력이 없어서(?) 보내드릴 수 없잖아요.

받기만 하고 저는 아무것도 해드리지 못할 때 안타까운 것은 어떻게 풀겠어요. 받은 것으로 할게요. 저도 언젠가 드릴 때가 왔으면 좋겠어요.

공부에 바쁜데 편지는 보름에 한 번씩 보내라고 하셨지만, 이번에는 어기고 다음부터는 보름에 한 번씩 보낼게요. 저는 성질이 무척 급하거든요. 좁고, 얕고 항상 엄마가 걱정하셨어요. 속이 좁다고~ 그러니 가끔 기분 상하게 해드리는 일이 있더라도 너그러이 봐주세요. 다음 소식 보낼 때까지 안녕~

I miss you so much !!
봄날의 어느 날 밤에 Bloomington에서 사랑과 함께

경희 어머니는 나이 50 전후에 우아하고 아름다운, 전형적인 우리나라 상류사회의 교육을 받으신 숙녀로 기억된다. K여고를 나온 재원으로 내 사촌 누님과는 동기가 되신다.

경희의 집을 사전 약속 없이 방문한 적이 있는데 평상시인데도

정장 차림을 하고 계셨다. 한마디로 영화의 우아한 귀족 부인으로 데뷔하시어도 좌중을 압도하실만한 미모에 교양미가 주위를 환하게 하는 기품이 나를 정신없게 만들었다. 할 말을 못 찾고 쩔쩔매니까 장모가 사위 대하듯이 부드럽게 감싸는 어조로 차분히 맞아 주시는데 경희와는 전혀 다른 분위기를 느끼게 해 주셨다.

그때는 성심여대 축제에 연락도 없이 안 왔다고 경희가 나한테 삐쳐서 한참 심통 부릴 때였다. 집에 있으면서도 코빼기도 안 보이고 있었다. 훗날 경희가 이야기하기를 그때 내가 돌아간 후에 어머니가 크게 나무라셨다고 하였다. 경희가 소갈머리가 없다고 하시면서 어머니가 당신 자신이 딸 가정교육을 잘못시키신 것 같아 나에게 민망하였다고 말씀하셨다고 했다.

경희는 어머니가 완벽주의자라 아버지도 꼼짝 못 하신다며 전형적인 경처가라고 다소 비아냥거리는 듯 말하며 웃었다. 사실 경희 어머니가 그녀보다 모든 면에서 매력적이라고 나 혼자 생각하며 웃었다. 어머니를 뵌 후에 경희가 모나게 굴어도 별로 노엽지 않고 웃으며 받아들이게 되었다. 어머니에 대한 신뢰가 있었기 때문이었다.

사랑하는 이에게

23일 편지 고맙게 받았어요. 넓게 이해해 주시고 받아주시니 감사하고, 제가 너무 좁게 생각하였던 것 같아 부끄럽습니다.

우리 서로의 욕심을 자제할 줄도 알아야 하고 상대방의 입장에서 생각하는 연습도 꾸준히 해야 우리가 다른 사람이나 편견에서 방해를 안 받을 수 있다는 뜻이었고, 저는 우리의 성곽을 지키기 위해서라는 '사랑하는 이'의 깊은 뜻을 헤아리지 못했던 것 같아요. 문리적으로만 해석하다 보니까 실수했어요.

그러나 앞으로도 계속 이러한 현상을 자주 일어날지 모르는데 그때마다 피곤하실 텐데 어떻게 하지요.

이사하는 것이 걱정이기는 한데 그때가 되면 어떻게 되겠지요. 그때 가서 생각해도 늦지 않을 것 같아요.

새로 보내주신 사진에서 배가 안 보이게 찍어 보내주신다니, 그런 신경 안 써도 돼요. 그냥 놀리고 싶었고, 건강에 주의하시라고 말씀드렸던 거예요.

5월의 마지막 날 Bloomington에서 사랑과 함께

그녀에게 나도 내 마음대로 하고 싶은 일이 많지만 억지로라도 참는 것은 남들은 우리의 감성이나 사연을 알지 못하기 때문이다. 그들의 이해를 구하는 것은 연목구어인 격이니 우리 스스로 난공불락의 성을 쌓아 지키려면 기존의 관습과 질서, 이른바 이미 관행으로 구축되어있는 사회적 시스템이나 제도를 존중해 나가야 우리의 사랑을 지켜낼 수 있다고 보았다. 불필요한 잡음이나 시빗거리를 주지 않도록 우리가 조심해야 하고 욕구를 어느 정도 절제할 줄 알아야 한다는 편지에 대해 그녀가 앞에서처럼 이해하고 공감한다는 답신을 해 왔다.

경희와 내가 만든 성은 굉장히 불안하고 위태로운 환경에 둘러쌓여있어 풍전등화 격이라 할 만큼 엉성한 모래성이라 할 수밖에

없다는 것을 에둘러 이야기하였다. 경희가 그 의미를 이해했다는 것이다.

　아무래도 내 말이 너무 공허하고 이기적인 것 같아 며칠 있다가 그녀에게 전화하여 아무 일 없음을 이야기하고 평범한 일상을 같이 이야기하다 보니 무언가 알맹이가 빠진 듯 허전하게 느꼈던 모양이었다.

　사랑하는 이에게

기대하지 않았는데 전화해 주시니 얼마나 반가웠는지 모르겠어요. 그런데 말씀하시는 중에 기운이 없으신 것 같아 걱정되네요. 혹시 무슨 일이 있으세요? 제가 도움이 될 수 없다는 것은 알지만 이해하는 데 도움이 될 테니 알고 싶어요.

좋은 일은 혼자 즐기셔도 되지만, 힘들고 어려운 일은 같이 나누었으면 좋겠어요. 지금까지 저는 받기만 했잖아요. 저도 무엇인가 해드리고 싶어요. 물론 앞으로도 받기만 하겠지만~~

저에게 행복도 주셨지만 무지무지하게 깊은 외로움도 주신 것 아세요? 제 가슴속에서 '사랑하는 이에게' 드리는 이야기들은 그냥 마음속에서만 맴돌고 많은 시간들과 공간들을 혼자 다 차지해 버리셨으니, 제 자신이 사는 것이 아니라 살아지고 있다는 느낌이 들어요.

행복과 외로움이 같이 가고 있는 것 같은데요. 이것은 불평이 아니고 그냥 말씀드리는 것이에요.

오늘쯤은 또 한 통의 서신을 받게 되겠지요. 바쁜 하루가 될 것 같네요. 이곳은 계속 장마철처럼 흐리고, 비 오고, 춥고 합니다. 가능한 데로 자주 연락드리도록 할게요. 목소리 들으면 시름이 없어지고 힘이 나요.

어젯밤 늦게 명희 남편(이진규)한테서 전화가 왔는데, 이곳에 출장 왔다고 하면서 부모님 말씀이라며 서울 오는 것은 내년으로 미루는 것이 좋다고 하셨대요.

그림 한 장이 곧 도착할 거예요. 중국의 '송경일'이라는 화가가 이 곳에 교환교수로 왔다가 몇 작품 내놓아 구할 수 있었어요. 서울 가서 드리려고 하였는데 이렇게 되었으니 소포로 부칠 수밖에 없 네요. 학생 신분으로 이런 작품을 산다는 것이 조금은 무리였지만 기회라는 것이 아무 때나 있는 것이 아니잖아요. 표구 구해서 걸 어 놓으시면 보기 좋을 것 같아요.

6월의 첫 주 블루밍턴에서 사랑과 함께

얼마 있다가 그녀로부터 그림과 인디애나 대학 로고가 수놓아 진, 엷은 핑크 색상의 반 팔 Y셔츠가 소포로 왔다. 내 마음에 꼭 드 는 옷이었다. 사이즈도 맞춘 것처럼 딱 맞아 즐겁게 입고 다닐 수 가 있었다. 그녀가 내 생활 속에 들어오는 느낌이 들었다.

그림도 이미지가 그녀와 거의 유사한 이미지를 보였다. 단아하 고 그윽하지만 열정이 내재되어 있었다. 그녀는 어떻게 나의 취향 을 이렇게 잘 알고 있을까 하니 신기하기도 하고 천생연분인데 우리 둘 사이에 무언가 살이 끼어 이렇게 떨어져 있어야 하는 것이 아닌가 하는 생각이 들었다. 그녀의 애정을 몸으로 느낄 수 있었다. 그녀가 몹시 보고 싶었다.

나는 그 그림을 표구하여 내 사무실에 걸어 놓기 시작하여 지금까지 내 마음속 깊은 곳에 걸려있다. 그렇다고 그녀를 그림 볼 때마다 생각하거나 그리는 것은 아니고 내 생활에 일부분으로 나하고 늘 같이하고 있다고 본다.

이 편지를 받고 서울에 이번 방학에 못 오게 되었다는 것이 매우 실망스럽고 안타까웠다. 내가 그녀를 만나러 갈 수 있는 형편도 아니었다. 더욱더 보고 싶었고 나의 그녀에 대한 집착이 더 강해질 수밖에 없었다. 더구나 현실적으로 풀기 어려웠던 숙제를 당분간 미뤄도 되었으니 미사여구를 써서라도 그녀의 마음을 잡아 놓아야 했다.

그녀에 대한 나의 감성표현이 더욱 진해지고 우리 사이 관계의 본질에 대해 얘기하게 되면서 우리 둘은 문제를 더욱 복잡하고 관념적으로 풀어가는 잘못된 길로 들어서고 있었다. 남녀 간의 애정 문제는 논리가 아니고 감성이며 인연이고 운명이라는 것을 머리로 푸니 복잡하게 꼬일 수밖에 없었다. 그 이후 우리는 자신들도 잘 이해 못 하는 관념적이고 현학적인 사람이 되어 멀리서 바라보며 쓸데없는 말을 주고받는 일이 잦았지만 그런대로 재미있게 둘의 사랑을 다져갔다.

사랑하는 이에게

제가 '삶'에 대해 근본적으로 아무 '바람'이나 '욕망'이 없다는 것은 아시는 게 좋을 것 같아요. 세상을 버릴 만큼 비관적이진 않지만, 삶이 아무것도 아니라는 생각을 가지고 있으니까요.

저는 누구한테 아무것도 바라는 것이 없어요. 앞으로 만약에 상대에게 어떤 것을 원하게 된다면, 그 상대는 분명히 저를 100% 있는 데로 받아들일 수 있고, 제가 상대를 전부 받아들일 수 있는 그런 때일 거예요.

물론 이런 것이 일어나기를 바라는 것도 아니고, 일어날 수도 없겠

지만서도~~

땅거미가 지기 시작하고 있군요. 오늘은 일찍 자야겠어요. 가끔 아침에 해가 뜬다는 것이 좋을 때가 있어요. 내일 아침이면 이 무거운 마음은 많이 가져갈 테니까요. 어둠과 함께.

서울에 다녀오는 것은 좋지만 아직은 '때'가 아닌 것 같아요. 아직은 그럴 여유가 안 되는 것 같아요. 간다고 해놓고 약속을 못 지켜 미안해요. 사랑해요.

서울에 못 가 울고 싶은 날 저 멀리서

나는 그녀가 외국에서 홀로 사랑의 열병을 앓는 것 같아 마음 속으로 매우 미안하게 생각하면서도 오랜만에 겨우 찾은 우리의 사랑이 혹시라도 방해를 받거나 그녀에게 무슨 사연이 생겨 또 잃어버리게 되면 어쩌나 하는 생각이 들어 조바심 나기도 하였다. 나로서는 뾰족한 방안이 있을 수 없었다. 그녀가 나를 떠나지 못하게 하기 위해서는 끊임없는 노력하는 수밖에 없었다.

시간만 나면 그녀에게 편지를 썼다. 항공편지지 에어로그램을 한 50쪽 사다가 쟁여 놓고 매일 썼다. 보름 동안 매일 쓴 경우도 있었다. 그러니까 그녀에게서도 매일 편지가 왔다. 우리 둘은 경쟁하듯이 쓰고 또 쓰고는 편지를 우체통에 넣었다. 신들린 듯이 편지를 매일 써서 우체통에 집어넣었다. 그렇게 쓸 사연이 많았는지도 모르지만, 하여튼 숙제하는 기분으로 편지를 썼고 그래야 홀가분하게 하루가 지나갔다.

전화국에 가 국제전화도 자주 하다 보니까 교환수 보기가 민망하여 다른 전화국으로 가기도 하였다. 좋게 이야기하면 열정이 있었고 우리 둘은 오랜 갈증 끝에서야 샘물을 찾은 것처럼 서로를 찾고 또 찾았다. 한마디로 서로 미쳐 있었던 것 같았다.

사랑하는 이에게

편지가 도착한 날. 매일의 시작이 오후 2시경인 것 아세요? 이 시간에 편지가 도착하거든요. 멍청하리만큼 편지 오는 것에 빠져있으니, 어린애처럼 말에요. 어른이 될 만큼 성숙하지 못한 탓 아닐까 생각도 해요.

저를 너무 기다리지 마세요. 기다리다 지치면 어떻게 해요. 그리고 만약에(?) 다시 만날 수 없다면 그때는 어떻게 해요. 저는 자신이 없어요.

그러나 내일 일을 알 수 없잖아요. 지금이라도 당장 만날 수 있다면……. 자신이 없이 지내요.

말이나 글로는 표현할 수 없는 불가능하다고 생각하고 포기하였던(?), 어렵게 다시 찾은 사랑을(제대로 표현할 수 없어요) 말이나 글로 표현하였다가는 도망가 버릴 것 같은 두려움도 생기고, 자신의 가슴속을 너무 훤히 비추어 다시는 샘솟지 않을 것 같은 생각이 들기도 하고~

밤에는 가끔 쓸데없는 생각을 하게 돼요. 11시가 지나도 전화 소식이 없어 힘들었는데 바로 왔고, 교환수가 나와서 깜짝 놀랐어요. 끝에 '사랑해'라고 말씀해 주시는데 너무나 당황해서 대답도 못 하고, 그만 헛소리만 하고 말았어요. 사랑해요.

놀란 가슴을 안고(?) 누워 있는데 외숙이가 전화해서 같이 외출하기로 했어요. 빨간 타이가 사고 싶어서요. 지금 제 심정은 꼭 빨간 타이를 보내고 싶거든요. 돌아오는 길에 편지함에 글쎄 편지가 세 통이나 한꺼번에 도착했어요. 아마도 모르실 거예요. 이 기쁨을 제가 이 순간을 얼마나 기뻐하고, 기뻐하는지 상상이 안 가시겠죠.

5월 31일, 6월 2일, 3일에 쓰신 것, 대학 다닐 때 저한테 심하게 한 것 다 용서해 드릴게요. 감동 좀 해 보세요. 정말

6월 초 어느 날 사랑한다는 말에 넋이 나간 밤에 ~
멀리서 사랑하는 여인이

내가 대학 다닐 때 심하게 하였다고 그녀가 말은 하지만 그때만 하여도 나는 시니어고 그녀는 프레시맨이었다. 어린애하고 연

애하는 기분이라 놀려주고 싶을 때도 있었고 교육하는 기분으로 가끔 짓궂은 행동을 한 것을 가지고 이야기한 것이다. 그때는 순진해서 잘 모르고 시키는 대로 했을 테니 나중에 생각해 보니 약이 올랐을 수도 있었으리라 생각되었다.

종로 5가에서 이화동 사이에 '대궁 다방'이라고 하는 다방이 있었다. 거기에 어여쁜, 이른바 '레지'라고 하는 여종업원이 있었다. 법대생들이 늘 이 아가씨를 보고 혹해서 다방에 하루 종일 진을 치고 있었다. 그래서 내 친구들도 그런 분위기에서 법률 서적을 끼고 폼 잡고 있곤 하였다.

그녀가 나 때문에 고시생들의 생활에 관심을 가지기에 그 다방에 데리고 가서 한 바퀴 돌고 차 한 잔 마시고 나왔는데, 그때 내 친구들이 그녀를 봤다는 것을 그녀의 친구인 영숙 씨를 통해 듣고 자기 몰래 내 친구들에게 선보였다고 항의한 일을 두고 용서하겠다는 것이었다.

사랑하는 이에게

겨울방학에 만나는 것에 대해 너무 기대하지 마세요. 여러 가지
면에서 부족한 저에 대해 실망을 느끼시면 어떻게 해요. 그럴 리는
없지만 걱정이 앞서요. 두렵기도 하고.

저녁 식사 후에 보내주신 편지를 모두 꺼내 다시 읽어 봤어요. 기
분이 많이 다르던 데요. 처음 읽었을 때의 흥분과 두근거리는 설
렘은 많이 가라앉고, 잔잔하지만 가슴 깊이 스며드는 어떤 느낌은
더 깊이 파고드는 것 같아요.

보내주신 편지를 모아둘 예쁜 상자를 구해야겠어요.

이곳은 서울의 장마처럼 계속 하루 종일 구질구질한 비가 내리고,
흐리고, 습기도 차요. 토네이도 경보도 계속 나오고, 바람도 불고
덕분에 저의 기침은 아주 저하고 사려나 봐요.

의사가 기침에 대해 육체적인 문제가 아니라고 하면서 심리적인 정신적인 안정을 취해야 한다고 하니, 제가 저번에 진단해 내렸던 애정 부족‘이 옳은 것 같아요.

원인을 캐어 보면 서울 못 갔던 것이 큰 원인일 테고~ 제일 큰 원인을 제공한 사람이 누구인지는 잘 아실 테죠.

‘사랑하는 이'에 대하여 자신이 없는 것은 제가 저 자신에 대하여 자신이 없고 자격이 없다고 생각하였던 것도 마찬가지고요. 그러니 다시 만난다는 것이 두렵지 않겠어요?

지금부터 아무에게도 할 수 없었던 지나간 이야기를 해 볼 테니 저를 억지로라도 이해하여 주세요.

그녀는 수녀원에 들어가고 그 후 수녀원을 떠나 늦게 미국으로 오게 된 경위를 너무나 진솔하게 이야기하고 있어 내가 여기에 내 생각을 덧붙이거나 해석하는 것은 그녀의 진심을 왜곡할 수도 있기에 편지 원문 그대로 옮기는 것이 그녀의 절절한 감정과 마음속 깊은 이야기를 조금이나마 촌탁할 수 있지 않을까 싶다.

수녀원에서의 그녀

지금부터 그럼 변명을 늘어놓을 테니 피곤하시겠지만 들어보세요.

제가 수녀원을 들어가기 전에도 삶에 대한 두려움이 컸던 것 같아
요. 그러나 그때는 위선적으로 그 두려움을 인정하려 들지 않았고
요. 수녀원에 들어가기 위해 포기했던 저의 모든 것이 수녀원에서
보상(?)받지 못하였고요.

성녀가 되겠다던 큰 희망도 교만 때문인지 갈수록 어려워지고 완
전한 인간이 되겠다고 발버둥 치다 보니 자연 주위 사람과 마찰이
생기고(수녀원에서 질투 받느라고 많이 힘들었어요) 겉으로는 친한 척
하면서 동료 수녀들의 부족한 능력을 무시하는 듯한 행동도 하였
고요. 나는 표리부동한 인간이었다는 생각이 무겁게 마음을 짓누

르고는 하였지요.

마지막 Evaluation(평가)이 수녀원에서 행하여졌을 때 저는 무척이나 좋은 결과를 얻었는데도(수녀원 역사상 저처럼 좋은 성적을 받은 사람은 없었데요) 엉엉 울었던 기억이 나요. 완전한 수녀가 되어야 할 텐데 그렇지 못하였다고 생각했었거든요. (얼마나 어리석은 생각이어요)

저는 완전한 것을 추구하고 거기에 결벽증까지 있는 나를, 그렇지만 원장 수녀님께서는 고집 세고 너무 일 잘하고 욕망에 꽉 매여 있는 저를 정말 겸손하고 좋은 수녀를 만들기 위해 많이 노력하셨지만 결국 저는 자신 신에게 지고 마는 결과를 얻었어요.

인간의 모자람을 겸손이란 태도로 받아들이도록 원장님은 개조시키려 하였고 그 과정에서 원장님과 이야기하는 동안 제가 고집을 피워 수녀원을 나오고 말았지요. 제가 한때 '사랑하는 이'를 떠날 때 이유 없이 굴었듯이 수녀원을 떠날 때도 그랬어요.

철저하고 완전해지려 하는 것은 자신뿐이 아니고 남에게도 너그럽지 못하다(속이 좁다)는 것을 의미하는 거죠.

결과로 얻은 것은 정신적인 패배와 신체적인 아픔뿐이었어요. 집에 돌아온 후, 집은 많이 변해 있었고, 식구들에게는 짐밖에 안 된다는 생각이 만사를 신경질로 대하는 시간이 3년이나 지났고요. 다행히 식구들의 따뜻한 보호 덕분에 많이 좋아지기는 하였지만, 작은 문제들은 역시 해결되지 않더군요.

3년 동안 기억상실 비슷한 현상 때문에 고생했었어요. 심하지는 않았지만 집을 못 찾아 가끔씩 길거리를 헤매기도 하였어요.

음식을 소화하지 못하여 고생도 했었고, 의사들은 신경쇠약이라고 전문치료를 권하기도 하였지요. 이때 정신이 번쩍 들면서 이런 병이라면 자신밖에 고칠 사람이 없다고 생각하였고, 그 후에 병원에 다니지 않고 정상인이 되기 위해 노력하였어요.

점점 기억력도 좋아지고, 살도 찌기 시작하였고, 머리 아프던 것도 많이 없어졌고요.

그러자 또다시 몸이 많이 마르기 시작하였고, 여기저기 병색이 있어 병원에 갔더니 간염이라고 했으나 다행히 심하지는 않아 잘 고치고 이렇게 3년을 지내고 나니 삶에 대한 자신은 밑바닥에 있고 모두 꺼지어 버렸어요. 얼굴은 대부분 까맣게 타버리고, 거울에 내가 보아도 싫을 정도였어요.

한국은 모든 가정이 그렇듯이, 부모님과 형제들은 결혼이라는 문제로~~ 저에게 그때 남은 것은 고집과 신경질뿐이었어요. 이렇게 살아서는 안 되겠다는 생각은 했었지만 실제로는 아무것도 할 수 없었어요.

수녀원에서는 다시 돌아오기를 기대하더군요. 저도 다시 돌아갈 생각이 있었기 때문에 학장 수녀님 비서 노릇을 잠깐 하였지요. 그러나 다시 실패한다면 이제는 다시 일어날 수 없다는 두려움 때문에 그냥 도망가고 싶다는 생각이 들었어요. 그래서 제일 쉬운 방법으로 미국에 도망가기로 하였고, 도망 왔지요.

이곳에 왔던 첫해도 몸이 완전히 회복되지 않았었고 오래간만에 하는 공부라 몇 번 보따리 쌀 생각을 하였지만, 살고 싶은 욕망 때문인지 그냥 주저앉아 오늘까지 버텨온 것이에요.

차츰 공부도 익숙해지고, 건강도 예전으로 돌아갔고, 삶에 대한 태도도 많이 변하였고, ~

지금까지 말씀드렸던 것 다른 사람은 몰라요. 조금은 이해하시겠어요? 왜 제가 삶을 비관적으로 보는지? 이런 생각들을 가지고 있었으니 사물을 제대로 판단할 수 있었겠어요.

자신을 사랑 못 하였으니, 남을 사랑한다는 것은 불가능했지요. 가끔 관심을 나타냈던 남자들은 지나가는 약장수보다 더 무관심하게 대하였으니~ 이곳에 와서도 마찬가지였고요. 그리고 제가 한번 마음을 터놓고 나면 폭발할 것 같기도 하였고, 이런 자신이 두렵기도 했고요. 거기에서 얻어지는 결과를 어떻게 감당할지 그것도 두려웠고요. ~~~이제 제 이야기 그만할게요.

그녀는 자기 마음속에 혼자만이 간직하고 있던 어두운 면을 나에게 털어놓고 나니 홀가분하였던 것 같았고, 나는 나름대로 상상 속에서 짐작은 하였지만 내 마음속의 안개가 걷히는 느낌을 받았다.

내 나이 29세 가을에 그녀의 수녀원 시절 우리가 만났을 때가 우리 둘이 기적적으로 같이할 수 있는 계기였던 것 같은데, 나는 헤매고 있었고 어쩌면 우리는 처음부터 인연이 맺어지기 어려운 운명이었던 것 같았다.

사랑하는 이에게

밤하늘이 너무나 아름다워 보여요. 검푸른 하늘에 별이 하나 떠 있고, 상현달의 반쪽이 마치 수줍은 처녀처럼 곱게 비치고 있어요.

오랜만에 긴 사연을 보내고 난 다음 날이라 그런지 느낌마저 곱게 드는 것 같아요.

'사랑하는 이'께서 제게 주시는 용기가 많이 도움이 되고 있어요. 저를 많이 이해해 주시고, 적당히 믿어주시는 것 같아 행복하고요.

그러나 가끔 완전히 믿어주시는 것 같지 않아 섭섭한(?) 기분이 들 때도 있어요. 제가 너무 많은 것을 바라는 것일까요?

제가 요즘 갈팡질팡하고 있다고 느껴지지 않으세요? 요즈음 마음 상태가 흔들거리는 시계추 같아요. 처음에는 '사랑하는 이에게' 매달려 살아지고 싶었고, 지금은 너무 깊이 빠져들어서 도망가고 싶은 심정이에요.

24시간 중에 잠자는 시간만 빼고 온통 머릿속은 '사랑하는 이' 생각뿐이니~~ 생각하면 할수록 두려운 생각도 들어요. 백운동계곡에서 찍은 사진을 틀로 만들어, 책상에 놓고 들여다보고 있으니 착각이 일어나요.

꼭 옆에 계신 듯하기도 하고, 너무 멀리 있는 것 같기도 하고, 언제까지 생각 속에서만 만나야 하나요?

사진으로만 보면 많이 부드럽고, gentle(?)해지신 것 같아요. 아무래도 대학 시절 마르셨을 때보다 살이 오르시니 온화하며 보기에 더 좋아요!

'사랑하는 이'께서 스스로 마음씨가 상냥하고 비단결처럼 착하다는 말씀은 제가 인정해 드릴게요. 저 같은 사람을 있는 그대로 받아들여 주시고, 별로 탓하지도 않으시고 속으로 많이 삭이시는 것 같아요.

그러니까 저처럼 변덕스럽고 속 좁고 선머슴 같은 사람을 아껴주시고 감싸 안아 주시잖아요. 그리고 한결같이 변하지 않으시고, 저를 한없이 기다리시는(?) 참을성도 돋보여 사람을 감동시키는 깊은 점이 있으시잖아요.

저한테 유별나게 잘하시는 것으로 느끼지만 친구분들이나 형제들이랑 가족 친지들에게도 늘 배려가 깊으신 것 같아요.

그러니 결혼 직후에 여러 가지 이유로 많이 힘드셨다고 친구가 알려주던데 잘 극복하시고, 남이 부러워할 정도의 일가를 이루고 계시잖아요. 흠이 있다면 저를 떠나지 못하고 계속 옆에서 멀리서 지켜보고 계신 것 제가 잘 알고 있어요.

가끔 이런 생각할 때도 있어요.
내가 제 길을 찾아 행복하게 살고 있고, 더이상 지켜보지 않아도 된다고 생각하시는 날이 오면 그때는 저를 떠날 것 같다는 생각도 가끔 해보아요.

그런 날이 장담하건대, 절대로 올 리 없고, 와서도 안 되고 나는 '사랑하는 이' 그림자로 살고 싶다는 기분이 들 때가 많아요.

가끔 농담이겠지만 멀리 떨어져 있으니 좋은 남자 만나 연애할까봐 걱정되신다고 하실 때 얼마나 재미있는 상상 속의 생각인지 모르겠어요.

누구보다 더 좋은 사람 만나면 멋진 연애할 것. 걱정은 그런 사람이 있을까 하는 것이고 만약 생긴다면 제일 먼저 말씀드릴게요. 하하하! 재미있다. 걱정 마세요. 그런 사람 이 세상에 없으니까요.

저의 자유로운 공간과 시간들을 지금은 혼자 모두 차지하고 계시고, 저의 모든 것이 매여 있다고요. 저의 모든 것을 차지하셨으니 이제는 저에게 자유가 없어졌어요. 이것이 한편 불안하기도 하고요.

오늘 제가 수다를 너무 많이 떤 것 같아요. I miss you so much!

7월의 첫 주 블루밍턴 밤에 멀리서

나는 나대로 민정과의 관계 설정을 어떻게 해야 하는지 골똘히 생각해 보지만 뾰족한 방도가 있을 리 없다는 것을 알고 있었다. 우리는 서로 다른 방향으로 너무 멀리 왔던 것이다.

　이번 편지에서 나의 그림자로 살고 싶다는 표현을 하였는데 그 말이 가장 현실적인 해법일 수도 있겠다 싶었지만, 나의 극도로 이기적인 망상일 수밖에 없는 것이라 머릿속에서 지워버릴 수밖에 없었다. 그러다가 어느 책에서 비슷한 이야기를 읽은 기억이나 내 뇌리에서 '그림자'라는 마약 같은 단어가 시시때때로 현실성 있는 단어로 생각되어가고 있었다.

　남자는 도적이나 크게 다를 바 없다고 설파한 어느 여권주의자의 말이 생각나기도 해 나 혼자 피식 웃었다. 남자는 다 똑같다고 하던 말도 설득력이 있지만 나라고 별수 있나 싶어 체념하고 받아드릴 수밖에 없지 않을까 하는 자기 합리화도 하지만 그것은 민정이 갖는 고유의 선택, 빈말이라도 입 밖에 내서는 절대로 안 되는 단어였다.

　우리 둘의 근본적인 해법은 의외의 변수나 운명이라는 특별한 길도 있을 수 있으니 시간에 맡기기로 하고 현실적으로 민정을 도울 방법을 찾아야 했다. 미국에 유학하면서 미국 대학에서 공부하려면 경제적인 뒷받침이 있어야 여유를 가지고 미국 생활을 즐기며 공부할 수 있다는 것은 알고 있었다. 기왕 민정이 미국 유학을 늦게 시작한 것이니 적당한 직업을 얻을 때까지는 경제적으로 뒷받침하는 것이 꼭 필요하고 그것이 내가 해야 할 최소한의 도리였다.

여기에서 현실적으로 실현 가능한 방법을 찾아보기로 하였다. 나의 직업까지 바꾸는 거를 포함하여 내 중반기 이후 인생을 바꾸어야 할 것 같았다.

사랑하는 이에게

'사랑하는 이'께서 지나간 날의 행동과 생각들을 자책(?)하시는 것 같은데, 물론 저를 대하는 태도와 방법이 달랐다면, 어떤 변화가 조금은 있었을지 모르지만, 근본적인 것은 변함이 없었을 것 같아요.

저는 수녀원에 갔어야만 하였고, 겪었던 것을 겪어야만 했었고…… 우리 후회하지 말아요.

가끔씩 마리아(친구 승일 씨 부인이 되었지만)가 지내고 계신 소식 전해줄 때(수녀원에서 나오자마자 명동에서 우연히 만남, 성심여대 친한 후배이기도 하며 미국에 와서도 연락을 주고받고 있음) 가슴이 무척이나 아팠어요.

약주 드시고 마리아네 집에 오셔서 하소연하셨다는 이야기 대충 다 들었어요. 얼마나 힘이 드셨을까? 다시 돌이켜 꺼내 이고 싶지도 않은 소식이었어요.

또 아시고 계신 친구(영숙이 오빠)를 통해서도 마음을 못 잡고 계시던데, 그래서 그런지 직장에서는 일에만 몰두하셔서 상당히 인정받고 계신다는 이야기 등 모두 듣고 싶지 않았던 소리들이었어요.

지난번에 미국을 떠나고 나신 후에 가끔 미국에 와 사는 마리아와 이야기를 하는데 이제는 많이 안정되셨고, 직장에서도 기반을 단단히 잡으시고 가정적으로도 안정되어 있다는 이야기를 듣고 저도 빚진 것을 갚은 듯 마음이 홀가분하고 무척이나 기뻤어요.

미국을 떠나시기 전 여름에 동부로 여행 가시고, 바로 그날 공교롭게도 제가 미시간에 놀러 가 조희연네 집에 일 주일가량 있으며 그곳에서 사시고 있는 대학원 아파트에 가보고 밖에서나마 궁금증을 풀고 있을 때, 동부에 여행 가셔서 뉴저지에 있는 마리아네 집에서 하루 묵으셨다고 하며 그때의 근황을 후배가 들려주었어요.

참 우리는 어긋나는 듯하면서, 끈질기게 이어가는 운명인 것 같은 생각이 가끔 들기도 했어요.

대학교 졸업반 때(71년 여름) 제가 아파서 병원에 입원하고 있을 때 영숙으로부터 외무고시에 합격하셨다는 이야기를 듣고, 직접 좋은 소식을 들었으면 하였고(물론 그때도 염치없는 제 욕심이지요. 제 잘못이고 3년이나 못 만나고, 공부에 정진하고 합격하셨으니까요), 친구분과 제가 퇴원한 후에 문병 오셨다고 하는 이야기를 들었을 때 제가 조금 늦게 퇴원하든가, 일찍이 문병 오셨으면(그때는 감히 꿈도 못 꾸었지만 현실이었잖아요.) 어땠을까 하고~

그리고 그해 가을에 기숙사로 찾아오셨을 때 속으로는 얼마나 기뻤는데(상상도 못 하실 만큼) 겉으로는 심드렁하고 차갑게 대하였던 것 모두 저의 이중적인(?) 성격 탓인 것 같아 후회를 그때마다 많이 하였었지만, 그 덕에 우리가 지금 이렇게 만나지도 못하고 떨어지어 서로 찾게 만든 것이 모두 저의 못된 성격 탓이라고 자책하지만 어떡해요.

수녀원 생활도 그랬고, 수녀원에 있을 때 우리 잠깐 만나 저녁 먹고 수녀원까지 배웅해 주시고, 약주가 취하시기는 하였지만, 저에게 하신 말씀을 귀담아듣고 수녀원을 떠났어야 했는데, 모든 게 제 탓이니 어이 해요. 저의 운명인 것 같아요.

첫 번 편지에서 말씀하셨듯이 우리는 인연이 조금씩 빗겨나가는 것이 운명인 모양이에요. 소름이 끼치네요.

우리는 엇갈리게끔 운명 지어진 것 같다고, 쓰신 편지를 읽고는 그만 눈물을 흘리고 말았어요. 지나간 시간을 돌아보면 그런 것 같기도 하고요.

대학교 1학년 가을 학기 때 축제에 못 오신 것에 대하여 삐져서 펜던트를 돌려받고 못되게 굴면서 3년이나 못 만나고, 4학년 때 춘천에 벼르고 별러서 고시 합격 소식을 안고 병원에 문병도 오셨는데 못 만나고.
그때 바로 연락을 드렸어야 했는데, 그해 가을에 기숙사로 찾아오실 때는 무언가 말씀하시려고 오신 것 같았는데, 제가 너무 신경이 날카로워져 있어 말씀도 제대로 들어보지 못하게 되었고, 졸업식에 오셨을 때도 기회가 있었는데, 그리고 수녀원에 있을 때 원장님께 말씀드리고 3년 만에 만났던 저녁에 그 귀한 말씀에 용기도 못 내고 등등.

지난번 미시간에 갔을 때도, 우리는 서로 고속도로에서 교차해 지나가면서도 저는 미시간으로 '사랑하는 이'는 동부로 가는 길에 같은 시간 어느 지점인지는 모르지만, 시카고와 미시간의 고속도로 휴게실에서도 우연이라도 볼 수 있었을 텐데(운명이 맺어주는 것이라면).

우리는 어긋난 채 미국을 떠나기 전에야 제 소식을 들으시고 이제야 만났는데, 여름방학에 서울 가서 만나 뵐 수 있다고 잔뜩 기대하였는데, 별것도 아닌 이유로 또 가지 못하게 되었어요.

대부분 엇갈리게 된 것이 저의 탓이고 불찰에 어리석은 생각 때문에 그렇게 되기는 하였지만, 우리 처음 만나 1년이 채 안 되지만 열렬하게 서로 좋아하였는데, 13년이 지난 이제야 다시 불이 타오르게 되었으니, 조금 이상한 생각이 들기도 하고 질긴 인연인 것 같아요.

대학 1학년일 때 만난 후 헤어져서 3년 후 대학 졸업반이던 4학년 때 마음만 먹으면 둘이 다 여건이 갖추어져 있었죠. 그리고 수녀원에 있을 때 3년 만에 또다시 만나고, 이제 미국에 와서야 13년 만에 다시 만나게 되다니요. 너무하다 싶은 생각이 들 때가 많아요.

지난번에도 말씀 잠깐 드렸지만, 조희연이는 저한테 이야기를 들어서 우리 사이를 잘 알고 있어요.

아직도 그때 제가 미시간에 다니고 와서 연말에 떠나실 때까지 우리 서로 알지 못하고 있다가, 떠나시기 전에야 조희연이 신랑이 제 이야기를 해서 왜 일찍 그때 안 알려주었냐고 화내신 이야기부터, 만일 동부여행에서 돌아오시자마자 제 소식 들었으면 어떻게 하려 하셨어요? 인디애나에 오셨을 테고, 어쩌면 상상할 수 없는 이야기가 만들어질 뻔했을지도 모른다면서 희연이가 가끔 이야기해요.

지난번에도 '아직도 행복해'라고 묻던데요. 신랑은 아직 우리 이야기를 모른대요.

친구분 민수 씨 첫사랑과 헤어진 이야기는 슬프기도 하고, 그래서 인간에게 神이 필요한 것 같기도 하고, 어쨌든 안 되었네요.

한번 뜨거운 사랑을 했던 경험이 있는 사람이 헤어지게 되었을 때 (그 이유가 무엇이든간에) 다른 사람을 쉽게 사랑하게 되는 것이 사실인가 보아요. 꼭 반대일 것 같은데 실제로는 경험이 많을수록 새로운 것에 쉽게 빠져들기 쉬운 것 같아요. 어떻게 생각하세요?

가끔 자신이 운명을 만들어 가는 것인지 운명이 이미 결정지어져서 태어나는 것인지 도무지 모를 때가 있어요. 아파서 점쟁이 찾아다닐 때는 정신적 스트레스 해소라는 변명을 하였고, 따라서 주어진 운명에 행복해하겠다는 자포자기적 의미를 많이 내포하고 있었고, 한편 자유의지는 삶은 선택하는 것이라는 생각이 가져지기도 하였어요.

운명이라고 하기에는 아직 젊은 것 같고, 자신이 선택한 길이라고 하기에는 너무 많이 실패(?)한 것 같고... 어떻게 생각하세요? 운명인가요? 선택인가요?

방학이 되어 시간이 많이 나서 그런지 오늘따라 지난 일이 많이 생각이 나네요.

8월의 첫 주말에 ~~ 꿈에서 뵈어요.

경희가 대학 4학년이던 해 가을에 성심여대로 찾아가서 경희를 만났을 때 경희의 나에 대한 태도에 그 당시에는 이해가 가지 않았던 추억거리가 다시 생각나며 이해되었다.

처음에는 담담히 나를 맞더니 조금 후에는 당황스러워하고 갑자기 돌변하여 기숙사 안으로 들어가자 하더니 오락실에서 서양 장기를 곰살맞게 가르쳐주며 나를 기쁘게 해주었다.

그래서 나는 용기를 내어 앞으로의 둘의 문제에 관해 이야기하고자 긴장을 풀고 더듬거리며 서두를 꺼내려 했다. 그 순간 금방 눈치를 챈 경희가 어떻게 춘천에 오셨냐고 물었고 나는 얼떨결에 지나가는 말 비슷하게 친구 집에 놀러 왔다가 들렸다고 망발을 해버렸다. 이후 경희의 태도는 찬바람이 돌 정도로 냉랭하게 바뀌어 버렸다. 이어 분위기가 가라앉으며 대화도 겉돌며 살얼음판을 걷다가 "시간 내서 언제 서울에서 만나자"고 하였다.

이에 경희는 아무 대답도 안 했고 둘 사이에 침묵만 흘렀다. 조금 어색한 분위기가 이어지고 경희는 이제 가보셔야 할 때가 되었다며 자리에서 일어나 버렸다. 그래서 분위기상 다음에 연락하면 되겠지 하고 일어난 것이 우리 둘의 길고 긴 헤어짐에 시작이었다. 오늘 경희의 편지를 읽어 보고 그날 이후에 마음속에 품어 왔던 의문이 풀렸다.

아무것도 아닌 나의 무심한 한마디가 우리 두 사람 사이를 갈라놓는 계기가 되었다고 생각하니 어이가 없었다. 결국은 나의 열정과 경희에 대한 심경을 제대로 표현 못 하고 둘 사이를 더욱 꼬이게 만들었다는 회한이 들었지만 그게 우리 둘 사이에 운명이 아니었나 하는 생각이 들기도 하였다. 나 혼자 생각이지만 나의 알량한 자존심과 우유부단한 성격이 대세를 그르치고 말았던 것이었다.

내가 수녀원 시절의 민정을 만나 두 사람의 인생에 중요한 말을 해놓고도 후속 행동을 하지 않고 경희의 처분만 기다리다가 타이밍도 놓친 것이었다. 너무 이것저것 따지고 재다가 아무것도 못 하고 옛말로 게도 구럭도 다 잃어버리고 운명 탓만 하는 것 아닌가 하는 자괴심도 들었다.

그리고 돌이켜 보니 쓸데없는 계산만 하고 실제로 경희를 생각해서 그녀 입장에서 내가 한 것은 아무것도 없었다는 사실이었다. 말만 앞섰고 생각만 있었지 경희를 위해 내던진 것도 실천하고자 의지를 보인 적도 없었다. 일만 벌이고 뒷감당이 될 일은 하나도 안 하였으니 이제 와 누구를 탓할 수도 없어 늦었지만 지금이라도 제대로 해야 할 것이라는 생각이 들었다.

여름휴가를 다녀와서 그녀가 동봉하여 보낸 그녀의 사진을 보고 내 나름대로 정확하다고 생각하고 사진 속에 있는 세 여학생 중에 한 사람이 그녀인 것 같아 자신 있게 다른 여학생을 찍은 꼴이 될지 모르고 미사여구를 써서 내 느낌을 편지에 적어 보냈다.

사랑하는 이에게

오늘 아침에 일어나 요즘 제가 다시 명랑함을 찾은 것에 놀라며 혼자 웃었어요. 사람을 사랑한다는 일은 정말 축복받은 일인 것 같아요. 제 곁에 계시지 않았더라면 지금쯤 아주 힘들게 지낼 텐데요. 계속 혼자 옆에 계신 듯이 같이 이야기를 하니 외롭지 않아요.

인디애나(bloomington) 대학에서 새 학기부터 네브래스카 대학으로 옮기고, 이사를 마쳐 안정도 되고, 휴가 중이라 서로 연락 못하고 있었는데 편지가 왔어요.

오랜만에 편지를 쓰자니 막막하네요. 새 동네에서 새로운 공부를 하자니 긴장이 되고 여러 가지로 일이 겹치고, 잠을 제대로 못 자서 그런지 신경이 많이 날카로워졌어요. 안정시키는 데 시간이 걸릴 것 같아요.

최근에 보내주신 편지에서 농담 반 진담 반(?)이라고는 믿고 싶지만 제가 도망가리라고 상상하셨다니, 섭섭하기는 하면서도 그것을 무의식중에 기대하신 것이 아닌가 하는 생각이 들기도 하네요. 그렇지만 저는 절대로 누가 등을 떠밀어도 절대로 안 떠나요.

우리가 다시 만나기 시작했을 때부터 제가 제일 걱정하였던 것은 어떤 허구의 인물을(저의 본래의 모습에 혼자 상상하고 옷 입히고) 만들어 실제의 저와 혼동하시는 것은 아닌지, 또 하나는 그 허구의 인물 때문에 자신을 속이면서(나쁜 의미는 아님) 미련을 못 버리시는 것은 아닌지, 또는 집념을 깨기 싫어 계속 밀고 나가시는 것이 아닌가 등등이었는데. 드디어 그것이 실제로 나타나니 막막하기만 하네요. 그렇다 하더라도 제가 다른 여학생들과 같이 찍은 사진에서 저를 못 알아보실 정도인지는 몰랐어요.

하긴 너무 오랜 시간이 흘렀기 때문이라고 이해(?)를 억지로 하기는 하지만, 제가 가끔씩 현실을 현실로 못 받아들이고 꿈속을 헤매다니고 하는데 지난 5개월이 모두 꿈속이었다고 생각하니 깨어나고 싶지 않지만 깨어나 버렸네요.

이 편지를 받으실 때쯤은 아픈 마음이 많이 가라앉아 있을 거예요. 수업이 시작되면 바쁠 테니까요. 휴가를 잘 보내셨다니 듣기에 좋네요.

휴가 시즌도 끝나가고 있는 어느 날
멀리서나마 사랑하는 이에게

우리는 멀리 떨어져 있기도 해서이기도 하지만 마지막 만나본 지 오랜 시간이 지났기 때문에 편지나 전화 통화로도 메꾸기 어려운 소통의 한계가 있어 가끔 엉뚱한 상상이나 오해를 서로 하게 되고는 하였다.

게다가 내가 있는 그대로 사실을 표현하기에는 아직 문장 실력이 모자라니까 고상하게 어렵고 추상적인 단어를 자주 쓰다 보니 본의와는 동떨어진 의미로 상대방에 전달되기도 하여 곤욕을 치르고는 하였다. 특히 나는 돌려서 폼나게 말하려다 보니 단어도 철학적이거나 추상적이고 관념적인 표현을 많이 썼다. 그래서 대학 다닐 때도 법대생들은 여학생들 사이에 인기가 없었다. 그녀가 정확하게 이러한 나의 현학적인 오류를 꼬집어 지적하면서도 점점 그녀도 나의 문체를 잘도 닮아 가고 있었다.

사랑하는 이에게

Iowa를 거쳐 17시간이나 혼자 운전하며 이곳에 무사히 도착하였어요. 매우 피곤한 여행이라 그렇기도 하지만, 지금은 그런대로 안도감도 생기고 견딜 만해요.

이곳에 도착한 첫날 밤 꿈을 아주 멋지게 꾸었어요. 첫째는 곧 국장으로 승진하시는 것을 어딘가에서 읽었고 둘째는 우리 강의실에 오셔서 강의하신다고 서 계시잖아요.

셋째는 제가 누군가한테서 받은 편지를 보시고는 누구냐고 아주 여유 있게 웃으시면서 묻고 계시잖아요. 그러다가 깨어났어요. 제가 무척이나 '서울에 멀리 계신 분'을 생각 많이 하고 있나 봐요.

이번에 이사하느라 정말 힘들었어요. 저 많이 변했어요? 사진 속의 세 사람 중에 제가 키가 제일 크고 마르기는 제일 말랐고, 실제보다 사진은 많이 예쁘게 나온 것 같아요.

모든 것이 순조롭게 절차를 이곳에 와서 다 밟았고, 다음 주에 등록하면 되어요.

빨리 만날 수 있었으면 좋겠어요. 어느 순간에는 다 제쳐놓고 서울에 다녀오고 싶기도 하고, 어느 날 예고 없이 제가 사는 기숙사 문 앞에 서서 문을 두드렸으면 하고 상상하기도 하고~

다음 소식 때까지 안녕.

8월도 중순 이사를 잘 마친 어느 날

미국에서 다른 주로 이사한다는 것은 우리나라에서의 그것과는 차원이 다르다 할 것이라 하겠다. 한 주를 횡단하는 데 자동차로 5백~6백 마일 거리로 부산에서 신의주까지의 간다고 생각하면 된다. 유럽으로 생각하면 다른 나라로 이사 가는 것이라 보면 된다.

인디애나에서 아이오와를 거처 네브래스카까지 2개 주를 횡단한 것인데 17시간이면 거의 쉬지 않고 운전을 더군다나 혼자서 한다는 것은 남자들도 매우 힘든 작업이라 하겠다. 더군다나 운전하는 내내 주변은 옥수수와 밀밭이 펼쳐지고 사방은 지평선이 아득하게 보이며 하루 종일 자동차는 원의 중심에 있어 가끔 착시 현상을 겪을 수 있다.

경희가 혼자 이삿짐 다 싸고 정리했다고 생각하니 대단하다고 내심 감탄하였지만 너무나 안쓰럽기도 하여 아무런 도움도 줄 수 없었던 나로서는 다시 한 번 무력하기만 한 자신을 탓할 뿐이었다. 경희에게 수고했다는 위로의 편지는 보냈지만 앞으로 미국 생활하는 내내 유사한 일이 빈번히 일어날 텐데 나로서는 답답한 노릇이었다.

서서히 현실적으로 경희와의 문제를 생각할 수밖에 없었다. 마땅한 해법이 쉽게 보이지 않고 무언가 획기적인 생각을 해 볼 수도 없어 고민이 커지기 시작하였다. 현실적인 문제와 실제의 생활에 있어 경희와 나는 미국과 한국 사이에 거리보다 더 멀리 떨어져 있었다. 획기적인 현상 타파가 없이는 길이 보일 리 없었다.

얼굴이라도 봐야 머리를 짜낼 텐데 한국에 경희가 잠깐 오겠다고 하더니 별다른 이유도 아닌 것 때문에 못 오겠다고 하여 경희가 언짢게 오해할 수도 있는 투정을 전화로 하기도 하였다. "왜 나한테 가까이 올 생각은 안 하고 경희는 가만히 그 자리에 서 있고 나만 가까이 오라고 하냐" 하며 또 경희를 속상하게 하는 말을 생각 없이 뱉어 버렸다. 경희가 또 오해하고 토라질 것 같아 안절부

절못했지만 한번 입에서 나온 말이라 요행만 바라며 속절없이 하회(下回)만 기다렸다.

아니나 다를까 경희로부터 우리가 다시 연락한 이래 가장 심각하다 할 답장이 왔다. 무언가 결판을 내리려고 결심한 듯 미국에 잠깐 다녀가라는 내용이었다. 나는 내 마음대로 자리를 떠 짧은 기간이라도 미국에 갈 입장도 아니고 하여 또 변명하고 쓸데없는 말싸움이나 할 수밖에 없었다.

사랑하는 이에게

부탁이 있는데 들어 주시겠어요? 다름이 아니라 이곳에 한 번만 다녀가셨으면 좋겠어요.

이번 겨울에는 2주 방학이라 서울 다녀오는 것이 무리인 것 같아요. 제 건강 상태가 걱정하실 정도는 아니지만 그렇게 좋은 것 같지 않아요.

여기서 모든 과정을 2년 안에 끝내고 싶은데 그러려면 시간이 엄청나게 빠듯하여 다른 여유 있는 짬을 내기 어려울 것 같아요.

제가 서울 다녀오는 것보다 서울에서 여기에 오시는 것이 더 어려울 줄 알기는 하지만…. 현재로서는 그 방법이 제일 현실적이고 실현 가능한 것이 아닌가 저 혼자 생각하고 있어요. 제가 너무 제 욕심만 부리는 것 아닐까요?

전화 덕분에 어제 잠을 설쳤더니 졸리네요. Mail Box를 열고 기대하지 않았던 편지를 받으니 얼마나 좋은지 옆에 있는 사람에게 자랑하였다가, 그렇게도 편지 받는 것이 좋으냐고 핀잔 비슷하게 한마디 들었지요.

누구한테서 온 것인지 밝힐 수가 없으니, 그냥 천진스럽게(?) 상상도 할 수 없을 만큼 좋다고 대답했지요.

편지를 읽고 가슴이 아팠어요. '한발도 나에게 가까이 오려 하지 않고 가만히 서서 나보고만 다가오라고 하니까 그런 말을 할 수 있을 것 같다'라고 쓰셨는데 정말로 저의 태도가 그랬을까요?

화내는 것이 아니고, 자신도 제대로 못 느끼는 것을 지적하신 것 같기도 하고, 우리는 어쩔 수 없이 적당한 거리를 두고 지내야 하기에 그런 느낌을 가질 수밖에 없는 것 같기도 하고 제가 정말로 바보이기 때문에 못 할 소리를 잘못 쏟아버린 것 같기도 하고, 어찌 되었든 가을밤 찬바람만큼이나 쓸쓸하게 만드는 소리예요.

차라리 화를 내셨더라면 제가 가슴이 덜 아플 텐데요. 시간이 지나가면서 제가 느꼈던 공허할 수도 있다고도 하는 투정이 없어지리라고 믿지만, 저만의 혼자 느낀 것을 이야기하고 나니 그런 느낌(제가 가공의 인물 운운한~)이 많이 없어진 것 같아요.

9월의 마지막 날에 사랑과 함께 링컨에서

사랑하는 이에게

올해의 가을 병은 덕분에 가볍게 앓을 것 같기도 하고 어느 분 때문에 아주 아프게 앓을 것 같기도 하네요.

어제저녁에는 처음으로 이곳 Lincoln에 와서 쇼핑을 나갔었지요. tie를 하나 샀는데, 그 가게에 있던 것 중에서 제 마음에 꼭 드는 것이었어요. 잘 어울릴 것 같아요
부탁드리는데요, 음력 11월 20일과 양력 12월24일에는 그 tie를 매셨으면 좋겠어요.

시월의 넷째 날 with love good night!

경희의 생일은 중국의 명절 쌍십절인 양력 10월 10일이었다. 내 생일 음력 11월 20일을 기억하고 그날과 크리스마스에 매라고 타이를 골라 주다니~~ 나는 그냥 행복한 사람이라고 감사기도라

도 드리고 싶었다.

사랑하는 이에게

10월 10일 제 생일을 아직도 기억하고 계시다니 꿈만 같아요. 가슴이 벅차고 고맙고 어제 보내주신 꽃은 너무 아름다워요. 어제는 봉우리였는데, 오늘은 반쯤 피었어요. 내일은 활짝 필 것 같아요. 살아온 중에 제일 아름다운, 값진 선물을 받은 것 같아요.

장미 6송이와 같이 온 Messages 「I cannot see you, but I can feel your heart. Love from W.M , Seoul, Korea.」(당신을 볼 수는 없지만 마음으로 느껴요. 한국 서울의 W.M이 사랑을 보냅니다)를 받고 너무 감동해서 울었어요. 짧은 말속에 '사랑하는 이'의 모든 것이 다 실려 있었고, 더이상 다른 표현이 필요하겠어요.

'그냥 내가 사랑하는 분이에요.' 내가 이런 분을 사랑하고 있고 이런 글을 보낸 분이 나를 사랑한다니~ 구름 위를 나는 것 같았어요. 이 기분~ 어떻게 표현할 수가 없어요.

기숙사에서 대단히들 궁금하게 생각하고 있어요. 어디에서 누구한테서 온 것이지? 어젯저녁에 우리 전화로 이야기하고 있을 때, 문을 노크하여 열어주었더니 꽃바구니를 보고 모두 놀랐거든요. 그랬더니 오늘은 모두들 은근슬쩍, 혹시 어제 전화하던 사람이 꽃 보내준 사람이냐고 묻잖아요. 그래서 웃으며(자랑스럽게) 그렇다고 했지요. 깔깔 웃길래 저도 그냥 따라 웃었지요. 누구냐고 대단히 궁금해하는데 그냥 친구라고 하면서 자신에게 묻게 되네요.

우리는 사랑하는 사인데~ 언제쯤이나 나의 연인이라고 자신 있게 다른 사람들에게 이야기할 수 있을까요?

어제 학교에서 돌아와 보니 방문 앞에 커다란 카드와 풍선이 달려 있었어요. 이것은 기숙사 자치회에서 기숙사에 있는 사람들의 생일에는 모두 해주는 것이래요.

어제는 조용히 지내고 싶었거든요. 그리고 바쁘게 시간을 보내서 생일이라는 것을 잊고 싶었고요. 잘못하다가는 괜히 기분만 가라 앉고 우울해질 수도 있거든요. 여하튼 어제는 지극한 사랑표현 때문에 어제는 행복하였어요.

with love 생일 꽃 받고

경희와 다시 만나고 나서 우리는 너무나 멀리 떨어져 어서 나의 민정에 대한 마음을 제대로 전달할 수 없었지만 늘 무언가 민정에게 해주고 싶은 것이 있어도 충분치 않다는 생각이 들고는 하였다. 우리가 빠른 시일 내에 직접 만나는 기회를 만드는 게 서로에게 최고의 선물이라 생각하고 있기는 하지만 언제 이루어질지는 우리 둘 다 모르고 있다 할 것이었다.

마침 경희의 생일을 맞게 되었고 경희가 대학 1학년 때 선물을 줘 보고 실로 오랜만이었다. 오래 아무 연락 없이 헤어져 있을 때도 나는 그녀의 생일을 기억하고 축하를 못 해준 것을 아쉬워하곤 했다. 이제 그동안 표현하지 못하였던 그녀의 생일을 마음껏 축하할 수 있게 되었다고 생각하니 나도 모르게 신바람이 났다. 한 방에 그녀를 넉 아웃시킬 방법을 찾아보았다. 별별 아이디어를 짜내보았지만 멀리 떨어져 있다는 공간의 한계 때문에 선택할 수 있는 게 현실적으로 한계가 있었다.

누군가에게 물어보니 꽃을 보내라 했다. 어떻게 미국에 꽃을 보내냐고 의아해하니 꽃집에서는 가능하다 해서 그 당시 서울에서 제일 근사한 꽃집이 조선호텔에 있다고 해서 시간을 내어 직접 갔더니 여사장이 상냥하게 소개를 해주며 누구에게 보낼 거냐고 물었다. 얼떨결에 당황해하면서도 나도 모르게 사랑하는 이에게 보낼 거라고 계면쩍게 말했더니 여사장이 "멋있네요!"라며 무어라고 메시지를 보낼 거냐고 다소 장난스러운 표정으로 물어보기에 열이 받았다. 내친김에 당당하게 대담한 표현을 하자고 생각해 보았지만 근사한 시구 하나도 생각 안 나고 머릿속에서 맴돌 뿐이었다. 경희가 대학 4학년 때 성심여대에 찾아갔다가 벼르고 별러 준비해 갖던 멋있는 말을 해 보지도 못하고 실언으로 끝났던 기억이 불현듯 되살아났다.

그래서 있는 그대로 내 마음을 표현하자고 한 것이 '내가 지금은 당신을 볼 수 없지만 당신의 사랑은 마음으로 느끼고 있다'는 메시지였는데 이 구절이 경희를 감동시킨 것이었다. 장미 여섯 송이를 생일 전날 대학교 기숙사에 시간 내에 보내달라고 신신당부하고 그 꽃집을 나섰는데 그 당시로는 꽤 비싼 꽃값이었지만 하나도 아까운 생각이 안 들었다. 지금 돌이켜 보면 괜한 멋 부리는 것보다 진실된 마음이 잘 전달되었던 거라 할 수 있다. 이렇게 하여 모처럼 우리 둘은 멀리서나마 멋진 생일을 치를 수 있었고 이후 경희의 나에 대한 사랑의 확신을 그녀로 하여금 굳게 하게 되었던 것 같다.

민정과 우민의 연애 이야기

이제 오랜만에 호칭을 사용해야 될 것 같아요.

편지를 자주 받고 보내다 보니 호칭이 없으니 불편해요. 내 마음
대로 만들어 사용한다고 무어라고 핀잔주시지 마시고, 나의 최초
의 창작물이니 웬만하면 눈감아주세요. 제 이름 '京姬(경희)'가 좋
지 않다고 어떤 사람이 그랬대요. 그래서 '旻貞(민정)'으로 바꾸었
거든요.

맹꽁이처럼 어려서는 개나리꽃을 좋아했거든요. 꽃말은 '잃어버린
사랑이었구요. 이제는 싫어하기로 마음먹었지요. 꽃말이 싫어서
요.

5월이면 라일락을 한 아름씩 꺾어 항아리에 꽂던 일이 생각나네

요. 비 오는 날이면 라일락이 빗물에 떨어질까 봐 대문 꼭대기에 올라가 한 다리는 라일락 나뭇가지에 걸치고, 한 다리는 대문 모서리에 걸치고 아슬아슬하니 가위질했었지요.

옷은 빗물에 흠뻑 젖고, 개선장군 돌아오듯 우쭐하며 라일락을 항아리 가득 채웠는데, 방안 가득 라일락 향기가 차면 천천히 향을 음미하면서 젖은 옷을 갈아입었지요.

그때는 많이 아팠었기에 작은 일들도 아주 크게 느껴졌었지요. 라일락 꺾는 일이 큰 행사로 저를 기쁘게 해주었으니까요.

'伽涯(가애)'와 '牛民(우민)'을 가끔 사용하시는데, 가애는 부드럽고 그러나 뜻이 너무 어려운 것 같고, 지금 하시는 일이 소처럼 묵묵히 국민을 위하여 공복으로서 열심히 하셔야 되는 자리이니 '牛民'이 좋겠어요.

뜻도 금방 알아보기 쉽고 부르기도 좋아요. 여자들도 좋아할 수 있는 이름이니, 이제 '사랑하는 이 또는 사랑하는 분'에서 牛民으로 부를게요.

이제부터는 대등하게 맞먹을 거예요(?). 노여워 마세요.

'牛民' 아주 마음에 들어요. 아셨지요!?

이 십여 년 만에 마음껏 호칭을 불러보게 되었어요. 잠꼬대할 것 같아요. 미쳤다고 할 것 같아요. 누가 엿들으면 그래도 괜찮아요. 가슴 졸이지 않고 마음껏 불러볼 수 있어 좋아요. 내 이름도 예쁘지요?

'우민과 민정의 연애 이야기' 영화 제목 같지요?

서울에 다녀오고 싶은 마음은 많지만, 현재로는 못 가겠어요. 이루어 놓은 것이 없어서 못 가겠어요. 아직도 '삶'의 실패자라는 생각에서 벗어나지 못하고 있지요. 언젠가 실패자임을 겸손히 받아들이는 날 제일 먼저 서울에 다녀올 거예요.

영원히 그날이 오지 못할지라도 희망만은 가질 수 있지 않겠어요.

방학에 서울에 다녀오는 꿈은 가끔 꾸지요. 그러나 아직은 '때'가 아닌 것 같아요. 너무나 초라한 모습은 이 사람 저 사람에게 보일 생각을 하니 두렵기도 하고요. 특히 牛民을 만날 것을 상상만 해도 두려워요.

글을 써서 마음을 표현한다는 것은 정말 힘드네요. 보내주신 편지대로라면, 지금 가슴에 간직하고 있는 저와 실제의 저와는 아주 다른 존재인 것 같아요. 18년 전의 저의 모습에다가 미움과 사랑, 그리움 etc를 모두 섞어 만들어 놓은 어떤 *存在*는 제가 아니니까요. 안녕히 주무세요. 꿈에서 뵐게요.

사랑과 함께 민정이가

한학을 평생의 학문으로 생각하며 평생 두보의 시만 연구하는 절친한 친구가 지어준 내 아호가 우민이었다. 공직에 있으니 늘 국민의 편에 서서 일을 잘 처리하라는 뜻이라 했다. 쉽게 이야기해서 국민 위에 군림하는 내가 아니고 나 자신이 국민 중 한 명이라는 것을, 즉 국민의 심부름을 하는 머슴이라고 마음속 깊이 새겨두고 처신하라는 뜻이었다. 좀 부담스러워 잘 쓰지 않게 되었지만 민정은 우민이라는 내 호칭을 좋아하였다.

민정이 편지에서 언급한 대로 우리 둘은 오랜 기간 헤어져 있었고 대학 시절에 만나 헤어지고, 그 사이 각자 다른 삶을 살아왔기 때문에 우리 각자가 상상 속에 제멋대로 엮어 놓은 존재를 관념적으로 사랑하고 그리워하는 게 아닌가 하고 생각해 보기도 하였다.

그동안 수녀 시절에 잠깐 보고 헤어진 후에 우리 둘은 직접 대면하여 만나지는 못 했지만 전화로 가끔 대화를 나누며 일종의 스킨십을 목소리로 터치할 수 있었고, 꿈속에서나마 만나 보기도 하였다. 서로의 근황과 심경을 많은 글로써 충분치는 않지만, 웬만큼 교감하고 서로의 마음과 생각을 공유하고 있었기에 그녀가 우려하는 마음속의 가공의 인물을 허상으로 사랑하고 있던 것은 아니었다. 서로 현재 처해 있는 입장이 쉽게 만나기 어려워 더 가까이 가지 못한다는 안타까움이 그녀로 하여금 만남에 대한 쓸데없는 두려움을 가지게 한 것이라 할 수 있었다.

나 역시 다시 만나고 나서 닥치게 될 현실적인 문제를 생각하면 어려움이 있을 거라는 것을 알지만 그것은 그렇게 중요한 문제가 아니고 우리 둘의 사랑을 다져가는 일이 더없이 소중하다고 생각되는 나날들이었다.

우리 둘은 바보일 만큼 서로에게서 하나도 변하여 있지 않았다. 나도 그 점은 신기하게 생각되어 우리 둘은 운명적인 사이 같다는 생각을 가끔 하고는 있었다. 헤매고 있는 민정이가 좋기만 했다. 그것이 그녀의 매력이기도 했다. 항상 여리여리하고 쓸데없는 생각 많이 하는 것 그리고 수동적인 듯하면서도 감성은 아주 솔직한 것, 그래서 다른 사람은 엄두도 낼 수 없는 나와의 관계에서 나를 휘어잡아 끌어가고 있는 것이다. 우리는 우리의 방법으로 우리의 사랑을 꾸려나갈 수밖에 없는 것이라 생각되었다.

사랑하는 牛民께

그런데 바뀐 '牛民' 모습은 너무 좋아요. 안경이 바뀌니 인상도 많이 바뀌는 모양이지요. 더욱 부드러워 보여 좋아요. 牛民이라고 마음 놓고 쓰게 되니 너무 좋아요. 어울려요.

분위기도 나고~ 예전에는 살이 없어 눈만 빛나고 마르셨는데 배가 나온 데다(재미있다) 안경까지 중년의 멋이 어우러지어 멋있어요. 원래 마른 사람보다 찐 사람이 여유 있어 보이고 너그러워 보이잖아요.

옛날에 우리 젊었을 때(?)는 별로 부드럽게 대해 주지 않으셨던 것 같아요. 약속 시간에 늦기라도 하면 얼굴에 금방 나타내고 하셨잖아요. 저에 대한 호기심 등등으로 무엇인가 알아내려는 사람처럼 관찰만 하셨던 것 같아요. 그런데 더 근사하고 멋있어지셔서 내 속을 썩이네요.

20여 년 가까이 해결하지 못하고 속만 끓이던 호칭 문제는 용기를 내어 해결하였는데 호칭만 만들면 모든 것이 쉬울 줄 알았는데, 더 어려워지네요.

제 마음 제가 알다 모를 것 같아요. 이 편지가 갈 곳이 직장이라 부담이 많이 드네요. 새삼스럽게 말이에요. 순수치 못한 탓일까요? 머리가 복잡하여지네요. 내 힘으로는 도저히 해결할 수 없는 그런 것이지요.

공부에만 몰두해도 정신이 없어야 하는데~ 요즘 罪와 罰 그리고 惡과 善에 대하여 많이 생각하게 돼요.

민정이가 멀리서나마
우민의 직장에서의 생활에 성원을 보내며~

편지가 직장으로 오게 된 것이 귀국해서 처음부터 그랬는데 새삼 신경이 쓰인다고 하는 것은 민정의 성격이 맏딸이라 그렇기도 하지만 남을 챙겨주고 배려하는 것을 좋아하기 때문이다. 우리가 처음 만났을 때 소녀티를 아직 못 벗어나 솜털이 보송보송한 애송이임에도 나의 옷차림이나 심지어 양말 색까지도 찬찬히 살펴보고 고쳐주려 하였다. 흰색 양말을 신고 다니는 것이 남학생 사이에서 유행하고 있었는데 민정은 질색하였다. 촌스럽고 불량해 보이고 양말은 바지와 신발 컬러와 맞추어 신어야 한다면서 고쳐주려 하였다. 그때 내 느낌은 새색시가 신랑 옷 코디해주는 것 같아 나는 어쩔 수 없이 민정의 말을 유념하고는 하였다. 민정이 이제 자기의 마음을 나에게 다 주고 나니 직장에서의 나의 처신이나 위치에 대하여 자연스럽게 관심을 갖게 되었다고 할 것이다. 민정의 마음은 이미 나하고 같이 사는 것이나 진배없었다.

그리고 미국의 공부가 워낙 힘이 들고 정신없이 바쁜데 죄와 벌이니 선과 악에 관하여 생각하게 된다고 하는 표현이 내 마음을 조금 어지럽히는 것 같았다. 이제 모든 것의 시작이 내게서 비롯되고 내가 해결하여야 할 일들인데 정신이 번쩍 들게 하는 내용이었다. 어떻게 해야 이 난국(?)을 헤쳐나가나에 생각이 미치니 드디어 막막한 끝없는 지평선이 내 앞에 나타나 보이는 것이었다. 앞으로 잠 못 이룰 날이 많아질 거라고 스스로 다짐하지만 현실적으로는 별 뾰족한 수가 안 보였다. 부딪쳐 볼 수밖에 없었다.

사랑하는 牛民께

어제 낮잠을 자다가 꿈을 꾸었는데 牛民께서 저에게 보내준 편지를 옆방 아이가 가지고 있으면서, 모르는 사람에게 보여주었다는 거예요. 그래서 편지가 제 손에 안 들어왔다는 거예요. 어찌나 화가 나는지 막 울다가 깨어났어요.

그래서 편지가 도착했을 것 같아 조마조마 가슴을 졸이며 편지함을 여니 10월6일에 보내주신 한 통이 도착하였더군요.

새로 맞춘 양복은 어때요? 겨울이 다가오니 짙은 색으로 하신 것 같아요. 잘 어울려요. 세련되어가고(?) 있으신 것 같아요.

牛民께서 어려서 내성적이었다니, 짐작이 가요. 지금도 가끔 그런 면이 보이거든요. 제가 가끔씩 牛民의 기분을 상해드리는 글을 쓰는 것 같은데, 그때마다 미안하다는 생각이 드는 것은 사실이지만, 한편으로는 그것을 계기로 해서 牛民을 조금 더 가까이할 수 있어서 가슴은 아프면서도 다행이라는 생각이 들어요.

편지에서 친구들과의 옛 이야기를 읽으면 牛民의 어렸을 때 모습을 보는 것 같아 대단히 즐겁고, 牛民이 어려운 역경들을 헤쳐 나오는 과정과 모습을 혼자 상상이라도 하고 있으면 조금 더 가깝게 牛民께 다가가고 있는 제 모습이 좋아요.

대학교 때의 모습은 직접 보았으니 별로 말할 것도 없고, 말씀은 성격이 변해 내성적인 성격에서 너무 거칠게 변해 버렸다고 말씀하시지만, 제가 보기에는 거칠지 않아요. 어렸을 때 여자아이들처럼 수줍음을 많이 타고 잘 어울리지 못하였던 때에 비하여 변하셨다고 하는 것 같아요.

잘 모르지만 牛民은 저에게는 한없이 부드럽고 관대하시잖아요. 거친 분이 어떻게 매일 매일 꿈결에서나 들을 수 있는 아름답고 달콤하기 이를 데 없는 어휘와 문장을 사용할 수 있어요.

저는 다 알아요. 너무 스위트하고 뭐라 할까. 불란서 샹송 같은 감미롭고 감상적인 데가 있잖아요. 여하튼 거칠어도 나는 牛民밖에 없어요.

with love 19 Oct 멀리서 민정이가

같이 춘천에 미팅하러 갔던 고등학교 동기들은 민정을 안다.
또 내가 민정과 연애하기 시작한 대학 때부터 우리 둘의 사연을
잘 알고 있고 민정도 이들을 알고 있어 편지에 그들과의 근황을
이야기하여 주기도 했다.

편지에서 민정이 언급했지만 실제로 나는 어렸을 때는 굉장히
내성적이었다. 커 가면서 내 성격이 싫어 의식적으로 고치다 보니
너무 나가 버려 내 친한 친구도 내가 어렸을 때 수줍음 많이 타는
문학 소년이었다는 것을 아무도 안 믿을 정도이다.

사랑하는 우민께

왜 牛民께서 저 같은 여자를 좋다고 하시는지 모르겠어요. 거짓말

같기도 하고 정말 같기도 하고~

처음 서울에서 만날 때 기억하세요? 제가 늦었더니 기다려주시지

않고, 그냥 떠나셨잖아요. 길에서 牛民 친구분을 만나지 않았더

라면 거기서 영영 헤어지는 것인데, 그때 약속장소 근처에서 친구분을 만났는데, 사정 이야기를 하였더니 그분이 이상야릇한 미소를 띠고 牛民을 찾아 주었잖아요.

그때 그분 표정이 지금도 선명히 생각나요. 바람맞았으면 집으로 돌아가 냉수 먹고 속 차리지 어리석게 왜 찾아다니냐고 묻는 표정이었어요. 얼마나 충격적이었는지 잊히지 않아요.

하기는 세상에 저처럼 어리석게 살아가는 사람도 드물 테니까요. 관심 없어 하는 사람, 관심 갖게 하는 것도 한 번쯤은 시도해 볼 만한 가치가 있다고 생각지 않으세요?

호칭을 牛民으로 사용하고부터는 불평할 수 있어 좋아요. 그전에는 감히 상상도 못 하였는데, 더 가까워진 것 같아 좋은데, 이러다가 牛民에게 턱없이 떼쓰고, 억지소리 해서 화내드리고, 그러면 어쩌지요?

男女는 너무 가까워지면 안 되는 것 같아요. 경계선을 마구 넘나

들게 될 것 같아요. 사랑하는 牛民께 어리광 좀 부려봤는데~ 봐
줄 거죠?

with love 31 Oct 떼쓰고 싶은 민정이가

민정이 나를 우민이라고 부르면서 나에 대한 의구심이나 불안
하게 느끼던 정서가 많이 안정되었다. 이름이나 호칭이 당사자의
이미지와 어느 정도 비슷하게 가고 자꾸 부르다 보면 정이 많이
드는 모양이다. 편지의 내용이나 톤이 같이 생활하면서 주고받는
대화처럼 훨씬 편해지고 이해가 쉬워져 쓸데없는 오해로 티격태
격 안 하게 되어 좋았다.

민정과 한 공간에서 생활하고 있는 것처럼 생각될 때가 많아져
갔다. 그러니 별일이 아닌데도 쉽게 자주 전화를 하게 되었다. 같
은 공간이라는 느낌이 민정과 나 사이의 거리를 대폭 줄여 버렸
다. 자주 전화를 하게 되니 편지를 보내고 기다리는 것보다 훨씬
편하고 같이 늘 곁에 있는 것 같았다. 그렇게 되니 민정의 새로운
학교에서의 생활도 많이 안정되어 가고 있었고 마음의 여유를 갖

게 되니 좀 푹 쉴 수 있는 휴가철을 기다리게 되는 모양이었다.

하여튼 우리 둘 다 일단은 평화로움의 안락함을 서로 즐기고 있었다. 민정이 서울에 오면 내가 휴가를 얻어 같이 경춘선을 타고 대학 시절처럼 기차여행을 하면 좋을 것 같다고 하였다. 춘천뿐 아니고 부산 찍고 남해안 돌아 여수로 해서 서해 만리포 해수욕장에 가서 겨울철의 삽상한 외로움과 쓸쓸함도 같이 즐겨보자고 분위기를 잡는 편지를 보냈다.

대학 시절 민정과 기차를 타 보지는 않았다. 성동역에서 춘천에서 오는 그녀를 마중하였고 춘천역에서 그녀는 서울로 오는 나를 전송하였다. 지금 같았으면 춘천까지 가서 같이 타고 오고 다시 성동역에서 춘천까지 데려다주었을 텐데 그때는 여러 가지로 여유가 없었다. 가난할 때는 연애하는 것도 단조로울 수밖에 없었다. 마음만 앞설 뿐 몸이 따라 주지 못했다.

사회 전체가 가난한 그 시절에는 대학생들의 데이트는 시내를 정처 없이 걸어 다니는 재건 데이트가 유행이었지만 즐거웠고 행복한 젊은 날이었다. 길거리에서 사랑을 꽃피웠던 시절이었다. 그때를 떠 올리는 편지를 보냈더니 자연스럽게 춘천 이야기가 나오게 되었다. 아마도 민정 때문이기도 하지만 지금도 나는 경춘가도에 가면 로맨틱한 감성이 되살아나고 우리나라 도시 중에 춘천을 제일 좋아하고 있다.

사랑하는 우민께

기차여행을 대단히 좋아해요. 진짜 여행하는 맛이 나거든요. 언제쯤 같이 기차여행을 할 수 있을지 모르지만. 제가 호수를 좋아한다고 생각하시는 것도 무리가 아니에요.

춘천은 호수로 둘러싸여 있었고, 그때 호반의 도시라고 춘천의 별칭으로 불렸잖아요. 牛民도 그래서 춘천을 좋아한다고, 한국에서 이 도시를 제일 좋아하게 된 것이 아마도 저 때문인 것 같다고.

호수를 빙자하여 달콤하게 거짓말(?)하신 것 기억나요? 그때가 좋았어요. 이제는 호수보다는 강이 좋고, 강보다는 바다가 좋고, 여름 바다보다는 겨울 바다가 좋아요.

가끔 담담하게 혼자 헤매고 있을 때 인천 앞바다에 나가 앉아 있기도 했었는데, 먹을 것만 있으면 열흘도 스무날도 바닷가에 앉아 있을 수 있어요. 대학 다닐 때 또 졸업 후에도 흑산도 바닷가에서 열흘씩 앉아 있어도 지루한지 몰랐어요. 서울에 돌아와야 했기 때문에 돌아온 것이지 떠나고 싶지 않았어요. 지금도 가끔 그곳으로 돌아가고 싶기도 해요. 제일 아름다웠던 추억이에요.

산을 좋아하는 사람을 이해하기 어렵지만(?), 바다를 떠나지 못하는 사람은 이해할 것 같아요. 남자로 태어났다면, 배를 탔을지도 모르겠어요.

아마도 이래서 제 팔자가 이렇게 센가 봐요. 한 군데에 정착하지 못하고 이곳저곳으로 떠돌아다니고, 어쨌든 바닷가에 서 있으면 속이 트이고, 산에 올라가면 답답해요.

산은 끝이 있지만, 바다는 수평선만 있잖아요. 가도 가도 잡히지 않는 것이 수평선이고. 갑자기 우리가 기약 없는~ 알 수 없는 이

수평선 놀음을 하는 것 같다는 생각이 드네요. 쓸데없는 생각이겠
지요?

일 주일에 두 번쯤은 전화를 들었다 놨다 갈팡질팡해요. 일요일
저녁쯤에 제일 전화하고 싶어요. 그때가 제일 멀리 있다는 생각
이 들고, 다음 전화 걸 때가(걸려올 때나) 너무 멀다는 생각이 들어
요.

주중에는 그래도 바쁘니까 금방 시간이 지나가서 덜 헤매는데 가
끔은 일부러 바쁘게 만들거나 방에 있지 않고 TV룸에 가서 TV를
보거나 분숫가에 가서 앉아 있거나 해요. 그런데도 편지쓰기는 어
려우니 어떻게 해요.

牛民 덕분에 올해 들어서 집에다 편지 한 장도 안 보냈으니 그런
지나 아세요. 친구들에게도 한 장도 못 보내고. 엄마가 아시면 얼
마나 섭섭해하시겠어요. 기껏 키워놓았더니 1년 동안 편지 한 장
안 보내고 누구한테는 일주일에 1통 이상씩 보내다니~

하루에(일요일) 두 번씩이나 전화를 받고 나니 좋으면서도 어안이 벙벙해요. 처음 전화 받았을 때는 걱정이 되었고, 어쨌든 고맙고 미안한 생각도 조금 들고요.

어제 아침부터 이곳은 대단히 추워졌어요. 밤에는 0℉(약 18℃)까지 내려갔으니 오래간만에 기록을 세웠대요. 이렇게 추운데 어떻게 학교를 다닐 수 있을지 걱정이 되기는 하네요.

빨리 Thanksgiving day vacation이 왔으면 좋겠어요. 놀아도 마음 놓고 놀게, 잠을 자도 마음 놓고 자고, 추위에 감기 들지 않도록 조심하시고, 다음 편지까지 안녕히 계세요.

Nov 9 with love 민정 드림

민정이 미국에서 공부를 마무리하면 한국으로 돌아올지 미국에서 직장을 얻을지 민정의 의향을 알아야 할 것 같았다. 한국에 돌아온다면 대학으로 가야 하는데 민정이 국내에서 대학원을 나오지 않았기 때문에 자리를 얻는 게 만만치가 않을 것 같아 사전에 국내 관련 전공 분야의 사정을 알아 놓을 필요가 있었다.

미국에서 취업한다면 앞으로 어떤 계획인지 민정의 생각을 알아야 내가 도울 방법을 찾을 수 있기에 그녀의 입장을 알고 싶다고 완곡하게 물어보는 편지를 보냈다. 그리고 그전이라도 한국에 잠시 다녀갈 것인지도 그녀와 나와의 관계를 유지하려면 내가 알고 있어야 할 것이기 때문에 물어봐야 했다.

우리 문제를 현실로 받아들이는 준비가 서로 필요한 시점이 어느덧 된 것이다. 다시 연락하고 만나게 된 것이 일 년이 되어가고 있었다. 그리고 서로 입 밖에 내기 어려운, 계속 독신으로 살지도 그녀의 입장을 어렴풋하게나마 알고 있어야 내 나름의 민정과의 장래 문제를 그릴 수 있을 것이었다.

사랑하는 우민께

제가 여기서 직장을 어떻게 가져야 하는지에 대해서는 아직도 공부 마치려면 1년 아니 그 이상 더 기다려 보아야 하니 지금부터 미리 걱정할 필요는 없을 것 같아요.

처음 미국에 올 때는 한국에는 다시 돌아가지 않겠다고 생각했었어요. 저의 실패경력(?)이 끔찍해서 다시 돌아간다면 일어서지 못할 것 같았거든요.

지금도 그런 두려움이 다 없어진 것은 아니에요. 조금은 남아있어요. 그리고 두렵기도 하고요.

牛民을 만나고부터 그 결심(?)이 많이 흔들렸고, 지금은 대단한 혼란 속에서 지내고 있어요. 정말로 장래 문제를 결정해야 할 시간인 것 같아요. 어떻게 해야 할지 모르겠어요.

지난번에 집에 전화해서 대충 계획을 말씀드렸더니 부모님은 제가 그냥 이곳에 머무르는 것을 원하시는 것 같았어요. 물론 결정권은 저에게 있기는 하지만, 이제 와서 부모님을 다시 실망시켜 드리지 싶지 않은 것도 많은 어려움이 있어요.

그리고 부모님을 이해시키는 것(제가 혼자 사는 것)은 전혀 불가능한 것 같아요. 이해시키는 것을 포기했어요. 만약 한국에 돌아간다면 그 문제 때문에 혼란에 빠질 것이고……

'가능한 범위 내에서' 牛民과 이 문제는 의논하고 싶고, 혼자 결정한다는 것이 옳지(?) 않은 것 같아요. 어떻게 생각하세요?

현재 저의 모든 사정으로 봐서는 그냥 이곳에 머무는 것이 편할 것 같아요. 이런 이야기를 꼭 만나서 해야 하는데, 글로서는 오해가 생길 것 같아요.

그러나 현재로서는 어느 것 결정한 것도 없고, 牛民을 만나기 전에는 '절대로' 어떤 결정도 내리고 싶지 않아요. 아시겠어요? 제가 가끔 불안해하는 이유를? 답답해요.

서울에 다녀오는 것은 너무 힘들어요. 이해하실는지 모르지만, 답답해요. 이해 못 하시는 것 같기도 하고, 이해하시는 것 같기도 하고 어떻게 하면 좋을지 모르겠어요.

저는 왜 용기가 없고 바보 같을까요? 언제쯤 자신 있게 행동하고, 판단하고 제때제때 모든 것을 해결할 수 있을까요? 본능적(?)으로 서울에 가면 안 될 것 같아요. 나도 왜 그러는지 잘 모르겠어요.

영지차는 어떻게 되었어요? 보내주신다고 하여놓고 여태 아무 소식도 없으니 보내주시면 아주 감사하게, 열심히 타서 마시겠어요.

속이 안 좋으신 것은 어떠하신지요? 올해 들어 벌써 두 번째 속을 심하게 앓으신 것으로 아는데 왜 자주 아프지요?

이번에는 무슨 일로 께름칙한 마음으로 음식을 드셨지요? 제가 또 무슨 속 상하는 일을 만들어 드렸나요? 어쨌든 이 편지 읽은 때쯤은 깨끗이 나아졌겠지요?

보내주신 사진은 지난번 가을 체육대회 때보다 나이가 들어 보여요. 모자 때문인 것 같아요. 아니면 안경 때문인 것 같기도 하고, 어쨌든 사진을 보내주셔서 고마워요.

그때 보내드렸던 그 야한 사진 다시 보내드릴게요. 괜히 도로 보내 달라고 유난을 떨었다니까요. 그 사진도 전데요. 새로 찍은 것이 나오는 데로 곧 보내드릴게요. 너무 섭섭해하지 마세요. 못생긴 얼굴 자꾸 찍어 못생긴 것 확인하는 것이 싫어요.

참, 제 문제는(이곳 다른 사람과의 관계) 절대로 신경 써서는 안 돼요. 저에게는 牛民밖에 없어요. 비록 牛民이 저에게 조금밖에 관심을 안 보여주신다고 하더라도, 싫다고 하실 때까지는 牛民뿐이에요.

누구에게도 어떤 조그마한 틈도 주지 않을 테니까요. 한번 마음의 문을 열기가 힘들지, 한번 열었다 하면 오직 한 곳뿐인 것이 제 성격인 거 잘 아시잖아요. 아세요. 모르세요. 답답해요.

쉽게쉽게 살자고 하셨는데, 저한테는 지금 살아가는 방법이 제일 쉬운 방법 같아요. 아무와도(우민을 제외하고) 관계를 가지지 않고 오직 혼자의 일을 적당히 해가면서 ~ 우민 때문에 제 생활이 바뀐 것이고, 복잡해진 것 같고 등등. 부족하고 답답하고 그래요.

Nov 26. 민정 드림.

1986년의 마지막 서신(86.12.3)은 우리 둘 사이 문제를 현실과 관련하여 해법을 찾으려니 돌파구는 안 보이고, 문제만 심각하게 생각하는 쪽으로 몰고 가고 있게 되었다.

1년여 그녀와 열애를 하다 보니 나도 현실적으로 해답을 찾아야만 하였으나 뾰족한 방법은 없고 가장 중요한 것이 그녀의 태도나 생각이기 때문에 직접 만나서 서로가 생각하는 것을 확인하고 접점을 찾고 해결하는 실마리를 찾아야 할 것 같았다.

글로 써서 보내다 보니 자꾸 오해만 불러일으킬 것 같아 겨울 방학에 서울에 다녀갔으면 좋겠다는 취지의 편지를 보내니 결국 충분히 의사가 소통되지 않아 서로 마음만 불편해지고 답답한 속내는 풀릴 수가 없게 되었다. 그녀가 아직 공부하고 있으니 시간을 벌면서 현실적으로 가능한 길을 모색하여야겠다고 생각하기 시작하였다.

나의 서신 11월 24일 자에 대한 그녀의 답신 요약은 다음과 같았다.

"문제를 고정 틀에 끼어놓고 생각하면 해결이 안 되고, 그 사고의 틀이나 원리, 사회질서 등 모든 것에서 한 치도 벗어날 수 없기에 문제는 문제대로 커지고~~
고정관념이나 틀을 깨어야만~~
현실 사회와 적당히 타협하면서~~"

이 대목은 문장 자체로서는 이해할 수 있지만, 우민과 저와의 문제에 관해서는 이해가 안 되어요.

일반적 윤리, 사회질서는 어느 정도 고정관념에 의해 기본이 되면서, 그 근본을 지킬 때만이 원리가 성립되고, 사회질서가 지켜지는 것 아니겠어요.

그런데 어떻게 그 근본을 흔들라고 하시는지요? 현실 사회와 적당히 타협하라 하시면서. 옳은 방법이라면 타협도 인간 성숙의 한 길이겠지만, 타협을 위한 타협이 되면 어떻게 하지요?

제가 모든 문제를 가끔씩 심각하게 생각하는 버릇이 있는 것도 사실이지만, 그리고 세상을 내다보는 눈도 아주 좁은 것은 알지만. '이번 겨울에 서울에 다녀가는 것에 대하여 가볍게 생각하였으면 좋겠다'라고 하신 대목에 대해서는 그렇게 쉽게 생각할 문제는 아니라는 생각이 드는데요.

미리 겁먹는 것도 아니고, 쓸데없는 상상을 한 것도 아니고, 어떻게 표현해야 아무 오해 없이 제 생각을 제대로 표현할 수 있을는지 모르겠어요.

우리가 다시 만나는 것이 그렇게 쉬운 것은 아니잖아요. 어쩌면 저 혼자서 쓸데없는 고민을 하고 있는지도 모르지만, 어쨌든 당분간 서울에 다녀오는 것은 어렵겠어요.

미안하지만 어쩔 수 없어요. 너무 복잡해요.

이해가 안 되고 등등의 문제는, 항상 만나서 풀자고 하셨지만 언제 다시 만날 수 있을는지 현재로서는 전혀 기대할 수 없으니, 그때그때마다 이해시킬 수 있는 한도 내에서 서로 노력하였으면 좋겠어요.

그러다 보면 더 오해가 깊어질 가능성도 있기는 하지만 서로가 진정한 믿음과 사랑 속에서 서로를 위해서라면 결국에 가서는 이해하고 있는 데로 서로를 받아줄 수 있지 않겠어요? 너무 이상적인 태도라고 하실지 모르지만 시도해 보지도 않고 포기하기엔…….

저의 겨울 휴가 계획은 20일에 LA에 갔다가 1월 4일이나 5일경에 이곳에 돌아올 예정이에요. 12월19일에 '86년'의 마지막 전화를 드릴게요, 같은 시간에, LA 있는 동안에는 전화 받기나 드리기가 어렵겠어요. 그러나 편지는 쓸 수 있는 데로 많이 써서 보내드릴게요.

1월 4일이나 5일 돌아오는 데로 전화 드릴게요. 오늘은 무거운 이야기만 써서 제 자신도 가슴이 묵직해요. 미안해요.

쉽게 사는 방법을 배우도록 하겠어요. 40여 년 살면서도 계속 배울 것만 생기니 죽을 때까지 배우다가, 허덕이면서 가겠어요. 또 편지 드릴게요.

with much love, 12/3, 1986 민정 드림

LA에서 돌아와 학교를 네브래스카에서 콜로라도로 옮기면서 많이 힘들었을 텐데 별로 내색을 안 하고 잘 이사하였다니 다행이고 다음 편지를 보내왔다.

민정이 네브래스카 대학에서 콜로라도 대학으로 한 학기 만에

학교를 옮기게 되어 이사하였다고 연락이 왔다. 미국에서 대학원 학생들은 장학금 조건이나 아르바이트 문제 때문에 자주 옮겨 다니는 게 일상적이고 하나도 이상한 일이 아니다. 다만 어떤 주에서 다른 주로 옮기는 것은 나라가 넓은 미국에서는 나라가 바뀌는 것만큼 환경 변화가 클 수 있으므로 혼자 적응하고 어려움을 감내해야 하는 민정이 안쓰러웠다. 한편으로는 새로 옮긴 콜로라도가 자연환경이 훨씬 좋기에 민정의 일상생활이나 건강을 생각하면 다행이다 싶기도 하였다.

콜로라도 대학으로 옮기고 민정이 보내온 첫 서신은 다음과 같았다.

20여 일 만에 편지를 쓰려니까 어떻게 시작해야 할지 자꾸 망설여지네요. 간간이 전화로 이야기하였으니 별로 큰일은 없으신 것 같아 다행이고요.

어제 전화하기로 한 것은 사정이 여의치 않아 못하였고요. 금요일부터 전화가 나온다니 그때는 마음 놓고 할 수 있겠지요. 학교에 가서 이번 학기 스케줄을 교수와 의논하고 들어와 곯아떨어졌어요.

일어나자마자 우체국에 가서 짐이 도착했는지 봤더니 운 좋게도 모두 도착했더군요. 짐을 찾아 대강 정리하고 또 잠이 들어서 오늘 아침에 일어나, 학교에 가서 office랑 전화 가설 문제 등을 알아보고는, 잠깐 낮잠을 자고 일어나 이 편지를 쓰고 있는 거예요.

학교에 걸어 다닐 수 있으니까 그 점이 좋고, Apt 중에는 제일 싼 거니까 그런대로 살 것 같아요. 가능한 데로 공부 끝날 때까지 이곳에 머무르고 싶은데 어떻게 되는지 모르겠어요. 이사 다니는 것이 지겨워요.

친구가 없으니 당분간 TV가 필요할 것 같고, 이번 학기는 학교에서 돈을 받을 수 없으니 경제적 문제도 조금 생각해야 할 것 같고, 차도 이제는 생명이 다했는지 가는 도중에 멋대로 서버리니 타고 다닌다는 것이 겁이 나고, 새 차는 감히 엄두도 못 내 어떻게 고쳐서 3년 정도만 더 썼으면 좋겠는데 아직 이곳 지리에 익숙하지 못

하니 그냥 망설이고만 있어요.

이곳 CSU의 한국 학생 분위기는 대체적으로 부티가 나는 것 같아 거부감이 생겨요. 하여튼 인디애나 Bloomington과 다르고 네브래스카 Lincoln과도 다르니, 어떻게 적응해 나갈는지 모르겠어요. 이곳에도 여학생 수가 적다니 그것도 걱정이지요. 계속 걱정거리만 이야기해서 미안해요.

매일 편지를 보내주신다 해도 별로 싫어하지 않을 거예요(하. 하.). 또 쓸게요.

with love 민정 드림. 1/14, 1987

사랑하는 우민께

보내주신 길고도 짧은 편지를 오늘(20일) 잘 받았어요. 매일 매일 우민 생활을 보는 듯하여 즐겁기도 하고 저만 소외된 듯하여 이상한 느낌이 들기도 하네요. 이래서 사람이란 것이 알면서도 모르겠다고 알쏭달쏭한 소리를 지껄일 수 있는지 모르겠어요.

어쨌든 하루하루가 즐거우신 듯하니 무엇보다도 기쁘네요. 술을 끊으시겠다(?)는 소리는 이제 그만 들어도 될 것 같아요. 못 끊는 것이 아니고 절대로 안 끊으실 테니까요. 저도 그만 잔소리를 해야 하겠어요.

올해 저에게 보내주신 편지 목표량이 100통이라니 약속위반이에요. 1주에 두 통씩 110통은 보내주셔야 해요(55주×2 =110). 경우에 따라서 더 보내주실 테니까 제가 받을 목표량은 150통으로 하겠어요. 어떻게 생각해요? 제가 너무 욕심을 부린 것일까요?

어제는 신입생 orientation에 참석했었어요. 너무 혼자 오랫동안 APT에 묻혀 있으려니까 사람이 보고 싶어서 나갔는데, 답답하고 어쨌든 무사히 마치고 돌아왔어요.

눈이 온 산의 풍경이 한국이 아름다운 것이 사실이지만 이곳 collins 설경도 아름다워요. Rocky 산맥 줄기가 바로 서쪽에 있기에 끝없이 지평선만 보이던 인디애나나 네브래스카와는 다른 새로운 아름다움을 안겨 주지요. 아무리 뛰어난 화가라도 이곳의 기가 막힌 풍경은 그려내지 못할 것 같아요.

너무 춥기에 오랫동안 즐길 수 없는 것이 흠이지만 어쨌든 시커멓기만 하던 네브래스카의 Lincoln을 떠나게 돼서 좋아요. 왜 그런지 모르지만, Lincoln은 시커멓게 느껴지고 죽음을 생각하게 하는 도시였어요.

흰 손수건을 받고 가슴이 철렁하셨다니, 먼저 미안한 생각이 들면서 마음이 아프네요. 한편으로는 언젠가는 그럴 때가 오리라고 항상 염두에 두고, 생활하시기 때문에 쉽게 그런 반응을 보이시는 것이 아닌가 하는 생각(?)이 들기도 하네요.

보내주신 편지 읽다 보니까 사진이 정말 좋아요. 일하시는 것을 대충 짐작할 수 있을 거 같고 책상 위에 화분이 놓여 있다는 것이 상상 밖이었고 안정된 분위기는 아니지만 제가 보내드린 그림이 벽에 걸려있어 보기 좋았어요.

숨을 돌릴 수 있는 여유가 생길 거 같아 좋고요. 하여간 좋아요. 곧 또 쓸게요.

with love 민정. 14 Jan 1987

2월 14일 밸런타인데이에 맞추어 민정에게 꽃을 보내주고 싶어. 지난해 생일에 장미 6송이를 보내도록 해준 조선호텔 꽃집에 퇴근길에 들렀다.

다가오는 밸런타인데이에 초콜릿 외에 꽃은 어떤 종류를 골라야 하는지 물어보니 꽃집 여주인이 나를 알아보고 "지난가을에 장미 여섯 송이 미국에 보내셨잖아요. 정확하게 잘 배달되었죠, 하면서 카네이션이 좋을 것이라 했다. 여러 가지 색상을 골라서 카네이션 꽃바구니를 만들어 민정에게 보내 달라고 요청하고 나오는데 그 여주인이 "얼굴이 많이 행복해하시는 표정인데" 하면서

짓궂게 미소를 지었다. 나는 아무 말도 안 하고 2월 14일 배달이
되도록 신경 써 달라고 하고 나왔다.

그림에서 그녀의 새로운 모습이
- 그림을 설명하는 회신

그녀가 대학에서 이과 쪽 과목을 전공으로 한 것은 미술 쪽에 학과가 없고, 어차피 수녀원 생활에는 아무 전공이나 괜찮을 것 같고, 화학에 흥미가 있어 화학과를 선택한 것이라고 하면서, 고등학교 때 만들었다는 '펜던트'를 내게 선물하였었다. 솜씨가 꽤 있어 미술 쪽에 재능이 있는 것 같았다.

나한테 미국에서 산 작품이라고 하면서 중국 화가가 미국에 유학 와서 학비에 보태기 위하여 내놓은 작품을 몇 점 샀다고 이야기하며 내게 한 점 보내주어 표구하여 내가 늘 옆에 걸어 두었던 작품이 있었다.

"우린 가끔씩 과거 속에서 사는 것 같지 않아요?"

보내드린 그림의 작가는 중국의 북경에서 미국에 유학 온 송경일
이라는 화가의 작품이에요.

제가 엄마에게 드린 것은 연꽃이 주제가 된 동양화인데 엄마가 매
우 좋아하셔요. 아버지에게는 산수화를 보내드렸는데 별말씀이
없으셔서 좋아하시는지 어떤지 모르겠어요.

제가 가지고 있는 것은 등꽃이 그려진 것이고, 푸른 계통의 색을
많이 썼어요. 지금은 그 그림을 살 때 어떤 기분이었는지 모르겠어
요. 확실한 것은 집안 식구들을 많이 생각했던 것이고, 학생 신분
으로 한 번에 많은 돈을 치러야 하였기에 잠시 망설였던 것이 생
각나요.

가끔씩 아름다운 것을 보면 정신 못 차려 물불을 못 가리듯 소유
하려는 경향이 제 성격에 있는 것 같아요. 그렇다고 저를 두려워
하지는 마세요(?).

어쨌든 연꽃 그림 빼고는 제일 좋은 것을 골라서 보냈어요. 그리고 그 그림이 牛民께 제일 어울릴 것 같았고요.

그림을 좋아하신다니 다행이에요. 내 실력으로 처음으로 만들어 드린 펜던트 외에는 보여드릴 수 없었던 게 유감이에요(!)

명희한테 보내준 것은 작약(목단)과 참새인데 명희도 좋아하는 것 같아요. 누구 결혼선물로 보내주려고 벚꽃 그림도 골라 놓았어요. 마음에 여유가 생기면 제 실력 뽐내고 우민을 놀라게 하려고 근사한 작품 만들어 드릴 테니 그때 놀래지 마세요. 크크~~

많은 세월이 지난 후에 그녀가 만든 펜던트- 처음 받았던 펜던트보다 작으면서 더 정교한 것- 가 아마도 마지막으로 그녀로부터 지금 내가 받아 가지고 있는 그녀의 선물이다. 그녀가 만일 전공을 바꾼다면 아마도 미술 쪽일 것 같고, 언젠가는 그쪽으로 가지 않을까 하는 생각이 들기도 하였다.

가끔 조각이나 동양화에 관하여 이야기하는 것을 생각해 보면 상당히 재능이 있고, 마음만 먹으면 무언가를 이룰 수 있지 않을까 나는 생각하곤 하였는데 왜 굳이 이공계 그것도 화학을 택하였는지 이해가 안 되었다.

고교 때부터 수녀를 동경하고, 그 수단과 과정의 하나로 성심여대를 택하였다면 사실 무엇을 전공하느냐는 중요한 것이 아니었나 싶기도 하다. 성심여대는 60년대 그 당시에는 수녀를 지망하는 문학소녀들에게는 이상적인 대학이라고 알려져 있었다.

수녀원을 떠나고 나서 명동에서 조그마한 가게를 운영한 일이 있다고 하였는데, 그때 취급하였던 품목이 작은 목각을 중심으로 한 여성용 소품이었다고 하는 기억이 났다. 언젠가 그녀가 마음이 내키고, 전공을 바꾼다면 미술 쪽이 되지 않을까 생각하기도 하였다.

사랑하는 우민께

왜 살기 힘들다고 하셨어요? 계속 가슴이 무거운데, 혹시 저 때문에 힘들다고 느끼신 것은 아닌지요? 어떤 이유에서건 상관없이 저 때문이라면 힘들지 않게 해드리고 싶어요. 이유를 알아야 무엇을 하든 할 수 있지요.

무엇인가 말씀하시지 않고 계신 것이 확실한 것 같은데, 짐작할 수가 없어요. 답답해요. 牛民이 그동안 저에게 해주신 것 모두 생각하면(사람이 가진 표현 수단으로는 다 표현할 수 없고) 고맙다고 써보아야 1/100로 표시할 수 없으니 어떻게 하지요?

제가 이번 방학을 얼마나 행복하고 알차게 보냈는지 상상도 못하실 거예요. 牛民 덕분에 옆에서 지켜보아 주는 사람이 있다는 (집안 식구 외에) 것이 이렇게 사람을 풍요롭게 해주고 시간 시간마다 즐겁게 해주는 것인 줄 처음 알았어요.

아주 오랫동안 달팽이처럼 생활하다 겨우 얼굴을 내민 상태인데, 봄볕처럼 따뜻하고 포근한 보살핌만 받고 있으니 가끔은 방자하고 욕심부리는 행동도 하게 되는 것 같아요.

달팽이란 원래 건드리기만 해도 집으로 들어가 숨어버리는 속성이 있잖아요. 저도 지금은 이런 상태인 것 같아요. 그러니 제가 마음이 안 드는 점이 있더라도 너무 나무라지 마세요. 시간이 지나면 좀 더 나아지지 않겠어요.

저녁에는 찻집에 가서 수다 좀 떨다가, 아이스크림 사서 길거리에 주저앉아 오가는 사람 구경하고 11시 30분에 밤늦게 집에 돌아왔어요. ice cream 좋아하세요?

며칠 전의 보내신 편지에서 모든 것을 너그럽게 대하여 주시니 마음이 편안해지고 몸이 가벼워지는 것 같아요.

사진 이야기를 해 볼게요. "사진을 보내면 저의 혼을 빼앗길 것 같아"라고 하셨는데~ 사진 보내기 전에 저의 혼은 이미 牛民께 뺏겨버렸으니 그런 걱정은 없고요.
지금 뽑아놓은 사진은 너무 야한 것 같아 못 보내겠고요. 며칠 후에 새로 나오는 것이 실물보다 예쁘게 나온 것 같으니 그때 보내드릴게요.

전화 끝내고 무엇인가 찜찜한 것이 남아있는 것 같아 잠이 안 오네요. 제가 쓸데없는 농담을 한 것 같아요. 장난하고 싶어서 생각 없이 지껄인 것인데 신경 쓰게 해 드렸나 보아요. 미안해요.

사랑하는 牛民께

여행은 즐거우셨겠지요? 일을 많이 하시고 그렇게 가족과 같이 여행 떠나는 것이 무척이나 부러워요. 제 생활은 물에 물 탄 듯, 술에 술 탄 듯하니 재미없어요.

牛民께서 제게 아주 '나쁜 버릇'을 하나 가르쳐 주셨어요. 지금까지 모든 것을 혼자 하고, 다른 사람에게 의지하려는 생각이 없었는데, 요즘 와서는 무슨 일이 생길 때마다 해결하려는 것보다 먼저 의지하고 싶은 생각이 드니 큰일이지요.

사람을 사랑한다는 일은 정말 축복받은 일인 것 같아요. 지금 牛民께서 제 곁에 계시지 않았더라면 지금쯤 아주 힘들게 지낼 텐데요. 벌써 며칠째 입을 봉하고 지내는데도, 별로 어렵거나, 외로움을 느끼지 않으니 놀랍지요. 대답 없는 대화이기는 하나 계속 牛民과 이야기를 하고 있으니 외로움을 느낄 여유가 없나 봐요.

with love 민정 드림

사랑하는 우민께

어제 전화를 끝내고서는 곧 잠이 들었어요. 무척 피곤해 있었기 때문에 편히 잠이 들던데요.

저 때문에 야구장에 혼자 가는 버릇이 생기셨다니, 미안하기도 하고. 올는지 모르지만 기회가 오면 야구장에도 같이 갈게요. 어쩌면 이제는 같이 어디엔가 가는 것을 싫어하실지도 모르겠어요.

보내드리려던 손수건은 다음 주말까지 미루어야겠어요. 차가 고장 났고 며칠 기다려야 수선이 끝난다니, 속상해서 엉엉 울고 싶어요.

나이가 들면서 강해지려 하였는데 아직 마찬가지예요. 여기 오시면 얼마나 좋을까? 상상만 해도 모든 것을 다 牛民께 다 시키면 해결이 될 테니까요.

그러나저러나 이러다가 우리는 영영 못 만나는 것이 아닐까요? 갑자기 눈물이 나고 슬퍼지네요. 이 가을이 가기 전에 만날 수 있었으면 좋겠어요. 희망이 없지요?

미국에 오자마자 올케랑 오빠 설득해서 귀를 뚫었어요. 그래서 귀걸이를 모으기 시작하였지요. 지금은 50여 종 모았지요. 몇 개는 가치가 있는 것이라 牛民께 귀걸이 한 모습 보여주고 싶어요. 나중에 돈을 많이 벌면 gem stone을 모아보고 싶어요. 보석의 아름다움을 알 것 같아요.

그것도 牛民께 예쁘게 보이고 싶은 욕구 때문이에요. 책임지시고 이담에 목걸이 사 준다고 약속할 거죠. 졸려서 자야겠어요.

사랑해요.

동대문야구장.

내가 처음 야구장을 찾은 건 고등학교 2학년 때였다. 그 당시는 이름도 서울야구장이라고 불렀는데 일제 강점기에 만들어졌지만 1956년 확장공사를 완공한 상태였다. 내가 동대문야구장을 찾았을 때는 고교야구의 붐이 막 시작되고 있었다.

내가 다니던 K고교가 전국 고교 야구 서울시 대회에서 우승할 때 처음으로 응원차 야구장에 갔다. 그해 여름에 당시에 일본 고교 야구팀이 우리나라에 원정을 왔는데 초고교급 투수로 일본 고시엔구장의 괴물 투수로 일본 열도를 열광시켰던 에가와 투수와 경기를 벌여 K고교가 1대1로 비기는 경기를 보고부터 야구를 좋아하게 되었다.

졸업 후 사회 활동을 할 때도 실업야구나 고교야구시합을 보러 동대문구장에 가끔 가고는 하였다. 특별히 좋아하는 고교 팀이나 실업팀이 있어서 갔던 것은 아니었다. 야구를 특별히 좋아해서 간 것도 아니었다. 텅 빈 야구장에 앉아 있다 보면 관중이 하나둘씩 들어차고 선수들이 나오면 경기가 시작되고 치고 달리는 모습에 관중은 큰 소리로 환호하고 박수쳤다.

난 승부에 관심이 없다 보니 점수 나는 것에도 별 반응을 하지 않았다. 그렇게 가만히 있으려면 뭐 하러 야구장에 가느냐 하겠지만 그라운드를 바라보다 보면 머릿속이 비워지고 개운해지는 느낌이 들어 좋았다. 야구는 순간순간은 빠르고 속도감이 있지만 다른 구기보다는 시간을 가지고 여유 있게 볼 수 있고 작전을 짜보는 스릴을 만끽할 수 있었다. 하얀 백구가 빨랫줄처럼 뻗어 나가는 안타나 홈런 등의 포물선을 그리는 모양새 등을 여유 있게 볼 수 있어 좋아하였다.

특히 경기가 끝나고 관중이 사라진 빈 경기장에 앉아 있다 보면 근심, 걱정, 고민 같은 감정이 사라지는 것 같아 좋았던 것 같았다. 민정에 대한 고민이 깊어질 때면 프로야구가 열리는 잠실야구장에 소주 한 병을 사 들고 갔다. 민정이 그리울 때는 그녀와 같이 와서 관람하고 있다고 혼자 상상을 하며 소주잔이라도 혼자 기울일 때는 너무나 평안하고 즐거울 수 있었다. 민정을 생각할 때마다 소주병과 오징어 다리를 씹을 수 있어, 아니 춘천이 생각나고, 구곡폭포를 그리고 이디오피아하우스가 있는 공지천이 생각나 야구장을 좋아하고 혼자 즐겨 찾아가는지도 모르겠다.

민정과 관련되면 다 좋게 느껴졌다. 공동묘지가 있는 부슬비가 내려 더욱 을씨년스러웠던 봉의산의 추억도 그녀와 함께였다고 생각하면 따뜻한 봄날로 가슴에 와 닿았다. 그녀와 언젠가 야구장에 같이 올 날을 생각만 하여도 마음이 설레고 그녀에게 맥주를 사 줄까 아니면 아이스케이크를 사서 나누어 먹을까 하다가 언뜻 그럴 날이 오기는 올까 생각하면 한없이 우울해지기도 하였다.

사랑하는 牛民께

어제 전화를 받고도 무엇인가 부족한 느낌이 드니 너무 욕심을 부리는 것 같아요.
어제는 무척이나 너그러워지셨는데 왜 그러셨을까요?

그렇게 너그럽게 대해 주시니 잠도 오지 않고, 그리고 어쨌든 좋아요. '받는 것'에 대하여 끌리는 느낌이 든다고 했을 때 제 표현 방법의 서투름을 덮어 내리려고 하셨지만, 느낌은 어디까지나 느낌이고 솔직히 이야기하는 것이 다음을 위하여 좋을 것 같아 말씀 드렸던 것 같은데 기분을 상해드린 것이나 아닌지 모르겠어요.

앞으로는 이것저것 많이 보내달라고 부탁드릴게요. 괜찮겠어요? 우선, 지금 제일 많이 받고 싶은 것은 물질적인 것이 아니고, 색도 모양도 없고, 받아도 받아도 더 받고 싶은 것이에요.

사실 생각이나 마음먹는다고 보내줄 수 있는 것도 아니지만, 보내 주는 방법만은 많은 노력이 필요할 것 같은데요???

저는 조금만 보내드릴게요(하하. 여러 곳에서 받으실 테니 제 것은 많이 필요 없으실 것 같아요).

저는 오직 牛民 한 분뿐이니 아주 많이 보내주셔야 해요(여기서는 협박도 필요함).

아직 편지를 못 받아서 초조해요. 비어있는 mail-box를 볼 때마다 기분이 가라앉고, 슬그머니 화도 나고 하여간 싫어요.

저는 못 보내드린다면서 받기만 기대하니 세상은 불공평하지요? 언젠가 기회가 오면 모두 갚아 드릴게요. 가끔씩 제가 빚쟁이가 된 느낌이 들 때가 있어요.

牛民께 부탁이 있는데요. 들어주시겠어요? 다름이 아니라 이곳에 한 번만 다녀가셨으면 좋겠어요. 이번 겨울에는 2주밖에 방학이 안 되어 서울 다녀오는 것이 무리인 것 같아요.

걱정하시지 않을 정도는 아니지만 제 건강 상태가 그렇게 좋은 것 같지 않아요. 서울에 다녀왔다가는 봄 학기 수업에 지장이 많을 것 같아요. 지금 생각으로는 공부를 2년 안에 끝내고 싶은데, 아차 차질이 생기면 3년이나 걸릴 것 같아요.

제가 서울 다녀오는 것보다 우민께서 여기에 오시는 것이 더 어려운 일인 줄은 알지만 현재로서는 그 방법이 제일 좋은 거 같은 생각이에요.

제가 너무 제 욕심만 차리는 것 아닐까요. 이제는 자야겠어요. 전화 덕분에 어제 잠을 설쳤더니 졸리네요. 잠은 자꾸 설쳐도 좋으니까. 전화 자주 주세요. 보고 싶어요.

밸런타인데이에 꽃을 보내고

밸런타인데이에 꽃을 보내고 며칠 후에 전화하였는데 반응이 지난가을에 생일 축하로 장미를 보냈을 때 민정이 보여준 환희에 가까운 기쁨과 감동과는 달리 이번에는 의외로 차분하고 진지한 분위기가 수화기 너머로 느껴졌다. 무언가 조금 달라진 느낌이 들었다.

지난번에 이야기한 데로 미국에 곧 갈 일이 있어 그곳에 들릴 테니까 공항에서 학교 기숙사까지 가는 세부지도를 보내주면 렌터카로 갈 테니 가능한 정밀한 것으로 보내 달라고 구체적으로 이야기하였다.

실제로 1개월 후에 출장 갈 계획이 잡혀 있어 기뻐하리라 생각하고 전화로 빨리 알려준다고 이야기하였는데, 반응은 나의 기대 이하라 내가 오히려 당황스럽고, 머리가 혼란스러워졌다.

별로 반기지 않는 것 같았고, 어찌할 바를 모르며 평소답지 않은 떨떠름한 반응을 보였다. 하여간 이상하다고 느낄 정도의 태도였다.

그때의 내 추측으로는 내가 갑자기 미국에 가고 만나야 하니까 관념적으로나 상상 속에서 생각하였던 우리 둘의 문제가 현실로 나타나며 봉착해야 할 많은 문제가 그녀를 난감하게 만드는 상황이 되어버려 그렇지 않았나 싶었다. 관념이 현실로 나타나서 받아들이는데 너무 어렵지 않은 것 아닌가 추측할 뿐이었다.

나도 전화를 하고 나서 미국에서 그녀를 만나면 무슨 이야기를 하고 앞으로 우리 둘의 관계를 어떻게 현실적으로 다루어야 하는가를 깊이 생각하게 되었다. 그냥 가서 만나고 이미 어떻게도 할 수 없는 깊은 관계가 되었고 회포나 풀고 오기에는 우리 둘은 더욱이 너무 오래 보지 못하였다.

해결해야 할 무언가의 과제에 대해 현실적으로 가능한 이야기를 안 할 수가 없을 것 같았다. 그렇지 않으면 만나지 않는 것만도 못한 결과가 될 것 같아 나 자신이 두려웠다. 현실적으로 현재의 상태로는 그녀와 결합하는 것은 가능성이 없었고, 그녀한테 나만 쳐다보고 미국에서 한없이 있으라고 하기에도 어려운 아니 불가능한 처지였다는 것을 나 자신 더욱 실감할 수밖에 없었다.

결론은 내가 가정을 유지하면서 그녀를 안정시키려면 경제적으로 뒷받침되어야 그녀로서도 선택이 가능할 것 같았다. 현실적으로 가능한 대안이 뾰족한 것이 없었지만, 아무리 생각을 하여도 현재의 나의 사회적인 스탠스를 크게 바꾸는 수밖에 없었다. 그간 그녀를 다시 만난 이후에 고심하던 것을 더 미루기는 힘들 것 같았다. 직업을 바꾸는 수밖에 없었다.

나는 미국 체류 시절에 미국변호사 자격증을 땄다. 나중에 자격증이 필요할 것 같아 두 번의 미국 공관 근무 시 퇴근 후 집에 틀어박혀 국제통상법 등을 공부했고, 2년 과정의 야간 로스쿨을 다니며 변호사시험 응시 자격을 획득했다. 대학과 대학원에서 법학을 전공한 터라 공부 자체는 크게 어렵진 않았지만 한국과 변호사 양성 절차가 다르고 주마다 제도에 차이가 있어 애를 먹으며 운 좋게 시험을 통과했다.

대형 로펌에서 국제 변호사가 필요하게 되어 나 같은 경력의 소유자가 비교적 경쟁력이 있었다. 몇 군데 의사를 타진하였더니 반응이 괜찮았다. 민정을 만나서 구체적으로 이야기할 수 있을 것 같았다. 그녀가 좋다고 동의하면 생각보다 쉽게 진로를 바꾸고 새로운 환경에서 그녀를 도와 가며 민정과 나의 문제를 풀어나갈 수 있다고 생각되었다. 국제 변호사라는 자유로운 직업은 경제적으로나 사회적으로 활동이 해외 비즈니스가 많기에 나와 같은 입장에 있는 사람에게는 안성맞춤이었다.

틀에 얽매일 수밖에 없는 현재를 좀 더 자유롭게 처신하고 경제적으로 여유를 만들려면 나의 처지에 맞는 비즈니스를 하는 직업을 택할 수밖에 없었다. 내가 현재 할 수 있는 가장 가능한 방법은 내 인생의 진로를 바꾸는 방법밖에 없다고 생각하였다.

며칠 후에 나의 심경과 앞으로의 나의 진로에 관하여 편지로 그녀의 뜻을 물어보았다. 의외였다. 한마디로 절대로 안 된다는 것이었다. 미국에 오지 말라고 하는 투의 말도 있었다. 지금 이 상태로 만족하자는 것이 그녀의 요지였다. 자기 때문에 순항하고 있다고 할 수 있는 나의 인생을 바꿀 수 없는 것이고 내가 고집하면 그녀는 나를 떠날 수밖에 없다고 상당히 강경한 반응을 보였다.

신파조로 이야기한다면 '사랑하니까 당신을 위하여 떠날 수밖에 없다'는 취지인 것으로 느껴졌다. 이제는 거꾸로 내가 당황해서 혼란스러워지고 겁이 났다. 미국에 가더라도 만나면 우리 둘은 다시 헤어지게 될 것 같았다. 그것만은 내 입장에서도 그녀를 다시 보낸다는 것은 상상할 수도 없는 일이었다. 모든 것을 그녀의 뜻에 따를 수밖에 없었다.

또 헤어질 수밖에 없었다

그녀가 내 인생에 없다면 '절망' 그 자체가 될 것 같았다. 그러다가 며칠 후에 그녀로부터 지금도 이해하기 어려운 의미심장한 편지가 왔다. 아무리 읽고 해석해 보려 해도 나로서는 무슨 뜻인지 모르겠고, 그녀도 자기도 황당하니까 이리저리 슬며시 추상적으로 표현하려고 한 것 같았다. 한마디로 '우리 둘 사이에 해결하기에는 너무 많은 것이 앞에 놓여 있어 어려운 관계'라는 인식이 분명한 것 같았고, 거꾸로 그녀가 나를 떠나기 위하여 모종의 결단을 할 것 같다는 이상한 느낌마저 들었다.

한편 나도 나대로 화가 나고 어찌할 바를 몰라 그 편지를 없애 버렸다. 지금쯤 다시 보았다면 그녀의 뜻을 충분히 알고 대처하였을 텐데. 편지에서 그녀에게 남자친구가 생기게 되었다고 조심스럽게 밝혔다. 학교 기숙사 근처에서 공부하고 있는 중년의 백인

남성으로 일본에서 미국계 회사의 비즈니스맨으로 일하다가 재충
전을 위하여 미국으로 돌아와 대학 MBA 과정에 다니는 사람인데
여러 가지로 민정에게 도움을 주고 있다고 하였다. 민정이 상당히
그 사람에 대하여 호감을 가지고 있다는 것을 얼마 전 편지에서
언급하기는 했지만 나는 대수롭지 않게 생각하였다. 흔히 있을 수
있는 일이었다.

　백인들은 동양계 여자들이 아담하게 생기고 조금은 신비스럽
게 보이기도 해 호감을 보이는 경우가 많다. 또 턱없이 어리게 보
이기 때문에 민정에게 엉뚱한 감정을 가질 수도 있다고 생각했지
만 그녀가 그 사람을 남자친구의 대상으로 생각한다고는 상상하
지 못했다. 더군다나 자신보다 몇 살 어리다고 민정이 그 사람의
행동이 귀엽다고 표현하며 어린아이 취급을 하곤 했었는데 상당
히 뜻밖이었다.

　미국에서 '남자친구(boy friend)', '여자친구(girl friend)'라는 표현
은 이른바 꾸준하게 교제하고 있는 관계에서 쓰이는 것으로, 같이
동거하면서 결혼은 전제하지 않는 경우와 같은 관계에서 흔히 표
현되는 것이다. 여기에서 민정과 나의 서로에 대한 오해가 비롯되
었다.

민정은 나와 이야기하다 보니 처음에는 내가 오해할지도 몰라 애인이 아니고 한국식의 남자친구라는 표현을 썼다고 나중에 민정의 지인이 이야기해주어 나는 오해를 풀었지만, 이것이 사단이 되어 걷잡을 수 없는 관계로 민정과 나 사이가 벌어지게 되었다.

　더군다나 민정이 나를 떠볼 생각으로 남자친구가 생길 수도 있다고 장난스럽게 이야기한 것을 내가 오해해 버려 내 딴에는 민정을 끔찍하게 생각하고 모든 것을 다 이해한다는 식으로 표현했다. 나는 민정에게 남자친구가 생겨도 그녀를 사랑하는 것에는 변함이 없고, 그 남자의 도움이 미국에서 생활하는 데 도움이 된다면 그 사람과 동거해도 이해할 수 있다고 하였다. 내가 무언가 민정을 위하여 대책을 마련하고 있으니 그동안은 별문제로 생각 안 할 테니 크게 신경 쓸 것 없다고 대범한 척 이야기하였다.

　유럽의 북구에서는 일반적으로 있을 수 있는 남녀 간의 애정을 유지하는 편법이었고 대부분 그런 관계를 이해하고 이상하게 생각 안 하였다. 서구 유럽 특히 북구에서는 남녀 학생들은 고등학교만 졸업하면 집에서 일체의 지원이 없어지고 경제적으로 독립해야 한다. 대학을 가든 사회에서 일자리를 구하든 집에서 특별한 경우를 제외하곤 경제적으로나 모든 면에서 집으로부터 완전히 독립하는 게 일반적이다.

경제적인 면에서나 여러 가지 합리적인 이유로 성인 대접을 사회적으로나 가족 관계에서 독립하기에 우리나라처럼 결혼할 때까지 집에서 경제적으로 지원받거나 결혼을 부모에 의지해서 한다는 것은 왕실이나 일부 귀족 등 특정계층에서만 볼 수 있다. 우리나라는 성인이 되어도 일종의 애어른이지 독립된 주체가 아닌 셈이다. 그래서 유럽 특히 북구에서는 일반적으로 고등학교 졸업 후에는 마음에 맞는 남녀 친구끼리 동거하는 게 여러 가지로 편하고 경제적으로도 도움이 되는 일반적인 사회 현상이라 동거를 지극히 자연스러운 모습으로 받아들인다.

물론 동거 생활의 기본 원칙은 철저하여 생활비나 재산문제에 있어 남녀 대등하고 비용 부담도 철저히 각자 부담이 원칙이다. 일방이 다른 쪽에 의지하는 것은 특별한 경우 외에는 있을 수 없고 같이 살다 헤어지게 되면 각자의 것을 챙겨 아무 부담 없이 웃으며 헤어진다. 결혼 전까지 여러 번 파트너를 바꾸어 살아보다 평생 같이해도 좋겠다고 생각하고 의견이 맞으면 결혼을 하게 되어 살지만, 함께 아이들 낳고 잘 살다가도 일시적으로 사이가 벌어지거나 의견충돌이 있으면 별 감정적 앙금 없이 헤어지기도 한다. 심지어는 결혼생활이 세금 문제를 야기하면 자녀들과 같이 살다가도 법적으로 이혼하고 같이 사는 게 일상적이다.

미국의 경우에도 젊은 남녀가 친구로서 동거생활하는 것은 일상적이지만 북구처럼 자유롭지는 않다고 할 수 있다. 미국의 주류 정신은 청교도 정신이기 때문에 남녀 간에 일정한 법도는 유럽보다 더 엄격하고, 일단 결혼을 하면 남성에게 더 많은 책임과 의무를 지운다. 또 함부로 이혼했다가는 사회에서 불리한 대우를 받을 수 있기에 북구와는 결혼에 대한 윤리기준이 다르다 하겠다. 혼전에 남녀가 친구로서 동거생활하는 것은 미국이나 유럽이 거의 같은 사회 현상이라 하겠다. 내가 젊은 시절 5년이나 미국과 북구에서 살아 봤기에 남녀의 혼전 동거 생활에 나도 모르게 이해도가 어설프게 높았던 모양이었다.

그런저런 이유로 민정에게 좋아하는 남자친구가 생기면 외로움도 덜 겸 생활에도 도움이 되리라 생각해 동거해도 좋다고 쉽게 이야기해 버리니 한국의 남녀 윤리관이 뼛속까지 배어있고 수녀 생활을 통하여 일반적인 사람들보다 더 남녀의 규범에 투철한 민정에게 나의 그러한 발언은 나의 그녀에 대한 애정에 대하여 의구심을 갖게 하고 화를 낼 수밖에 없었던 것이라 하겠다.

일이 이상하게 꼬여가며 수습할 수 없을 정도로 오해가 깊어가고 있는데 나의 미국 방문을 민정이 받아들여 나의 장래와 관련된 내 제의를 받아들인다는 것은 그녀의 자존심상 도저히 용납할 수 없었던 것이라 하겠다.

아쉬운 대로 내 불찰로 그 편지 이후에 그녀로부터 다시는 편지를 받아보지 못하였으니, 그 편지가 결별의 편지가 되어버렸다. 얼마간 시간이 지난 후에 내 마음을 수습하여 나는 그녀에게 전화하게 되었다. 오해가 갈수록 꼬이는 것 같아 친구 사무실의 전화를 빌려 사용하며 오랜 시간 오해를 풀려고 설득하였지만 그녀의 마음을 돌이킬 수는 없었다.

오랜 통화 끝에 민정은 나를 떠날 수밖에 없다고 하는 그녀의 속 깊은 이야기를 들으면서 그녀가 대학 4학년일 때 춘천 성심여대로 찾아갔을 때의 실언이 문뜩 생각이 나며 우리의 인연이 또 그런 식으로 끝난다고 생각할 수밖에 없었다. 전화를 통하여 설득할 것이 아니라 미국으로 쫓아가서 담판을 지었으면 어땠을까 하고 생각해 보기도 하였지만 뒷북치는 생각이라 하겠다. 기본적으로 늘 나의 열정이 부족한 것을 되뇌며 후회할 수밖에 없었다.

그리고 그녀는 미국을 떠나 그녀가 원래 하고 싶었던 공부를 하러 일본으로 간다고 하였다. 동양미술사에 관심이 많다고 하면서 어느 정도 자기가 원하는 것을 이루게 되면 - 언제가 될지는 모르지만 - 그때 가서 자기가 연락을 할 테니 그렇게 알고 자기 뜻을 존중해 달라고 하며 그녀는 떠나갔다.

그러고 나서 한참이 지난 몇 년 후에 그녀가 일본에 가서 자기의 재능을 살려 그림에 몰두하고 있다는 이야기를 지인을 통하여 들었고, 그 지인은 이제 일본에서 자리를 잡아가고 있으니 웬만하면 멀리서 지켜보고 있는 것이 그녀를 위한 길이라는 이야기를 해주었다.

우리의 인연은 거기까지라고 나도 체념하였다. 그때는 그랬다. 그녀가 떠날 때 나는 내 인생에서 처음으로 '절망'이라는 단어를 실감하였다. 앞으로 어떻게 그녀 없이 살아야 할지 막막하였다. 그리고 그 이후 그녀의 소식을 인편에 듣는 정도로 나는 만족할 수밖에 없었고, 그녀는 일본에서 나름대로 자기가 원하는 일에서 성취를 이어가고 있었다. 그것으로 우리의 인연을 다 하였다고 그때는 생각하였다.

그리고 많은 시간이 흘렀다. 나도 내 나름대로 많은 성취를 사회에서 이루었다. 우리의 인연은 끈질기다고 할 수밖에 달리 표현할 방법을 나는 찾을 수가 없게 되었다. 10여 년이 지난 후에 아주 의외에 장소에서 기가 막힌 인연으로 그녀를 파리에서 만나게 되었다.

내가 어디에서 무엇을 하고 있는지는 우리 둘 사이를 알고 있는 인디애나에서 절친한 사이로 지냈다고 하는 후배인 조 박사가 한국으로 귀국하여 주요 공기업의 간부로 일하고 있었고, 그러저러한 인연으로 나와 조 박사는 미시간대학 동창 모임도 있고 하여 나의 소식을 그녀에게 꾸준히 알려주었던 모양이다.

일본에 가서 그림을 공부할 때도 일본 미술협회의 추천으로 파리에 공부하러 와서 지내면서도 나에 관한 소식을 들었고, 대사관에 파견 나가 있는 후배를 통해서도 나의 근황을 알고 있었던 것 같았다.

나중에 생각해 보니 나는 그녀가 일본에 가서 그림 공부하고 있다는 단편적인 소식만 들었지 자세한 것은 나만 몰랐고, 그녀는 나에 관하여 많은 것을 있는 그대로 알고 있었던 것 같다.

대사관에 있는 후배들과 한국인 모임에서 또는 한인 교회 모임

등에서 내 소식을 알고 있었고 내가 파리에 중요한 역할을 하기 위하여 그때 출장 온다는 것을 알았던 것 같았다.

나중에 그녀에게서 들어보니 그래서 몽마르트르에서 의외로 만났을 때 그녀가 직접 나를 안내하겠다고 자청하였다고 이야기 하였다.

6장

다시 사랑에 빠지다

몽마르트르 언덕에서 다시 맺어진 인연

　우리는 20여 년이 지난 후에야 프랑스 파리의 몽마르트르 언덕에서 해후하게 되었다. 그때의 감회를 말로 표현할 수 없어 나와 그녀의 만남의 순간을 처음 만나는 사람처럼 나의 단상을 묘사하는 글로 써 놓아 간직하였다. 시는 아니고 내가 그녀에 대해 간직하고 있던 비현실적인 꿈과 망상이 현실화 된 것을 표현해 보았다.

　한마디로 꿈만 같은 이야기가 현실로 우리가 처음 만난 지 20여 년 후에 끈질긴 인연 덕에 모습을 드러낸 것이다. 억지로 지어내도 힘든 이야기 같았다. 몽마르트르의 언덕에서 지나간 20여 년의 걸친 인연을 다시 이어가며 20여 년 전의 불같은 사랑을 담담하게 다시 엮어가며 또 5년여의 꿈같은 그러나 언제 깨질지 모른다는 잿빛 같은 3번째의 사랑의 행군에 우리 둘은 빠지게 되었다.

파리의 몽마르트르 언덕에서 20여 년 만에 그녀를 만날 수 있었다. 주말의 아침 시간이라 주위는 비교적 적막하였다. 주변에는 작은 카페와 그리고 수녀원 부속 건물인 듯싶은 흰색의 단조로운 고만고만한 건물들이 늘어서 있고, 다락방 난간에 걸어놓은 세탁물도 간간이 눈에 띄어 이곳이 세계 예술의 중심지라는 분위기보다는 사위가 조용하니 오히려 을씨년스러웠다.

사크레쾨르 대성당에서 울려 퍼져 나오는 종소리만이 은은하게 주위를 감싸 안고 있었다. 후배들이 같이 온 어느 숙녀를 소개하면서 오전 중에 나를 안내해 줄 분이라고 하였다. 후배들은 대사관에 가서 일을 마무리하고 오후에 오겠다고 하고 바로 자리를 떠났다.

그녀를 소개받고 우리 둘만이 광장에 남겨져 있게 되었다. 테르트르 광장 주위 골목 어귀에서는 화가들이 화구를 펼치며 관광객을 상대로 초상화를 그리는 모습도 눈에 띄고 시간이 지나며 비스트로나 카페가 영업을 시작하려는지 주위가 어수선해지고 있었다.

그녀와 단둘이 있게 되었다. 내가 그녀를 바라보는 짧은 순간 세상에 닮은 사람도 많이 있다고 생각하였다. 시간이 잠깐 흐르고 이어서 "어마나" 하는 짧은 탄성 소리가 나의 귀를 스쳐 지나가고 어리둥절해 하고 있는 내게 "몰라보시겠어요? 저 민정이에요" 라는 그녀의 목소리가 내게 꽂혔다. 나는 기가 막혔다. 항상 이런 식일 수 있나 싶었다. 민정이었다.

그녀는 일본 미술 단체에서 제공하는 장학금으로 유학 와 있었다. 숱이 많고 단아한 얼굴에 투명한 우윳빛 피부가 돋보이는 담백한 얼굴이라 안경만 걸치면 수녀원 사람이라 해도 괜찮은 용모를, 아니 돌이켜 회고하면 20여 년 전 수녀 생활 때의 모습을 그대로 간직하고 있었다.

내 머릿속의 뇌세포들이 혼란을 일으켜 버릴 만하였다. 머리가 하얗게 비어져 버렸다. 꿈속에서라도 언뜻 보기만이라도 하였으면 하던 그녀가 20여 년 만에 내 앞에 미소를 띠며 서 있었다. 되도록 침착하려고 무진 애를 썼지만 소용없는 일이었다.

아주 잠깐 흐르는 침묵, 모자를 쓰고 있어 정확하게 볼 수는 없었지만 분명 그녀였다. 어리둥절하고 있는 내게 그녀는 "별로 안 변하셨잖아요. 저예요! 민정이"라고 말했다.

어떻게 이럴 수가 있지? 내가 지금 꿈을 꾸고 있는 것일까? 그 순간만큼은 대성당의 종소리도 지나가는 풍경도 잠시 멈추어 있는 듯했다. 눈을 크게 뜨고 다시 보니 정말로 민정 그녀였다.

"어떻게 여기서 만날 수 있지? 여기 살고 있었던 거야? 일본에 있다는 소식은 들었는데. 프랑스에는 언제 온 거야? 혹시 내가 프랑스에 출장 온다는 걸 알고?"

나는 그녀가 대답할 시간도 주지 않고 여러 가지 질문을 쏟아냈다. 궁금하기 이전에 당황했기에 내 목소리는 떨리고 빨랐다.

"어휴 그렇게 물으시면 어떻게 대답해요. 하나씩 하나씩 물어보세요. 차근차근 다 말씀드릴게요." 그녀는 흥분한 나를 가라앉히며 느긋하게 느긋하게 말했다.

나의 의도와는 상관없이 눈앞이 뿌예져 보였다. 안경을 벗어닦았다. 처음엔 눈가에만 맺히는 듯하다가 시간이 지나면서 시야가 흐려지며 눈물이 내 뺨을 타고 조용히 흘러내리는 것을 나는 느낄 수 있었다. 무안하고 창피하기까지 했지만 기쁨과 슬픔 그리고 뭐라고 표현할 길 없는 감정이 뒤섞여 나오는 눈물을 난 멈출 수가 없었다.

결국 민정이 눈 밑으로 하염없이 흘러내리고 있는 나의 눈물을 닦아주려고 나의 곁으로 가가와 나의 어깨를 가볍게 안아주었다. 나는 소리죽여 울음을 삼키며 아무 말도 못 하고 민정에게 몸을 맡겨놓은 채로 가만히 서 있을 수밖에 없었다. 민정이 몸에서 라일락 향 같은 내음이 나는 것 같기도 하였다. 우리 옆으로 스쳐 지나가는 파리지앵들이 부러운 듯 미소 지었다. 아침부터 웬 사랑 타령인가 하는 표정이었다.

"지금쯤이면 저를 잊으셨을 것으로 생각했는데…. 제가 그렇게 보고 싶으셨어요?" 민정이 울고 있는 아이를 달래듯 나에게 말했다.

"모르겠어. 평생 보고 싶었던 사람을 만나서 기쁜 건지 아니면 너무 늦게 만난 것이 슬퍼서인 건지."

실제로 그랬다. 나도 내 감정의 정체를, 울음의 내용을 알지 못했다. 아니 알 수 없었다. 거의 한 식경이나 됐을까 하는 느낌이 들고 안 되겠다 싶어 정신을 차리고 주위를 둘러보고 나서야 정체 모를 울음이 잦아들고 그녀를 정상적으로 바라볼 수 있게 되었다.

19~20세기 전반에 인상파 화가들이 커다란 영향을 받았던 일본 목판화 우키요에의 유행을 주도하였던 자포니즘이 한때 유럽을 풍미하였을 만큼 일본과 유럽 화단의 교류는 오래전부터 있어

왔다.

그녀도 일본과 유럽 화단의 오래된 협력관계와 인연으로 파리에 오게 된 것이었다. 그녀와 둘이 근처에 카페에 들어가 자리를 잡고 앉았다. 민정의 얼굴이 제대로 내 시야에 들어왔고 나는 잠시 그녀를 응시하였다.

"민정이 맞구먼. 전혀 늙지 않았는데, 파리에서 청춘을 되찾은 모양이로군" 하며 내가 마음에 없는 소리를 하며 웃어 보였다.

"제가 그렇게 젊어 보여요? 아이, 기분 좋아라. 왜 더 미남이 되어버리셨네, 연애하시나 봐요. 우리 모처럼 만났는데 이러고 있을 게 아니라 좀 이른 시간이기는 하지만 와인 한잔해요. 그래서 멋있게 축배를 들어요. 아자! 나만 기쁘지 아직도 슬프신가 봐. 안경이나 닦아요. 안경 이리 내봐요."

민정은 옆으로 오더니 내 안경을 무슨 보물이나 되듯 닦고 있었다. 민정의 몸에서 은은한 로즈메리 향이 내 코끝에 스며들고 있었다. '아니 웬 라벤더 향인가' 하며 순간 머리를 기우뚱하며 그녀를 마주 보니 눈가에 약간의 잔주름이 곱게 자리 잡아 가고 있었다. 그녀도 벌써 나이 50을 바라보고 있었다.

민정이 "오늘 아침에 무슨 비누 사용하셨어요? 아하, 향 좋아요. 럭스 비누 쓰셨구나." 하길래 얼른 시선을 계산대 쪽으로 돌려 웨이터를 불렀다.

내가 호기 있게 샴페인을 주문하며 "내가 민정이 만나 좋기만 하지 왜 슬프겠어? 우리 축배를 들자고 그래서 내가 샴페인을 시켰으니 한잔 파리 한가운데서 기분을 내자고" 하며 조금 허세 섞인 목소리를 내었다.

"우리 민정이와의 만남을 축하합시다요" 하는데 감정이 북받쳐 울컥하게 되어버렸다. "왜 또 우세요? 이 좋은 날" 하며 민정이 너스레를 떨려 하는데 민정의 목소리에도 물기가 묻어나더니 머리를 돌려 "흐윽" 하고 울음을 삼키는 것이었다. 우리 둘 다 숨죽여 흐느끼고 있을 수밖에 없었다.

잠시 있다가 내가 그녀의 어깨를 감싸듯 안고 "다른 사람이 아침부터 웬일인가 하겠어, 그만. 우리 건배하자고!" 라고 말하며 민정을 돌려세우고 손수건을 꺼내 그녀의 눈가를 살포시 닦듯이 눌러 주었다.

"Trinken Sie(마셔요)! 우리의 재회를 기뻐합시다. 건배!"하며 그녀의 잔에 내 뜨거운 마음을 전해 보려 쨍그랑 소리가 나게 세게 부딪쳤다. 크리스털 잔의 투명한 소리가 카페 내에 은은히 퍼져

나가서 다시 돌아와 우리 둘의 몸을 감싸는 듯하였다.

그녀와 카페에서 나왔다. 아침부터 샴페인을 한잔해서 그런지 가슴이 달콤하게 아려오는 듯하였다. 민정이가 앞장서 걸으며 "우리 점심 먹기 전에 여기 몽마르트르에 오셨으니 미술관에 가요" 하기에 군말 안 하고 민정을 따라나섰다.

근처 라마르크 역에서 5분 거리에 몽마르트르 미술관이 있었다. 르누아르, 뒤피, 위트릴로 같은 화가들이 아틀리에로 사용하였던 집으로 19세기 풍으로 꾸민 정원도 있는 미술관이었다.

민정이 작품마다 그 작품의 성격과 미술사적 의미를 자상하게 설명하여주는데 나 같은 미술의 문외한도 알아듣기 쉬웠다. 민정의 내공을 알아볼 수 있게 하는 실력이었다. 일본 화단에서 실력을 인정받아 파리에 유학을 올 정도니까 말이다.

점심은 그녀가 파리에 온 지 어느 정도 시간이 지나 일본 음식이 생각날 것 같아 에펠 타워 근처의 일본과 합작으로 지은 호텔에 있는 일식 레스토랑에서 사케를 곁들여 생선회와 초밥을 먹으며 다시 한 번 토스를 하였다. 카페에서는 너무 오랜만에 만남이라 조금은 대화가 서걱거렸는데 사케를 곁들이니 우리는 너무나 좋아서 시시덕거리며 지난 이야기를 간간이 하며 즐거워하였다. 우리는 늘 자주 만나온 사람처럼 일상적인 대화를 이어갔는데 세월의 간극이 우리 둘 사이에 없어져 버렸다.

우리는 늘 그랬던 것 같다. 자주 떨어져 살아야 할 운명이라 그런가 하며 "우리 언제 헤어졌었지? 우리는 자주 헤어져도 어제도 만난 것 같은데. 헤어지는 게 아무렇지도 않은 건 아니잖아~ 보고 싶어 속을 얼마나 애타게 끓였는데, 우리 팔자가 가끔 헤어져 있으라는 건가?" 하였더니 민정의 안색이 금방 흐려졌다.

"운명은 무슨 운명이야! 잠시 할 수 없이 떨어져 있었던 것뿐이었는데. 우리 이렇게 잘 만나고 있잖아요." 그녀답지 않게 조금 언성을 높였다. 나는 아차 싶어 "맞아! 잠시 필요해서 따로 각자 자기 일하며 떨어져 있었던 것뿐인데, 내가 술에 취했나 보다"하고 얼버무렸다.

그날 오후에 대사관 근무를 마친 후배들이 차를 가지고 왔다.

"금요일 오후니 주말을 이용해서 파리 밖으로 여행하는 게 어떻겠어요?" 하며 후배인 김 참사관이 제의하였다. 내가 민정 쪽으로 시선을 보냈더니 김 참사관이 민정을 보고 "윤 화백, 같이 가는 게 어때요? 노르망디 해변으로 갈까 하는데 인상파 화가들이 노닐던 곳이라 하는데 이참에 윤 화백한테서 미술 강의도 들으면 좋을 거 같은데요." 하였다.

민정이 잠시 뜸을 들이더니 "좋아요. 주말에 다른 스케줄이 있었는데 같이 가죠. 여러분 팀 여행에 제가 방해가 안 된다면, 노르망디는 화가들이 꼭 가보아야 하는 곳이니까 잘됐네요. 감사해요!"하며 흔쾌히 응낙하였다. 그래서 우리는 몇 가지 여행 준비를 각자 하기로 하고 그날 오후에 만나 번잡스러운 파리를 떠나 노르망디로 같이 여행 가기로 하였다.

우리 일행은 파리를 떠나 언덕에서 언덕으로 이어지는 지평선 끝까지 포도밭과 밀밭이 어우러져 있는 파리 북서부 구릉 지대인 평원을 지나 도빌을 거쳐 에스타드에 가기까지 프랑스의 전원 풍경에 흠뻑 젖어 들었고, 민정은 아침부터 바쁘게 지내서 그런지 내 어깨에 가볍게 기대기도 하며 단잠을 즐기기도 하였다. 노르망디 해안을 드라이브하고 근처의 노르망디 해안의 코끼리 바위가 보이는 언덕을 산책하였다. 단애에 부딪힌 파도가 만들어 낸, 하얗다 못해 푸르스름한 빛깔의 포말이 저녁노을과 어우러지며 아름다운 풍광을 연출하고 있었다.

모네와 마네가 이곳에서 즐겨 작업했다고 하는 곳이다. 그녀는 에메랄드그린의 엷은 플레어스커트를 입고 있었는데 주변의 분위기와 어우러지며, 아침에 만났을 때의 30여 년 전 수녀 생활할 때의 모습과는 전혀 다른 사람인 것 같은 인상을 주었다.

한여름 이른 저녁에 도버해협에서 불어오는 싱그러운 바람이 그녀를 감싸 안았고, 그곳의 아름다운 풍광에 넋을 잃고 빠져 앉아 있는 그녀의 모습은 이국적이다 못해 신비로웠다. 바다 내음에 섞여 한기가 느껴지는 물결에 여인의 그림자가 비쳤다. 실크로 몸 전체를 휘감아 감추듯 그녀 주위에서 짙은 향이 배어 나와 주변을 혼미하게 하는 듯했다.

사랑에 여러 가지 빛깔이 있다고 한다면 그녀는 에메랄드그린처럼 연정을 만들어 내며 아름답기 그지없는 연인의 역할을 하는 밝고 투명한 초록색일 것 같았다. 아니면 은은한 암갈색을 띠는 은회색 빛깔이라 해도 괜찮았다. 30여 년간 우리가 서로 목마르게 그리워하였던 그녀가 거기에 앉아 있었고, 나는 그녀를 보았다.

나는 서울로 돌아왔다. 민정을 10여 년 만에 파리에서 만나고 나와 그녀와의 관계에 대하여 또 깊이 생각을 할 수밖에 없었다. 이제는 다시 그녀와 소식도 모르고 헤어져 있는 것을 할 수 없다고 생각하였다. 이상한 운명 같은 기분이 들었다. 이제 공직도 할 만큼 했고, 나 자신도 더 나이 들기 전에 후반기 인생을 위한 설계를 할 때가 됐다는 생각도 들었다. 그보다 더 이제는 민정을 내 삶의 한 축으로 한 중요한 고려에 대상으로 생각할 수밖에 없었다.

직업을 바꾸기로 하였다. 그전에 민정이 때문에 생각해 두었던 계획대로 하기로 하였다. 미국에서 공관에 근무할 때 대학에서 공부할 수 있었다. 쉽게 이야기해서 주경야독하며 국제통상법을 몇 년에 걸쳐 전공하여 관련 학위와 자격증을 취득해 놓았었다.

미국 근무 시 가족들이 집사람의 병원 일 때문에 한국에 있을 수밖에 없었고 나 혼자 미국에서 두어 차례 공관 근무를 하여 시간도 많았었고 저녁 시간을 활용하여 대학에서 공부도 할 수 있었다. 어차피 공직은 언젠가 떠나야 하고 더 나이 들기 전에 새로운 길을 찾아 정착해야 할 것이었다. 내 남은 인생에서는 자유로운 일을 하고 싶기도 하였다. 미국에 있을 때 자격증을 따두었던 것이 유용하게도 내가 진로 전환을 결심하는 데 도움이 되었다. 인생에서 필요 없이 지내는 시간은 없다고 설파한 어느 철학자의 이야기가 문득 생각났다.

서울에 사무소를 두고 있는 외국계 로펌을 비롯해서 국제관계 비즈니스를 다루고 있는 국내의 대형 로펌 중에 몇 군데 로펌을 알아보았다. 다행히 국제 변호사의 수요가 늘고 있었다. 해외 법률 비즈니스가 급속도로 증가하고 있었다. 한국의 경제력 신장으로 기업 분야에서의 국제적인 비즈니스가 활발해지고 있었다.

집에서는 병원 일이 있기에 나의 진로 변경에 대하여 별 관심이 없었다. 이제 어느 정도 타성이 되어버렸다. 각자 전혀 다른 분야여서 그냥 양해하고 넘어가고는 했지 간섭은 하지 않았다. 해외에 나가서 혼자 일하는 것도 나이가 들어가니 힘들기도 하였다. 그렇더라도 나로서는 주저하면서 몇 날 몇 밤을 지새우며 많은 고심을 하였다.

그렇지만 민정을 또 떠나보낼 수는 없었다. 내 욕심을 포기하는 수밖에 없었다. 그 중에 나의 전문 분야와 맞는 업무와 조건을 제시한 어느 로펌으로 자리를 옮겼다. 이제 나 자신이 많이 자유로워질 수 있게 되었고 사회적인 부담도 덜 받게 되었다. 자유인이 되기로 하였다. 일단 결행하고 나니 마음이 가벼웠다.

그즈음 이상하게도 유럽에 출장 가야 할 일이 자주 생겼다. 세계 경제가 격동기에 있었고 한국의 경제적 지위가 국제적으로 올라가고 OECD 회원국이 되면서부터 유럽에서 국제회의가 자주 열렸다.

프랑스에 출장 갈 때마다 주말에는 그녀를 만났고, 우리는 여행을 다녔다. 늘 대사관에 있는 후배들이 차를 가지고 나와 같이 다녔다. 대사관에 근무하면 파리 시내나 다니지 지방으로의 여행은 쉽지 않다. 그래서 유럽에 근무하더라도 알프스산맥을 근처도 못 가보고 유럽을 떠나기 십상이다.

몽블랑에 오르고 만년설에 심취하기도 하였다. 휘몰아치는 비바람을 맞으며 아이스크림과 스키로 유명한 샤모니의 예쁜 호텔인 코티지에서 하루 묵으며 불란서 정찬과 스위스 토속 음식을 맛보기도 하였다. 화롯불이 일렁거리고 레드 와인 잔에 빛을 투영시키면 민정의 얼굴을 모자이크처럼 그로테스크하게 만들며 장난스럽게 보이게도 하였다.

커피를 마셨고, 작은 산장에서 와인을 음미하기도 하며 민정과 나는 눈을 마주치면서 남들이 눈치채지 못하게 애틋한 웃음을 같이 나누기도 하였다. 같이 여행을 가곤 하던 일행들은 우리 둘 사이를 별다르게 생각하지는 않는 것 같았다. 오히려 일행이 있으니 우리는 편안하게 여행을 즐길 수 있었고 같은 공간에 있다는 것만으로도 감지덕지했다.

우리 둘은 외려 말이 없는 게 더 좋을 수도 있었다. 이야기를 깊이 하게 되면 현실적인 문제가 안 나올 수 없고 그렇다고 우리 둘다 무슨 뾰족한 수나 해법을 가지고 이야기할 수 있는 상황도 아니었으니 이심전심으로 이제 자주 만날 수 있다는 것에 만족해야할 뿐이었다 할 것이다.

남프랑스 프로방스의 아를에 가서 일본이라고 상상하고 마지막 작업을 위하여 그곳으로 옮겨가 정착한 고흐의 흔적을 훑어보기도 하고, 파리로 돌아오는 길목에 있는 와이너리에 들려 맛있는 와인을 맛보고 몇 병 사 와서 일행들과 작은 파티를 열기도 하였다. 행복한 여행이었다.

르와르강을 따라 조명을 받으며, 고성이 여기저기 희미한 그림자를 강물에 드리웠고 그 강변을 따라 그녀의 어깨를 감싸고 한없이 걷기도 하였다. 파리의 센 강 유람선에서 저녁노을에 심취하며 맛있는 불란서 요리로 사치를 즐기기도 하였다. 뉴욕에 있는 자유의 여신상 카피가 우리 둘을 굽어보기도 하였다. 에펠탑과 노트르담 대성당도 그 순간은 우리 둘을 축복이라도 해주는 듯하였다.

그 후에 유학 생활 3년여를 마치고 파리에서 일본으로 돌아간 다고 연락이 왔다. 시간이 빨리도 지나간다는 생각이 들었다. 파리에 있을 때 가 봐야 할 것 같았다. 내가 도와줄 일이 있을 것으로 생각도 되고 민정은 유럽에서의 마지막 여행을 나하고 같이 했으면 한다고 하였다.

어떻게 기회가 되어 파리에 갈 일이 생겼고 마침 휴가철이 다가와서 그해 초여름에 파리에 갈 수 있었다. 그렇게 민정을 만나기가 어려웠는데 그 시절에는 한국 경제가 국제적으로 이슈가 많아져서 그런지 유럽에 자주 갈 일이 생겼고 민정을 생각보다 자주 만나게 되었다. 행운이라고 생각되었다.

민정의 여동생이 독일에 유학 와 있는데 기회가 되면 같이 여행하였으면 하던 이야기가 생각나 의사를 넌지시 떠보았더니 독일 여행을 하자고 좋아하였다. 그래서 동생과 그 친구들이랑 같이 독일 라인강의 절경인 코브렌즈 코스를 여행하기로 하였다.

주말을 이용하여 동생 일행과 하이델베르크에서 만나 라인강 지류인 넥카 강변에서 캠핑하며 하이델베르크 성의 야경에 심취하기도 하고 마리오 란자가 '황태자의 첫사랑'에서 불러 세기적으로 큰 반향을 일으킨 'Trinken Sie(마셔라)'를 떼창하는 카페에 함께 가서 하이델베르크의 낭만을 만끽하기도 하였다. 유럽에서 민정이와의 마지막 여행일 수도 있겠다 싶어서 그런지 한순간 한순간이 귀하게 느껴졌다.

우리는 오랫동안 만났다 헤어졌다 반복해서 그런지는 몰라도 가끔씩 헤어지는 것에 대한 불안감이 내 마음 한구석에 늘 잠재해 있었다. 불란서의 고성과는 분위기가 다른 고성들이 라인 강변에 띄엄띄엄 멀리 보이고 로렐라이 언덕을 휘감아 도는 라인강의 절경을 따라 멋있는 드라이브를 즐겼다. 스위스에 들러 융프라우 근처 세계적인 휴양지인 인터라켄에서 하룻밤 캠핑하며 일행들과의 즐거웠던 일정을 마무리하였다.

유럽여행의 종착지인 파리로 돌아와 민정과의 마지막이 된 유럽여행을 마치고 서울의 일상으로 돌아왔다. 그녀는 얼마 후 3년간의 파리 유학을 마치고 일본으로 돌아갔다.

도쿄에서 불태우는 사랑

그 후에 나는 도쿄에 가게 되면 그녀를 만나 데이트하였다. 그
녀의 작품을 소장하고 있는 사설 미술관 몇 군데를 둘러보기도 하
였다. 그녀는 자신의 작품을 만나면 "얘들아! 잘 있었구나." 하면
서 그녀의 아이들이라고 당당하게 말하곤 하였다. 그때 그녀의 눈
빛은 자상한 엄마가 아이를 보는 눈빛이었다. 예술가는 가난한 것
이 동·서양이 같은 모양이다. 생전에는 무명으로 찢어지게 고생
하고 사후에야 빛난다.

도쿄에 가게 되었다. 그녀는 도쿄 변두리에 있는 재래식 일본
주택에 세 들어 있었다. 동네 어귀에 있는 꽃집에서 6개월 치 꽃값
을 선불로 치르고, 매일 아침에 그날 들어온 가장 싱그러운 꽃을
한 다발씩 그녀의 집으로 배달하여 달라고 주문하였다. 그녀는 매
우 즐거운 표정을 알프스의 소녀처럼 미소를 지었다.

"어쩌면 우민의 대학 시절 곤궁할 때가 생각나지 않아요? 이 조 그마한 셋방을 보면 그렇죠? 아이 미안해 어떻게 해요? 초라하지 만 저는 더없이 좋아요. 고향에 돌아온 탕아가 고향마을을 언덕에 서 내려다보며 느끼는 감회. 있잖아요, 대학 시절 헤르만 헤세의 단편에 나오는 정경을 나에게 이야기해주곤 했었던 것 기억 안 나 요? 내가 지금 그런 기분이에요. 엄마 품에 다시 안긴 그런 편안 함, 이해하겠어요?"

이런 말을 할 때 민정은 문학소녀였다. 내가 어색해할까 보아 눙치는 거라 하겠다. 매일 아침에 꽃을 통해서 나를 만날 수 있게 되었다고 즐거워하였다.

몇 달 후 서울에 그녀가 왔다. 꽃 배달 제대로 하고 있냐고 물었 더니 나에게 말하기를 생활비가 모자라서 일주일 후에 나머지는 꽃값을 돌려받아 실생활에 많은 보탬이 되었다고 대수롭지 않게 말하였다.

일반적으로 동서고금을 막론하고 예술가 그 중에도 화가는 생 전에는 빛 못 보고 경제적으로 매우 어려움을 겪고는 하였다. 고 흐도 곤궁한 생활을 하였고, 이중섭 화가도 몹시나 어려운 경제적

궁핍을 겪었다. 예술가들은 시대를 앞서가는 창조적 작업을 하기에 동시대에는 인정을 못 받는 것이 아닌가 싶다.

민정은 유복한 집에서 자랐고 자존심이 강하기 때문에 별로 내색은 안 하지만 미국 유학 시나 파리에서도 여유를 갖기 어려웠을 것으로 생각되었다. 우리는 데이트할 때도, 일상적인 대화를 나눌 때도 담담하게 이야기를 하는 편이었다. 감성적인 이야기를 한 기억이 별로 없었다.

그녀는 일본에서의 생활도 자신의 창작 작업에 전념하기 위해서 일반 재일동포와는 잘 어울리지 않고 일정한 거리를 두어 외롭다 할 정도로 자기 자신에 엄격하였다. 심지어는 교회도 일본 사람들이 주로 다니는 교회에 다니고 집도 한국인이 별로 살지 않는 일본인 주거지역에 세 들어 살고 있었다.

오랜 기간 수녀원에서 수도 생활을 해서 그런지 외로움은 그렇게 심하게 타지 않는 것 같았다. 창작과 독실한 신앙생활이 그녀의 일상생활을 지극히 단조롭다 할 정도로 단순하게 영위하도록 만드는 것 같았다. 그러면서도 미국 유학 시절에 몸에 배었는지 매우 실용적으로 생활을 꾸려가는 것 같았다. 허례허식을 병적으로 싫어하였다.

몸치장도 거추장스럽거나 복잡하게 하지 않고 장신구도 거의 하지 않았다. 한 번도 반지를 낀 것을 못 보아 화가인 민정에게 사회생활 하는데 최소한의 치장이랄까 해서 태국 출장길에 보석 백화점에서 작은 에메랄드 반지를 사 민정에게 패용하라고 선물로 주었다.

몇 달 후에 만났을 때 손가락에 아무것도 끼고 있지 않아 두리번거렸더니 바로 눈치를 채고는 깔깔대면서 또 팔아먹었다고 하였다. 내심 조금은 시운했지만 그녀의 인품에 어울리는 처사였고 아무런 격식이 없는 순수한 그녀를 있는 그대로 볼 수 있어 나도 괜찮았다. 우리는 조금은 과장되게 낄낄거리고 말아버려 어색할 수도 있는 분위기를 자연스럽게 넘길 수 있었다. 나도 복잡한 것보다는 단순한 것을 좋아하는 편이라 속으로 우리는 끼리끼리 잘 만난 것으로 합리화하였다.

나도 그녀가 현명하게 잘 처리하였다고 생각하였다. 좋은 감정은 한번 느꼈으면 충분하다고 보았다. 그녀는 화가인 예술가인데도 감성적인 단어를 사용하지 않았다. 그림에서만 자기의 절제된 언어를 열정적으로 그러나 심연을 들여다보는 듯한 느낌이 들게 표현하는 것 같았다.

그녀는 추상화를 그렸고, 가끔 깊은 바닷속 같은 표현을 하여 짙은 푸른색이 보여주는 어둠 속에서 빛을 찾아가려 하는 끈질긴 힘이 존재한다는 이미지를 느끼게 하였다.

얼마 후에 서울에 그녀가 왔다. '한·일 현대화가 100인전'이 도쿄와 서울에서 격년으로 개최되는데, 그해에는 서울 인사동 갤러리에서 전시회가 열리고 있다고 하였다. 그녀도 몇 점의 작품을 전시하고 있었다. 민정은 한국 측 여성 추상화가로 그 전시회에 참여하게 되었다고 한다. 민정이 자랑스러웠다. 그녀를 인사동 화랑에서 보니 더욱 품위가 있어 보였다.

그녀의 작품은 대작 몇 점과 소품이 전시되고 있었다. 전시회에 한일 양국의 유명 현대 화가들이 참여하고 있었고, 한일 양국 화단의 활발한 교류의 장으로 서구 중심의 현대 회화가 동아시아에서 발전하는데 상당히 기여하고 있다고 하였다.

민정은 양국 화단 특히 일본 화단에서 실력을 인정받고 있다고 동료 화가가 귀띔하여 주었다. 전시회를 둘러보고 기념촬영에도 참석하는 기회도 얻었다. 나는 민정에게 귀국하여 한국에서 활동할 생각은 없는지 에둘러 물어보았다. 그녀는 대답하지 않으며 빙

굿이 웃으면서 힘든 일이라도 하고 난 듯 한숨만 쉬며 답답하다는 표정을 지었다. '남의 일이라고 그렇게 쉽게 생각하느냐'는 다소 서운한 듯한 느낌을 받아 순간적으로 머쓱하였다.

그것이 계기가 되어 나도 여기저기 학교랑 몇 군데를 알아보았지만 보통 어려운 일이 아니란 것을 알게 되었다. 그러는 과정에서 이제 일본에서도 어느 정도 인정을 받았고 하니 그냥 일본에 있을 수밖에 없다고 혼자 마음을 정해 가는 것 같았다. 아무래도 외국 생활이 힘들기는 하지만 기반을 어느 정도 쌓은 일본에서 활동하는 것이 한국의 벽을 극복하는 것보다 편한 것이 될 수밖에 없을 터였다.

현실적으로 그렇기는 하지만 너무 오래된 유학과 외국에서의 작품 활동에 지치고 외로움도 그녀를 힘들게 하는 것으로 귀국하여 한국에서 살고 싶은 것도 그녀의 속사정일 수밖에 없었다. 하느님 앞에 수녀로서 평생을 어려운 이들을 위한 삶을 살겠다고 한 서원도 그녀의 마음속 깊이 자리하고 떠나지 않고 있었다.

비록 수녀원에서 중도에 포기할 수밖에 없었다 하더라도 그 하느님과의 약속한 서원은 탈속하고도 그녀를 굳건하게 지탱해온 신앙이자 신념이라고 가끔 말하곤 하였었다. 쉽게 풀어내기 어려운 그녀의 딜레마이고 그 누구도 도울 수 있는 일이 아니었다. 가끔 그녀는 농담 비슷하게 말하고는 하였다. 돈을 많이 벌면 하느님과의 약속을 지키는 일을 할 수 있을 텐데 하며 한숨을 쉬다가도 돈 벌어야지 하며 혼자 되뇌어 나를 실소케도 하였지만 한편 그때마다 아무것도 도와줄 수 없는 나의 무력함에 그녀에게 속으로는 무척이나 미안하고 한심한 생각이 들기도 하였다.

그때 우리는 서울 이곳저곳 다니며 데이트를 하였고, 맛있는 곳도 많이 찾아다녔다. 어느 날 민정과 친하게 지내며 그 전시회에 참여하고 있는 일본인 남녀 화가 몇 사람을 대접할 기회가 있었다. 내가 30년 이상 단골로 다니던 역삼역 근처에 있는 일식당인 사유리스시에서 저녁을 하였다. 일본 화가들이 놀라며 서울에도 이렇게 맛있는 일식집이 있냐고 하며 맛있게들 들었다.

민정에게 그 집 사장인 현 사장을 소개하며 "나와 30여 년 지기인데 이 사장님이 여자였으면 어떻게 됐을까? 하고 가끔 혼자 생각하며 실소를 하고는 하지"하며 농담했는데 순간 민정의 눈꼬리가 올리며 나를 째려보더니 갑자기 깔깔 웃었다.

"그러면 따님이 둘은 됐겠네요. 딸 소원 푸실 뻔했네요" 하고 나를 한 방 먹이는 재치를 보이기도 하였다. 스카치위스키로 폭탄주도 해서 마시고 다들 취해 떠들고 있는 사이 민정이 내 귀를 잡아당겨 속삭였다. "다시 한 번 상상이라도 그런 생각을 하면 내가 우민 너 가만히 안 둘 테니 알아서 해라" 며 해라 투로 말하더니 작고 예쁜 주먹으로 내 등을 후려 팼다. 일행에게는 체하실 뻔해서 하며 눈을 찡긋하고는 옆으로 나를 보고는 눈을 치떠 무서운 얼굴을 하였다. 돌발적인 민정의 어이없는 행동이었지만 나는 얻어맞고도 기분 좋게 낄낄대고 웃었다.

"민정아 그런 일이 만에 하나 있으면 그때는 너의 손에 기꺼이 맞아 죽겠다. 내 사랑 민정 아씨!" 하며 그녀의 귓불에 대고 속삭였다. 그 순간 민정이 내 넓적다리를 은근히 천천히 꼬집어 와서 아픈 것 참느라 진땀을 흘렸다. 우리 모두 함께 일어나 건배로 "브라보!"를 외쳤다. 기분이 너무나 좋았다. 나는 그녀의 노예였다.

어느 날 조선호텔 '스시 조'에서 민정과 점심을 하고 나오는데 소나기가 갑자기 내렸다. 준비된 우산이 마침 하나밖에 없어 민정과 같이 우산을 쓰고 나오는데 순식간에 비가 폭우로 쏟아져 내려 원구단 앞에서 더 움직이지 못하고 서 있을 수밖에 없었다. 비가 억수같이 내리니 지나다니는 사람도 없었고 고즈넉한 분위기가 아주 그럴듯하였다.

한동안 그렇게 민정의 어깨를 감싸고 있다 보니 그녀의 체온이 따뜻하게 전해져 왔고 그녀도 그 분위기를 즐기고 있는 것 같았다. 서서히 장난기가 동하였다. 와인 수입을 크게 하는 선배가 보내준 고급 화이트 와인을 민정과 점심을 하면서 다 마셔서 그런지 취기도 엔간히 남아있었다.

파리에서 데이트할 때 주변의 파리지앵들이 아무데서나 끌어안고 주위를 의식하지 않고 키스하며 낄낄거릴 때 우리 둘은 그들의 행동이 부럽기도 하였다. 한번은 내가 용기를 내어 몽마르트르 광장에서 민정에게 기습적으로 키스하려다 그녀에게 애정 어린 가벼운 뺨을 맞은 기억이 떠올라 서울 한가운데서 다시 한 번 시도해 보고 싶었다.

세월이 많이 지나고 그러한 광경을 서울에서도 젊은 사람들 사이에 흔히 볼 수 있는 일이라 그런지 몰라도 이번에는 가벼운 따귀 대신에 그녀의 적극적인 도움으로 우리 둘은 빗속에서 우산을 받치고 서울 한가운데서 뜨겁게 키스할 수 있었다.

더구나 역사적인 의미가 있는 원구단 앞에서 거사를 치렀다.

그 시간에 누군가 우리 옆을 지나가며 그 광경을 보았으면 부러워 축복을 보냈으리라 나 혼자 상상하며 실소하였더니 그녀가 의아해하기에 아무것도 아니라고 얼버무렸다. 앞으로 그런 기회를 자주 만들려면 그녀에게 내 속내를 들키면 안 될 것 같았다.

어느 날은 호텔 라운지에 초를 파는 가게 앞에서 촛불에 아롱지는 영롱한 빛의 연출에 민정이가 빠져드는 모습을 보여주었다. 그녀는 넋을 잃고 서 있었다. 그림 그리는 사람들은 우리가 느끼지 못하는 감성이 있는 모양이었다. 그 가게에서 갖가지 형형색색의 초를 한 보따리 사 주었다. 그녀는 아틀리에에서 작품을 구상하고 작업을 할 때 분위기가 살아날 것 같다고 어린아이처럼 들떠서 좋아하였다.

나는 마음속으로 이제는 초는 안 팔아먹어도 괜찮겠지 하며 흐뭇해하였다. 도쿄에 갔을 때 지인들과 같이 그녀의 작품을 몇 점 산 것이 그녀의 생활에 보탬이 되었고, 파리에서 도쿄로 3년 만에 돌아와 정착하는 데 도움이 된 것 같았다.

내가 보기에 그녀는 가난한 편이었는데도 궁핍해 보이지 않고 늘 여유로웠다. 오히려 부잣집 마님처럼 보였다. 스스로가 많은 것을 만들어 낼 수 있다는 자부심 아닐까 하는 생각이 들었다. 그녀와 같이 있으면 나도 풍요로워지는 것을 느끼고는 하였다. 주인마님이 부자니 노예도 따라가는 모양이다.

어느 해 여름에 도쿄를 가게 되었다. 그녀를 만나 도쿄만 해안가에 있는 자그마한 카페에서 와인을 한잔하였다. 그날은 태풍이 오기 직전이라 도쿄만에 비바람이 거세게 몰아쳤다. 그런데도 괜찮은 데이트 코스였다. 우리 둘은 시내로 들어와 긴자를 돌아다니며 쇼핑을 하고 선술집에 들러 사케를 마시기도 하였다.

나는 그녀에게 짙은 자줏빛 원피스를 골라 주었다. 민소매에 어깨에 가는 띠로 걸치게 된 심플한 디자인이었다. 그녀의 투명한 우윳빛 피부로 감싼 둥근 어깨에 잘 어울렸고, 등 뒤에서 보면 더욱 아름답게 보였다.

나는 사실은 검은 슈미즈를 사 주고 싶었다. 불쑥불쑥 그녀를 안고 싶었지만 그녀에게 더 다가가면 안 되는 것 같은 주저하게 만드는 무언가가 민정과 나 사이에 가로놓여 있어 우리를 떼어놓고 있는 것 아닌가 하는 안타까운 마음이 나를 늘 괴롭히곤 하였다. 언젠가는 이러한 일종의 콤플렉스가 극복되겠지 하면서도 둘이 너무 오래 떨어져 있어서 그런 게 아닐까 하고 자위도 하면서 그날따라 내 딴에는 큰 용기를 내어 그 원피스에 매치되는 검은 실크 슈미즈도 같이 권하였다.

처음으로 무안당할 것을 각오하고 시도한 것인데, 그녀는 부부가 그러하듯이 자연스럽게 당연하다는 듯이 디자인과 컬러에 대해 그녀의 취향을 내가 잘 맞추어 고른 것처럼 받아들였다. 나는 속으로 놀란 마음을 감추느라 당황하였다. 그동안 내가 너무 소극적으로 꽁생원 같은 생각을 하였던 것이었다. 여하튼 그 순간 이후 나는 그녀를 한 여인으로 대할 수 있게 되었다.

민정은 나의 이러한 내심의 변화를 아는지 모르는지 내 매너가 세련되어 간다고 좋아하였다. 내면의 갈등을 극복하였다고 혼자 바보 같은 생각을 하다 보니 그녀가 갑자기 내 앞에 할리우드의 글래머 여배우처럼 보였다. 수녀 같은 모습은 어디로 가버리고 섹시한 한 여인으로 나를 휘감아 버려 정신 못 차리게 만들었다. 그 짧은 순간 이후 나 자신의 태도와 생각이 바뀌었고 민정이 나의 이런 변화를 눈치채면 어찌하나 하며 혼자 실소하기도 하였다.

원피스를 고른 후에 결국 얼굴에 철판을 깔고 마음속에서 맴돌기만 하던 검은 슈미즈를 권하며 내가 "자주색 원피스와 잘 매치

될 거야"라고 말하니 그녀는 "욕심이 많다고 흉보지 말아요" 하며 검은 슈미즈를 손에 들었다. 우리 둘은 각자 다른 상상을 하며 웃었다. 나는 이제야 민정을 한 여인으로 마주 보게 되었던 것이었다. 여기까지 오느라 너무 오랜 시간이 흘렀다.

쇼핑을 마치고 데이코쿠 호텔 라운지에 올라가 칵테일을 마시며 비 온 뒤의 도쿄의 풍광을 보았다. 무지개가 떠올랐다. 도쿄타워에 현란하게 쌍무지개가 타원형을 그리며 떠오르더니, 시간이 조금 지나자 에메랄드그린 빛의 그림자를 여운으로 남기며 도쿄만으로 서서히 가라앉았다. 노르망디 해변에서 본, 작은 무지개의 색깔과 같은 에메랄드그린이었다고 느꼈다.

쌍무지개는 행운을 암시한다는 이야기를 들어, 우리 둘은 같이 어우러지는 연인들의 감성에 잠시 빠져들었다. 우리는 서로 바라보았다. 여태껏 보지 못하였던 여인이었다. 어렴풋이 희미하게 스쳐 지나가는 아련한 기억 저편 속의 우아하기 이를 데 없던 한 여인이었다. 어느 해 늦가을에 성심여대 교정에 앉아 나를 반가운 듯 미소를 띠며 맞았던 졸업반 경희가 거기 내 앞에 앉아 있었다. 민정의 얼굴이 거기에 오버랩 되어 왔다. 우리는 누가 먼저라 할 것 없이 다시 헤어지면 안 될 것 같은 절박감을 느꼈다. 이때가 그냥 지나가 버리면 다시는 못 만났을 수도 있다는 불길한 예감도 엄습해 왔던 것이다.

우리는 우리가 같이 있어야 할 우리만의 공간으로 자리를 옮겼다. 그녀와의 사랑은 불꽃 같았다. 불길이 벽난로 속에서 활활 타오르는 장작은 주위를 환하게 비추었다가 어느 순간 사그라지는 열정이 우리에게는 매 순간마다 있었다.

나는 서울로 돌아왔고, 그해도 거의 다 간 가을에 도쿄에서 그녀로부터 편지가 왔다.

"요즈음 저도 모르게 너무 외로움을 타고 있는 것 같아요" 하며 도쿄에 언제쯤 올 기회가 있냐고 처음으로 그녀답지 않은 그리움이 짙게 배어있는 내용이었다. "깊은 고독의 늪에 빠져 외로움에 떨고 있는 이 여인을 구하여 주오" 라는 글귀가 내 눈을 긴장시키었다. 도쿄에 가야 했다.

공교롭게도 일은 산더미처럼 쌓이고 있었다. 어떻게 틈을 낼 수가 없었다. 불안한 생각이 언뜻 들기도 하였다. 그렇게 시간이 지나고 우물쭈물하다가 또 한 번 과거의 실수를 반복할 수는 없었다. 며칠 후에 도쿄에서 기다리고 있을 그녀에게 전화를 걸었다. 부산으로 주말에 올 수 있는지 물어보고 부산에서 만나자고 하였다. 서울에 앉아서 그녀를 오라고 하기에는 내가 아무리 바쁘다 하더라도 성의가 없이 보일 수도 있을 것 같았다. 그즈음에는 그녀에게 어떻게 하든지 잘 보이고 싶었다.

주말을 이용하여 부산에 가서 조선비치호텔에 묵고 있는 민정을 만났다. 민정은 조금 야위어 보였다. 무슨 일이 있는 것 같아 안색을 살피면서 아주 조심스럽게 근황을 물어보았다. 그녀는 많은 생각을 하느라고 마음이 바쁘기도 하였지만 이제 혼자 모든 것을 결정하고 감당하는 외국 생활에 지쳤다고 이야기하면서 서울에 돌아가고 싶다고 혼자 넋두리 비슷하게 호소하는 것이었다.

무슨 계획을 구체적으로 생각하고 있는가를 물었더니 어느 정도는 되어 있어 내게 어떻게 생각하는지 의견을 듣고 싶다고 했다. 내게는 아무런 부담이 안 되는 일이라면서도 자기를 도와줄 능력이 나한테는 없다며 힐난조로 푸념 비슷한 소리로 "아이고, 내 팔자야!"라고 했다. 맞는 이야기라 나도 순간적으로 언짢고 당황했지만 내색도 못 하고 눈치만 살필 수밖에 없었다.

잠시 어색한 침묵이 흘렀다. 내가 먼저 조바심이 나고 해서 물었다. "얼마나 근사한 계획인지 이야기나 들어봅시다"라고 다그치니 그녀는 놀리듯이 "기절할 거예요!" 하면서 약 올리듯 말하였다.

오래 생각해 보고 판단이 안 서 내 의견을 듣고 결정하려 한다고 했다. 요컨대 일본을 떠나 서울로 오기는 와야겠는데 그녀의 사정을 잘 아는 후배가 솔깃한 제안을 하였다는 것이다. 그 후배는 재일교포로서 일본 사람과 결혼하여 잘살고 있는 교회 후배인데 일본에 와서부터 아주 가깝게 지내는 절친이라고 하였다. 그 후배의 남편 되는 사람이 한국에서 사업을 하려 하는데 같이 일할 비즈니스 파트너로 믿을 만한 한국 사람을 찾던 중 민정을 적격자라고 보고 의견을 몇 달 전에 물어왔다고 했다. 당시 민정은 그 제안을 겉으로 흘려들었는데 최근 다시 권유가 있어 곰곰이 따져 보았다고 하였다.

그 사람이 한국에서 하고자 하는 사업이 '화랑 레스토랑' 이라 하였다. 일본에서 인기가 있는 '호르몬 야키(곱창·한국식 일본요리)'를 한국인 취향에 맞게 고급화하고 한국과 일본에서 유행하기 시작한 화랑 레스토랑을 접목하여 사업을 하려고 하는데 이 경우에 가장 중요한 성공 요소는 함께하는 큐레이터의 존재였다. 친구의 남편은 민정을 적임자로 보았는데 순수 예술가에게 결례가 될 것 같아 말하기가 힘들었다고 하였다. 그래서 얼마 동안 깊이 생각해본 결과 조건만 맞으면 한번 시도해 보는 것도 괜찮지 않나 싶어 내 의견을 듣고 싶다고 하였다.

결국은 민정이 수녀원을 떠나며 못 이루고 멀어져 가기만 하는 자선, 즉 하나님께 약속드린 헌신의 실행과 해외 생활에 지친 생활에서 돌파구 내지 해답을 찾는 방법으로 - 단도직입적으로 말하면 돈도 벌고 자기의 전문 분야도 유지해가는 - 차선책을 찾은 결과가 아닌가 싶었다. 하지만 내 입장에서 함부로 가타부타 이야기하기도 어려웠고 잠시 뜸을 들일 필요가 있었다.

해운대 절경을 앞에 두고 지난한 문제를 풀어야 하는 상황에서 우선 한숨을 돌리려 밥 먹으며 생각해 보자고 하며 광안대교가 한눈에 보이는 횟집으로 민정을 데리고 가 그녀를 찬찬히 바라보고 있노라니 나도 모르게 울컥해지고 너무나 민정이가 안쓰러우면서도 사랑스러웠다. 나는 그 순간 무력한 나를 혼자 속으로 비웃으며 애꿎은 소주병만 비웠다. 그리고 일어나 민정이 옆으로 다가가서 그녀를 가만히 힘껏 안으며 말했다.

"하여튼 당신이 너무 근사해, 나 바보 같지? 당신 원하는 대로

해, 내가 도움이 되도록 내 역할을 찾아볼게. 민정 당신을 사랑하
는 거 알고는 있겠지?"

연말에 민정으로부터 연락이 왔다. 지인의 결혼식에 참석하러
서울에 온다고 하면서 그때 만나서 그동안 도쿄에서 추진하던 일
을 이야기하자고 하였다. 그동안 민정에게 진행 상황을 띄엄띄엄
듣기는 하였지만 생각보다 빨리 추진되었던 것 같았다. 나는 구경
꾼일 수밖에 없었다. 그저 할 수 있는 것이라고는 격려와 건강을
기원하는 것 외에는 별수가 없었다.

그러나 민정은 비즈니스를 보는 안목이나 감각이 혀를 내두를
정도로 뛰어났다. 화가로서도 중견작가로 한일 양국 화단에서 실
력을 인정받고 있는 처지었지만 이재 능력과 사업 수완은 타고 난
것이라고 볼 수밖에 없을 정도로 대단하여 나로 하여금 섣부른 조
언 따위는 할 수도 없게 하였다.

국제전화로 이야기를 나누고는 하였지만 서로의 안부나 묻고
민정을 편하게 해주는 대화나 하며 그녀가 서울에 와서 빨리 자리
잡기만을 속으로 빌어주는 게 내가 할 수 있는 전부였다. 나는 바
보 온달이고 그녀는 평강 공주가 환생한 것이라고 자조하며 쓴웃

음을 지으면서도 그녀가 자랑스럽다 못해 존경스럽기까지 하였다.

도쿄에서 사업 준비를 하며 바쁘게 생활하고 있던 민정이 어느 날 전화로 말하였다.

"별일 없지요? 여기는 일이 잘 진행되고 있어요. 그런데 저의 서울에서의 사업을 같이 추진하기로 한 최선희 씨 부부가 사업과 관련하여 우민 당신과 의논할 게 있데요. 아마도 한국에서 사업하려면 당신 도움이 많이 필요한 모양이에요"

"글쎄다, 내가 개인 비즈니스는 잘 모르는데 무슨 도움이 될 수 있을까? 하지만 민정 당신 일이니 내가 필요하면 힘닿는 데까지 도와야지, 서울에 언제 올 계획이 있나? 시간을 내야지 뭐."

"서울에서 만나자는 게 아니고 도쿄로 당신을 초청해서 사업 이야기도 하고 마침 벚꽃 철이 좀 있으면 다가오니 같이 도쿄 근교로 여행하면 어떠냐고 하네요. 바빠서 안 될 것으로 이야기는 했는데 우민 당신 머리도 식힐 겸 짬을 내 봐요. 이곳 떠나기 전에 나도 가벼운 여행을 하고 싶은데~~"

"구미에 당기기는 하는데 시간을 어떻게 낼 수 있을지 모르겠네."

"주말 끼어서 2~3일 시간 만들어 봐요. 나랑 일본에서 여행 안해봤잖아. 이번에 꼭 같이 가고 싶어" 하면서 그녀답지 않게 애교를 부렸다.

떠나기 전에 도쿄 교외에 있는 리조트에서 같이 쉬며 서울 생활 구상하는 것도 의미가 있어 보였다. 그리고 나도 최선희 씨 부부를 만나보고 싶기도 해서 시간을 내 보려고 궁리하였다. 주말을 활용해 시간을 내었고, 도쿄로 갔다.

공항에 민정과 최선희 씨 부부가 나왔는데 느낌에 상당한 환대를 받을 것 같아 오히려 조심스러웠다. 최 씨 남편 스즈키 씨는 멋쟁이 신사처럼 보이는데 행동이나 말씨가 상당히 진중하고, 성실한 사업가라기보다는 미대 교수 같은 인상을 풍겼다. 두 부부는 잘 어울리는 커플로 보였다.

나중에 들은 이야기지만 나보다는 연배가 조금 아래지만 일본인들이 전후에 경제적으로 고생들을 많이 했는데 스즈키 씨도 집안이 어려워 대학을 못 가고 영화 간판을 그리며 생계를 이어가며 독학으로 그림 공부를 하였다고 했다. 여러 가지 일을 하다가 어둠의 생활도 한때 해 보았는데 독지가를 만나 더 깊이 발을 들여놓기 전에 요식업에서 일하면서 자수성가하여 호텔도 몇 군데 가지고 있고 음식점도 체인으로 경영하는 재력가가 되었다고 하였다.

어렵게 자수성가하는 과정에서 비즈니스 감각이 뛰어난 최선희 씨를 만나 결혼하며 사업에 날개를 다는 계기가 되었다고 하였다. 그래서 그런지 둘의 금슬이 매우 좋아 보였다. 스즈키 씨는 그림에 대한 미련과 열정이 있어 북해도 등 지방에 화랑도 두어 개 운영하고 있다고 하였다. 스즈키 씨를 만나고 나니 민정이 서울에서 화랑 레스토랑을 하겠다고 하는 게 이해되고 안심이 되었다.

우리 일행은 공항에서 나와 신칸센을 타고 니가타 현의 소도시 묘코로 가서 휴가를 보내기로 일정을 잡았다고 하였다. 나는 대도시나 다녀 보았지 일본 시골은 가볼 기회가 없었다. 여행가들의 이야기에 의하면 대도시의 빌딩 숲에서보다 나지막한 일본 가옥들, 골목들을 거닐며 여행하는 것이 힐링이 되고, 지역마다 고유의 먹거리와 사케가 있는 소도시가 목가적이고 그곳의 온천에 몸을 담그는 것이 일본에서의 진정한 휴식이라고 하였다.

소복이 눈이 쌓인 설산, 고시히카리, 사케로 유명한 '삼백의 고장'으로 불리는 묘코가 행선지였다. 시기적으로 벚꽃 철이라 민정과 더불어 여행하기에는 더없이 완벽하다고 생각되어 일행에 고마운 마음이 들었다. 벚꽃이 한창인 초봄이라 날씨도 풋풋하게 상큼하였다. 도쿄에서 두어 시간 남짓 신칸센을 타고 묘코로 달려갔다.

마침 점심때라 일본의 철도 문화가 만들어 낸 '에키벤(역 도시락)'을 곁들이며 아사히 생맥주를 마시니 일본 여행을 하는 게 실감이 났다. 20여 년 전에 히타치 회사를 시찰한 일이 있었는데 그때도 비즈니스 런천 도시락으로 접대 받았던 일이 기억났다. 접대 형식인데 도시락이 너무 근사하게 느껴져 내심 감탄했던 적이 있었다. 일본의 도시락은 세계 어느 곳에 내놔도 사시미나 초밥처럼 세계인이 즐길 수 있는 일본식 문화의 하나라 하겠다. 우리나라도 언젠가는 김치 말고도 세계인이 즐길 수 있는 먹거리 문화를 만들어 내야 할 텐데 하는 상념에 빠지기도 하였다.

스즈키 씨의 한국어가 웬만하여 최선희 씨 부부와 즐겁게 한담을 나눌 수 있었다. 최 씨가 애국심을 발휘하여 열심히 한국어를 가르쳤다고 하였다. 때때로 열차 창밖 풍경에 한눈을 팔기도 하며 민정을 쳐다보니 그녀의 표정이 더없이 평화롭고 행복해 보여 내 마음도 가벼워졌다. 늘 그녀만 보면 마음 한구석이 짠하며 미안한 생각을 떨칠 수가 없었는데 이번 여행을 잘 왔다 하는 생각이 들었다.

알프스의 전통적인 산장을 옮겨다 놓은 듯, 일본 분위기가 거의 없어 보이는 R 리조트에 짐을 풀어놓고 주위 실내를 둘러보니 고급 료칸이 떠오르는 온천 시설에 일본의 전형적인 정원을 옮겨다 둔 듯한 노천탕도 있었고 탕에서 바라보이는 묘코산 정상의 봉우리가 만년설로 뒤덮여 은색으로 하얗게 빛나고 있었다. 삼나무와 낙엽송이 어우러져 만든 숲길 주위는 벚꽃이 만개해 있어 여기가 그 유명한 일본의 3대 벚꽃 축제의 하나인 '다카다성 벚꽃 축제'가 열릴 만한 곳임을 실감케 하여 주었다.

오후에 숲속을 거닐고 온천탕에서 지하 1750미터에서 용출된다는 알칼리 온천수에 몸을 담그며 최선희 씨가 왜 나를 초청하였는지 조금 궁금하기도 하였지만 더 생각 안 하고 푹 쉬기로 하였다. 저녁에 근처 아담한 레스토랑에서 스키야키에 고급의 차가운 사케를 반주로 곁들여 맛있게 식사하였다.

취기가 어느 정도 오르자 최 씨가 내게 "갑자기 형부가 여기까지 오셨는데 오늘부터 '그림자 형부'라고 부르겠어요." 하더니 스즈키 씨를 보고 "오늘부터 당신도 그림자 형님으로 모시라"고 말하였다. 스즈키 씨는 빙그레 웃기만 하고 내게 공손하게 사케를 따라주었다.

그리고 최 씨가 민정에게 사케를 한 잔 따라주며 "우리 '그림자 언니'의 진짜로의 새로운 사랑을 위하여 축배를 듭시다. 자 다 같이 건배!" 하며 주욱 들이켰다. 이어 내게 "에~ 또, 우리 그림자 형부는 페널티로 생맥주잔으로 사랑주 한 잔 더 주욱 하셔요" 하여 영문도 모르고 최 씨가 하라는 대로 민정을 껴안고 그 커다란 맥주잔에 그득히 넘치는 사케를 주욱 들이켰다. 숨이 막힐 듯했지만 한숨을 토하고 나니 기분은 괜찮은데 취기가 꽤나 올라왔고 최 씨가 깔깔대고 웃었다.

그러다 최 씨는 "그림자 형부 합격! 우리 언니 사랑할 자격이 있어! 그런데 그림자 형부 말이야, 우리 언니 곧 서울로 가서 살 건데 언니 눈에서 눈물 나게 하면 내가 가만 안 둘 거야! 아시겠지요?" 하더니 민정을 껴안고 흐느꼈다. 스즈키 씨가 눈을 껌벅이며 모르는 척 넘어가라고 신호를 보냈다. 민정이 바로 그녀를 데리고 옆방으로 갔다.

한 식경이나 지났을까 잠시 후에 진정이 되었는지 최 씨가 들어와서 "형부 죄송해요. 언니가 너무나 불쌍해서~ 제가 지나쳤어요. 언니가 형부의 그림자로 평생 살겠다고 해서 어이도 없고, 너무 화도 나고, 형부가 갑자기 너무 나쁜 사람 같아 보여서. 그렇지만 언니 마음도 잘 이해할 수 있고, 평소에 형부를 제가 너무 좋아하고 존경하는데~ 용서하세요!" 하며 또 깊디깊은 눈에 눈물이 그렁그렁하였다.

이에 스즈키 씨가 "형님이 당신 마음 다 알고 이해하신다고 말씀하셨는데 그만 그쳐" 했고, 민정이 "네 마음 우민 아니 그림자 형부도 다 알아 그만, 형부 참 나쁜 사람이지만 어떻게 해? 내가 선택한 길이니. 근데 너는 천재다. 그림자 형부 딱 맞는, 어울리는 말이야"라고 했다. 그 상황에서 나는 그냥 웃을 수밖에 없었다.

"나는 나쁜 사람, 그리고 그림자 형부다. 어쩔래? 그래서?" 그들은 내가 밤새도록 그렇게 혼자 웅얼거렸다고 하였다. 새벽에 눈을 떠 보니 머리가 지끈거려 물을 찾았다. 민정이 물을 한 모금 마시게 하며 "녹음 다 해둘 걸~ 아까워라" 하며 말을 이었다.

"속 괜찮아요? 스즈키 씨와 2차 가서 산토리 위스키 한 병이나 더 마시며 의형제 맺고 난리도 아니었지만, 보기 좋았어. 의기투

합하여 형님 아우 하는데 친 동서지간 같아서 보기는 좋았는데 우민 당신 마음고생이 얼마나 힘들까 하는 생각이 드러나도 옆방에 가서 울다 왔다고."

아침에 우리가 복지리로 해장할 때 내가 최 씨에게 "그림자 처제 우리 사랑술 한잔할까" 했더니 그녀가 눈을 하얗게 뜨며 "저 죽으면 우리 영감 새장가 보내겠다고 어제저녁에 둘이 짜셨지요?"라고 해 우리는 낄낄대고 웃었다. "좋다마다!" 하니 민정이가 내 옆구리를 꼬집었다.

서울로 돌아왔다. 마음은 조금씩 무거워지면서도 기분은 상쾌하였다. '민정을 서울에 잘 정착시켜야지~ 또 날아가 버리면 못 찾을 텐데' 하며 혼자 또 다짐하였다. 민정이 서울에 돌아올 날을 달력에 표시해 놓았다. 이윽고 도쿄 생활을 정리한 그녀가 서울로 돌아왔다.

서울에서의 그녀와의 사랑과 마지막 여행

일본에서 인기 있는 호르몬 야키가 한국인의 입맛에도 맞는지 모르기에 서울에서의 화랑 레스토랑은 우선 자그마하게 영화인들이 많이 모인다는 충무로에서 시작될 예정이었다. 주위에 인쇄소와 을지로 상권이 인접해 있어 한국 사람의 입맛을 빨리 알 수 있고, 진고개가 근처에 있어 일본 관광객의 향수에도 맞출 수 있는 위치라고 가게 입지 여건을 말하는데 할 말을 잃을 수밖에 없었다. 우선 한국식 이름으로 양곱창 전골 전문점으로 개업을 하고 화랑 준비는 시간을 가지고 한일 양국 지인의 협조를 얻어 준비하기로 하겠다고 하였다.

그리고 바로 개업하고 민정 명의로 영업을 한다고 하였다. 장사가 웬만큼 되나 보다 하면서 지내다가 2년쯤 지났는데 생각보다 빨리 자리를 잡아 가는 것 같았다. 입소문이 나면서 영업이 궤도에 오르고 자신감을 갖게 된 그녀는 당초 계획대로 화랑 레스토랑을 효자동에 열었다.

일본인 투자자도 그녀의 수완과 실력에 감탄해 전권을 민정에게 맡기고, 투자자로서의 지위만 갖겠다고 하여 그녀는 생각보다 짧은 시간에 그녀의 계획을 실행할 수 있게 되었다고 매우 좋아하였다. 양국 화단의 지인들도 적극 지원해 주겠다고 하여 그녀가 마음껏 실력을 발휘하는데 뒷받침이 되었다. 순조롭게 개업을 하고 영업이 어느 정도 궤도에 오르면서 그녀의 사업 수완이 빛을 발휘하게 되었다. 그녀의 업소는 번창 일로를 걸으며 장안의 유명인들 사이에서 일종의 사교클럽의 장이 되어갔다.

나도 그녀가 오랜 해외 생활을 정리하고 귀국하여 서울에서 정착하고 있으니 늘 마음 한구석에 불안하게 자리 잡고 있던 무언가 편치 않은 구석이 사라져 내 나름대로 안정을 찾게 되었고, 그녀에 대한 미안함이나 빚지고 있는 듯한 부담감이 없어져 좋았다.

그녀나 나나 서울에서의 일상은 바쁘게 돌아갔기 때문에 자주 만날 수는 없었지만 옆에 늘 같이 있는 것 같아 좋았다. 가끔 그녀가 해외에 있을 때보다 더 보기 어렵다고 투정 아닌 불만을 털어놓기도 하고 그것은 피차 매일반이라고 실랑이도 하였지만 우리는 모처럼 행복하게 서로 웃었으며 나는 이 상태로 아무 탈 없이 지낼 수 있기를 마음속으로 빌었다.

우리는 근교 북한산이나 관악산 등에 등산을 다녔고, 그녀는 새벽 등산을 건강을 위하여 거의 매일 다녔다. 나는 그녀가 보고 싶으면 아무 때나 산에 갈 때 말고는 민정의 가게로 가면 늘 얼굴을 볼 수 있게 돼서 너무나 좋았다. 주요섭의 '아네모네의 마담'처럼 그녀는 내가 보고 싶어 할 때 늘 거기에 있었다. 애타게 그립고 보고 싶어 하는 감정이 사라진 게 아쉽기도 했지만 정말 좋았다.

그녀는 그 바쁜 와중에도 매일 새벽 식재료 사입을 위해 경동 시장에 가는데 시장에 나오는 계절 채소나 가장 싱싱한 재료를 현금으로 돈을 얹어 주고도 사 오기 때문에 시장에서도 유명했다. 신바람 나게 이야기할 때는 화가라기보다는 노련한 여사장이라고 하는 것이 더 맞았다. 그녀는 틈틈이 시간을 쪼개가며 작품 활동을 늘 하고 있었다. 그녀의 작품 분위기도 조금 바뀌어 가고 있었다. 밝아진다고 할까, 힘이 넘치고 신바람과 흥이 느껴졌다.

어느 가을 주말에 민정과 나는 모처럼 둘이서 강원도 정선에 있는 가리왕산 등산을 했다. 1박 2일 코스라 산 중턱에 있는 자연 휴양림 숲속의 집에서 하룻밤 묵으며 청량한 공기 속에 둘만의 시간을 갖기로 하였다. 배낭을 짊어지고 1500여 미터 되는 비교적 높은 산에 오르느라 힘은 들었지만 고즈넉하고 좋았다. 늘 우리 둘 옆에는 누군가가 같이 있었는데 이번 산행은 특별히 주위를 의식할 필요도 없어 단출하게 이야기하며 걷는 게 색다른 맛이 있었다. 단둘이 있다는 것만으로도 더는 바랄 것이 없었다.

정상에 올라 정상주로 가져간 막걸리를 한 잔씩 들이켜니 상큼한 분위기를 더 청량하게 하였다. 내려오며 준비해 가지고 간 도시락도 까먹어가면서 두런두런 아무 생각 없이 이야기하다 보니 세상 편안하고 좋았다.

"서울 와서 관악산이나 북한산에 다니다 보니 산이 좋다는 걸 알게 되었어요. 그전에는 바다를 너무 좋아해서 며칠씩 바닷가에 머물다 오기도 하였는데 요즘은 산이 너무 좋아요. 우민은 어때요? 산을 더 좋아하시는 것 같아요. 바다 이야기는 별로 안 하시잖아요."

"그래. 나 창피한 이야기지만 수영을 못 해. 그러니 바다건 강이건 보는 것은 좋아하지만 그냥 보기만 하면 좀 지루하잖아. 민정이 옆에 있으면 모를까."

"또 거짓말하고 계신다. 언제는 춘천이 호수가 많은 호반의 도시라 좋아한다고 하면서 나를 꼬셨잖아."

"거짓말이라니? 방금 이야기하잖아. 민정이 옆에 있으면 바다든 강이든 무조건 좋다고."

민정이 내 어깨를 꼬집으려 몸을 가까이하며 앞으로 기울이는 것 같아 나는 슬쩍 비키면서 그녀의 어깨를 감싸 안았다.

민정이 "아이, 사람들 봐요, 주책이야" 하길래 나는 더욱 힘들여 안으며 "우리 이게 얼마 만에 단둘이 있는 거야? 파리 지하철역에서도 뽀뽀했는데 뭐 어때, 그리고 아무도 없어, 내가 민정을 얼마나 좋아하는지 알잖아" 하고 말했다.

"알아요, 그 잘나가던 직업까지 바꾸셨잖아요, 내가 미리 알았으면 절대로 못 하게 말렸을 텐데, 사람이 어쩌면 그렇게 무모해요. 너무나 아까워서 가능하다면 내가 취소시키고 싶을 정도였으니까, 직장 바꾼다는 이야기 듣고 나 때문이라 생각되어 그날 밤 밤새도록 운 것 알기나 해요? 미안하기도 하고 이상하게 기쁘기도 하고 하여간 뜬 눈으로 밤새워 울고 웃고 남이 보면 꼭 실성한 사람 같았을 거예요, 다음날 새벽에 일찍 일어나 내가 다니는 교회에 갔어요. 기도했어요. 기왕 우민이 저 때문에 저지른 일이니 용서하여 주시고 앞날을 굽어살펴 달라고 오랜 시간 기도했다고요."

그녀가 말을 마치고 애잔한 눈길로 나를 올려다보았다. 말이
필요 없었다. 그 순간 전율할 만큼 감동하였다. "왜 이제야 그런
이야기를 해, 하여튼 고마워" 하며 그녀를 커다란 나무 밑동에 기
대어 앉게 하고 나는 그녀의 어깨에 몸을 기댄 채 풀밭에 비스듬
히 누워 말했다.

"사랑해, 이 세상에 태어난 보람이 있어, 나 어떻게 해? 민정 당
신은 내 전부야!"

그녀를 내 가슴으로 크게 품으면서 끌어안았다. 우리 둘은 연
리지 나무처럼 한 몸으로 서로 안아 감싸며 기쁨의 키스를 나누었
다. 뻐꾸기가 울고 있었다. 그녀에게 팔베개를 해주었다. 내 품에
그녀는 편안하게 안겨 있었고, 새털구름이 파란 하늘에 떠서 흘러
가고 있었다. 산에서 내려와 숲속의 집에 투숙하고, 새벽부터 서
울에서 내려와 등산도 하고 해서 피곤해할 것 같아 샤워하고 한숨
자게 하였다.

느지막하게 정선시장에 나가 시골 장 풍경을 구경하고 자연송
이와 산더덕 등 안줏거리를 사 가지고 통나무집으로 돌아왔다. 마
침 서울에서 구경하기 어려운 엿술이 있었다. 엿술을 만드는 화전

민들이 옥수수를 강냉이라 불렀다. 옥수수로 강냉이 막걸리를 만드는 과정에서 탁한 막걸리는 아래로 내리고 위에 암갈색을 띠는 약주가 뜨는데 이것을 엿술이라 한다. 북구의 쉬납스 같은 암갈색의 투명한 액체가 술잔에 따르면 참기름처럼 끈적이는 듯 흘러내린다. 이 엿술이 독했다. 도수가 약 30~40도 정도 되는데 버번 같은 은은한 향기가 퍼지면서 쌉싸름한 맛이 나는데 일품이다. 포트와인 마시는 것처럼 입에 착 붙는 촉감에 여자들도 마실 수 있을 만큼에 역하지 않았다.

이 엿술이 그날 저녁 민정이와 나를 야생의 늑대와 여우로 만들어 버렸다. 연해주 지방에서 흔히 볼 수 있는 검은 갈색의 페치카에 장작을 넣어 불을 지피고 시골 장에서 사 온 엿술과 자연송이구이로 산행의 고마움을 산신령에게 올리고 우리 둘의 사랑을 위하여 건배하였다. 그날 밤이 이슥하여 가고 숲속의 요정들이 합창하듯이 소소한 가을바람이 스쳐 지나가며 내는 소리만 들릴 뿐 제대로 된 적막강산의 분위기를 자아냈다. 둘 다 엿술로 거나하게 취해가고 있었다. 페치카의 장작불은 탁탁 튀기는 소리를 내고 있었고 선분홍 불빛이 민정의 뺨을 물들였다.

오래전부터 그녀에게 아호를 만들어 주고 싶었다. 그녀의 작품에 사인으로 쓸 수 있게 하고 싶었다. 동서양에서 자정은 끝과 시작을 상징하는 시간이다. 영험하다고 하는 시간 자정에 맞추어 민정과 나 우리 둘만의 신성한 의식을 치르고 싶었다. 새로 출발한다는 자정이 되었다. 민정에게 '혜인(惠仁)'이라는 아호를 지어주었다. 어진 사람은 산을 좋아한다는 옛 구절 인자요산(仁者樂山)에서 '인', 그리고 많은 것을 뭇 사람들에게 베풀라는 뜻의 베풀 혜, 그래서 '혜인'이라고 민정에게 설명을 해주었다.

"발음도 좋고 뜻도 너무 좋아요, 나 그렇게 살게요, 이처럼 나만을 생각하고 항상 나를 지켜주려 하니 내가 우민 당신을 사랑할 수밖에 없잖아요, 사랑해!" 하면서 민정이 이내 나에게 안겨 왔다. 통나무집 들창으로 달빛과 별빛이 어우러져 들어와 장작불 불꽃에서 나는 열기와 함께 우리 둘의 몸을 뜨겁게 달구며 불태우라고 재촉하고 있었다. 시간이 흐르고 장작 불꽃 튀는 소리가 우리를 더욱 가까이 서로 힘차게 안으라고 하는 계시처럼 들리기 시작하였다.

우리는 서로를 탐하며 야수가 되어갔다. 우리 둘 다 서로에게 목말라 있었다. 우리 둘만이 아니고 늘 제삼자가 있어 우리 단둘의 시간은 거의 없었다 해도 과언이 아닌 기나긴 세월이었다. 깊고 깊은 밤이 지나가고 장작불은 아직 불꽃이 미약하나마 타고 있었고 그 불꽃이 재로 덮일까 봐 그녀의 곁을 밤새도록 지키며 우리의 불길이 재가 되지 않도록 나는 갖은 정성을 다하였다. 우리가 가진 마지막 한 방울까지 다 소진하고 싶었다.

그렇지만 밤은 우리가 원하는 만큼 길지 않다고 느껴졌다. 이윽고 여명의 희미한 빛이 아쉬움을 남기게 서서히 통나무집 창으로 스며들어 왔다. 우리 둘은 서로를 보고 낄낄대고 시원하게 웃어 재꼈다. 더이상 바랄 것도 남아있는 미진함도 없었다. 우리 둘은 물안개가 통나무집을 감싸며 피어오르는 이른 새벽에 깊은 숲속의 청량한 공기를 마음껏 들이마시며 민정과 나만의 통나무집을 나섰다. 우리 둘 다 '픽!' 하고 우리 둘만이 알 수 있는 웃음을 지었다. 민정은 우리의 사랑이 진하게 배어버린 그곳에다 "겨울에 다시 올게" 하고는 발길을 돌렸다.

그녀는 서울에서의 비즈니스가 어느 정도 궤도에 오르자 수녀원 떠난 이후 마음 한구석에 늘 과제로 남아있던 하느님의 심부름을 어떻게 실행할 것인가로 고심하고 있었다. 어느 날 그 기회가 온 것 같다고 기쁨에 들떠 전화에 대고 환호성을 지르며 빠르게

요점만 두서없이 내게 알려주었다.

이야기인즉슨 가게에 오시는 손님이 주선해 주어 성 나자로 마을 돕기 모임에 참여하게 되었다는 것이다. 대입 예비고사에 수석이라도 된 듯이 기뻐하였다. 그 모임은 봉두완 선생이 회장을 맡고 있고, 후원인으로는 종파를 초월하여 사회에 인망 있는 인사가 다수 있어 상당히 알려져 있었다.

그분은 원불교 강남교당의 교무로서, 법정 스님이나 천주교의 김수환 추기경 같은 고위 성직자들과 교분이 두텁고 인도 등 세계 각지에 국제적인 자선사업을 널리 베푸시고 있던 한국의 마더 테레사라고 불리던 분이었다. 민정은 그 박정수 교무를 너무 존경하고 따라서 종업원들도 그분이 하는 일에는 몸을 아끼지 않았다. 민정은 한 달에 두어 번 정도 성나자로 마을에 종업원들을 인솔하고 가서 봉사활동을 한다고 하였다.

그녀는 직원들을 채용할 때 성 나자로 마을 봉사활동에 대하여 설명하고 봉사활동에 자발적으로 참여하겠다는 직원만 채용한다고 하였다. 물론 봉사활동 참가도 근무시간에 포함시켰다고 하였다. 그러니 직원들이 시간이 지나가면서 봉사활동에 적극적으로 참가하며 보람과 자부심도 생겨 가게 일도 더 열심히 하게 되었다고 자랑하곤 하였다. 직원들이 자발적으로 성 나자로 마을 돕기 성금을 모으기도 해서 매월 일정 금액을 기여하고 있다며 좋아하였다.

그녀는 자신의 생활비나 필요한 경비를 아껴서 한 푼이라도 더 자선사업에 기여 하고자 하였다. 사회생활 하려면 옷도 웬만큼 갖추어 입어야 하는데 자신의 쓰임새를 아껴야 한다며 철 지난 여성 정장을 서울 광장시장에 가서 세일가에 구입해 입고 다닌다고 하였다. 여성 정장은 한 시즌만 지나면 10분의 1 가격으로 구매할 수 있다고 자랑하였다. 재력가로 알려진 그녀가 입고 다니면 누구나 거의 다 어디서 그런 명품을 살 수 있냐고 물어본다고 깔깔대고 웃기도 하였다.

민정은 사업도 바쁜 데다 자선활동마저 벌여 가게 밖에서는 얼굴 보기도 힘들 정도였다. 그녀가 보고 싶으면 가게로 가면 볼 수 있으니 나는 그때가 오히려 더 편하고 좋았던 것 같았다. 그녀는 박 교무를 만나 평생의 과제를 손쉽게 할 수 있게 되어 그런지 생동감이 넘치고 웃음이 얼굴에서 떠나지를 않았다. 그녀의 인생에서 그때가 황금기가 아닐까 싶을 정도로 행복해하였다. 그녀를 볼 때마다 나 역시 좋아했지만 내게는 말 못 하는 숙제가 가슴 한구석에 자리하고 있었다.

그녀와 나의 관계는 언젠가 풀어야 할 문제였다. 그 상태로 평안히 가면 그대로 만족하고 지내도 상관없다고 생각하고는 있었지만 그렇게 될 일이 아닌 듯했다. 사람은 욕심이라는 게 있기 마련인데 아무 일 없이 각자가 편하게 지내게 될 것 같지 않아 가끔씩 마음이 불안할 때가 있었다. 그렇다고 내게 뾰족한 수가 있던 것도 아니고 그녀를 볼 때마다 나는 답답하기 이를 데 없었다.

그렇게 하루하루 지나고 평온한 대로 시간은 지나고 나는 그녀의 처분에 맡길 수밖에 없다고 생각하며 일부러 문제를 꺼내지 않고 시간이 해결해주겠지 하며 편치 않은 날을 가슴 졸이며 보냈다. 태풍 전야의 고요랄까 내 심정이 그때 그랬다. 그 바쁜 와중에도 그녀는 자기가 해할 일은 하고 다니며 서울에서의 생활을 즐기는 것 같았다. 민정은 서울에 사는 친구들이 가정을 꾸려 행복하게 사는 모습을 보고 와서는 부럽다는 투로 지나가는 말로 대수롭지 않게 이야기하고는 하였다. 그럴 때마다 내 가슴은 철렁했지만 내색도 못 하고 무슨 말이 나오려나 조마조마한 심정이었다.

우리는 서로 바쁘지만 자주 등산도 다니고, 고교 동기인 MBC 문선영 앵커, 박민선 기자 등과 네 명이 자주 어울려 다니며 그런

대로 재미있게 민정은 서울 생활을 즐기고 있었다.

어느 해인가 민정은 한 2주 정도 서울을 떠나 지방에 가서 정양(靜養)하고 오겠다고 했다. 좀 쉬고 싶어 그렇겠지 하며 대수롭지 않게 생각하고 있었는데 보름 후에 서울로 돌아와 만났더니 얼굴이 핼쑥하고 수척해져 있었다. 이야기인즉 건강에 좋다고 친구가 권하여 2주간 지방의 시설에 가서 단식요법으로 시술을 받았는데 체중도 줄고 몸 컨디션이 좋아졌다고 활달하게 웃으며 나에게도 한번 단식요법을 받아보라고 권하기도 하였다.

그리고 그녀는 6개월 후인 그해 말에 또 단식요법을 시술받아야 한다고 지방에 다녀오겠다고 하고 갔다 왔다. 단식요법이 그녀에게 맞는 모양이라고 생각하였다. 그런데 서울을 비우는 빈도가 잦아졌고 그녀의 말과는 달리 얼굴은 야위어가고 있었고, 어느 때는 핼쑥해 보이기도 하였다. 건강에 문제가 있는 것 같아 걱정되어 물어보면 대수롭지 않게 화제를 바꾸고는 하였다.

어느 날 친하게 지내고 있던 지배인에게 조용히 불러 "단식 때문에 건강이 좋아진다고 민정은 이야기하는데 실제로는 건강이 안 좋아 보이는데 어떻게 생각하냐"고 물었더니 얼굴이 어두워지면서 자세히는 모르겠지만 병원에 자주 다닌다며 민정에게 직접 물어보라고 하였다.

　민정을 만나 다그치듯이 자초지종을 캐어 물으니 한참 뜸을 들이더니 사실은 속이 편치 않아 입원도 하며 치료를 받아 왔는데 실제로 단식요법이 좋다고 하여 두어 번 시술을 받아보았지만 별 도움이 안 되었다고 남의 일 이야기하듯 말하였다. 요즘 더 안 좋아진 것 같아 걱정이라고 하며 성 나자로 마을 후원회에 할 일도 많은데 큰일이라고 한숨을 쉬며 딴청부려 말을 더 이어가지 못하게 하였다.

　사실 그때는 민정이 그 후원회에 총무 일을 맡고 있었기 때문에 정신없이 바쁘게 보내던 시절이었다. 나는 서울에 와서 가장 가까이하며 민정의 정신적 지주 역할을 하고 계신 박 교무님을 만나 뵙고 의논드리기로 하고 민정에게 같이 한번 뵙고 싶다고 했다. 하지만 민정이 차일피일 시간만 끌어 무언가 나에게 말하고 싶지 않은 일이 있구나 싶어 그냥 지나치고 말았다.

　그리고 시간이 지나가는데 그녀의 모습은 병색이 완연하여 주위 종업원들이나 다른 사람들도 걱정하는 것이었다. 그런 와중에 우리 4명은 제주도 한라산에 등산 가게 되었다. 그런데 여행을 가자고 하였던 민정이 한라산 기슭에서 주저앉아 버렸다. 우리가 민정의 허세만 믿고 환자를 데리고 여행을 오고 만 꼴이 되었다.

　서둘러 병원으로 가 응급조치를 하고 호텔로 돌아와 조금 전 진료를 해준 담당 의사에게 민정의 상태를 물어보니 딱하다는 듯이 그런 사람을 데리고 등산을 하려 했느냐고 하면서 빨리 서울에 가서 큰 병원으로 가보라고 힐난조로 말하여 내가 민망스러울 정도였다. 그 여행이 민정과의 마지막 여행이 되었다.

그녀에게 죽음의 그림자가 손짓을 - 그리고 이별

서울로 와 박정수 교무님에게 의논 아닌 연락을 해 민정의 병
상황을 말씀드렸더니 전혀 몰랐다고 하시면서 매우 걱정하고 미
안해하며 너무 무리하게 일을 시켰다고 자책하시는 듯했다.

서울대 병원에 입원해 일주일간 정밀 검사를 하였다. 초조하게
결과를 기다리는데 피를 말리는 것 같았다. 주위에 아는 의사들에
게 물어보니 결과를 기다려 보라고 하며 나를 바보 취급하는 듯이
느끼게 하였다. 왜 나는 그녀의 일에 관하여는 늘 무력한 사람이
되어야 하는지 한심하였다.

일본에서 그녀의 연락을 받고 민정의 후배인 최선희 씨가 서울
에 왔다. 최 씨도 많이 걱정되는 듯 민정을 일본으로 데리고 가서
치료를 받게 하겠다면서 마침 투자자와의 계약도 갱신하여야 하
니 일본에서 민정과 모든 일을 의논하여야겠다고 했다. 나로서는

그녀의 의견에 대하여 별다른 이야기를 할 수가 없었다.

며칠 후에 의사로부터 결과를 들었는데 심각한 상황이라고 하였다. 대장암 말기인데 수술을 해도 완치 여부는 모르겠다고 하였다. 민정과 최 씨와 의논한 끝에 일본으로 가서 다시 진료를 받아 보자고 하였다. 우리로서는 혹시나 다른 결과를 내심 기대하면서 일본행을 결정하고, 최 씨가 일본에 수소문해서 병원을 수배하여 놓고 민정은 일본으로 떠났다.

그녀는 아무 걱정도 안 되는 듯 늘 같은 조용한 목소리로 너무 걱정하지 말라고 나를 안심시키듯 하고 떠났다. 나는 아무 말도 할 수 없었다. 마음속으로 수술 잘 받고 완쾌되기를 간절히 기원하는 것 외에는 별수가 없었고, 다시 한 번 나의 무력함에 스스로 자책하면서 민정이 나 때문에 마음고생이 심하여 이런 일이 생긴 것 아닌가 하는 한심한 생각이나 할 수밖에 없었다.

도쿄의 최선희 씨로부터 연락이 왔다. 수술하기로 하였고, 완치를 확신할 수 없다는 것은 서울에서의 진단 결과와 같다고 하였다. 만일의 경우 시한부일 수도 있다고 한다고 하였다. 거의 절망적인 생각이 들었다. 며칠 후에 연락이 최 씨로부터 연락이 왔는데 수술은 잘 되었지만 예후가 관건이기에 한방 치료도 병행할 수 있고 기후가 좋은 오키나와의 관련 전문병원으로 가서 계속 사후 관리로 치료를 받아야 하는데 환자의 절대 안정이 당분간 필수라고 하였다.

내가 오키나와로 가겠다고 하니까 의논해 보겠다고 한 후에 최 씨로부터 오지 말라는 연락이 왔다. 의사도 절대안정을 취하여야 한다고 하고 민정도 그 상태에서 나를 보기를 원하지 않는다고 하면서 그녀가 몸도 많이 쇠약해졌고 정신적으로 심한 우울증 증세도 보이고 있다 전하였다. 의사도 면회를 허용하지 않고 있어 최 씨만 의사 입회하에 만난다고 하며 경과를 최 씨가 대신 전해주겠다고 했다. 그리곤 의사가 시간이 많이 걸릴 거라 한다면서 최 씨가 최선을 다하여 민정을 돌봐주고 있으니 너무 걱정하지 말라고 덧붙였다.

그해도 그냥저냥 지나가고 민정은 별 차도 없이 오키나와 병원에 있었다. 아무래도 먼발치에서라도 민정을 봐야 할 것 같아 거의 1년이 다 되어 갈 때 최 씨에게 연락하고 오키나와로 민정을 만나러 갔다. 그 사이에 민정도 많이 건강이 회복되어 있었다.

우리는 병실에서 만났다. 많이 야위어 있었지만 눈빛은 더욱 그윽해지고 고요하였다. 그런데 가까이 다가가기에는 어려운 무언가의 분위기가 민정의 주위를 감싸고 있었다.

서로 말없이 바라보고만 있었다. 긴 침묵이 지나고 민정이 가냘픈 목소리로 하느님이 수녀원에서 서원한 약속을 지키라고 민정의 목숨을 거두어 가지 않은 것이라고 믿게 되었다고 단호하게 말하였다. 이제 하느님께서 돌려주신 자신의 영혼과 육신은 하느님의 뜻에 따라 살아가게 되어 너무 평안하고 행복하다고 잔잔하게 술회하듯이 나를 지긋이 쳐다보며 미소까지 지으며 말을 이어 갔다. 나로서는 알 수 없는 무언가에 홀린 듯 멍하니 듣고 있을 수밖에 없었다.

서울로 돌아왔다. 거기까지가 민정과 나의 운명이었다. 박 교무님도 민정이 운명을 잘 받아들여 건강이 회복되는 대로 하느님의 사업을 잘해 나갈 거라고 담담하게 말씀하셨다.

그해 말에 민정의 건강이 완전히 회복되어 오키나와에서 도쿄로 돌아왔다고 최 씨가 알려 왔다. 그녀는 저간의 사정을 이야기하면서 기적이 일어난 것이라고 말할 수밖에 없다고 이야기를 하였다. 현지 의사들도 똑같은 반응이라고 했다. 언니가 직접 말씀 못 드리는 것을 이해하고 받아들여 달라고, 민정의 뜻을 대신 전하는 거라고 이야기하면서 나와 또 다른 인연으로 만나게 될 거라고 민정이 이야기하였다고 전하였다.

민정의 뜻을 최 씨가 대신 전한다고는 하였지만 이제는 내 마음이 받아들이지 않았다. 그녀의 깊은 뜻을 거역할 수밖에 없다는 생각이 들었다. 내 눈으로 직접 민정의 모습을 마지막이라도 보고 싶었다. 어쩌면 이승에서는 더 이상 볼 수 없을 텐데 도쿄로 가서 그녀의 모습을 보고 마지막에 어떤 말이라도 그녀의 음성을 들어두어야 할 것이라는 생각이 들었다. 며칠 밤낮을 뒤척거리며 생각하였고 꼬박 몇 날을 새고서도 어쩔 수 없이 내 마음은 도쿄로 가 있었다. 임종을 맞는 기분이었다. 먼발치에서라도 그녀의 그림자라도 보고 침묵의 소리라도 들어서 내 마음속에 응어리로 남아있지 않도록 하겠다는 지극히 이기적인 내 마음을 이길 수 없었다.

최 씨에게 도쿄로 가서 그녀를 잠시라도 만나야겠다고 전하고 도쿄로 날아갔다. 도쿄에 도착하여 최 씨에 연락을 취하고 기다렸다. 다음 날 연락이 왔는데 마지막일지도 모르니 잠깐만 틈을 내겠다고 언니가 말하였다고 하면서 도쿄만에 있는 민정과 예전에 가서 와인을 마셨던 그 카페에서 기다리겠다고 전갈이 왔다. 최 씨가 "다른 말은 하시지 말고 언니한테 모든 것을 맡기고 만나 보시는 데에 의미를 두세요"하며 신신당부하였다. "나도 임종을 맞은 환자를 앞에 두고 있는 기분이요" 라고 말하며 애꿎은 최선희 씨에게 퉁명부렸다.

도쿄만에 낙조가 들기 시작하는 이른 저녁에 카페에 가니 민정이 먼저 와서 기다리고 있었다. 이제는 입원하기 전에 건강한 모습을 되찾은 듯이 보였다. 더 아름다워지기는 했는데 가까이 다가가서 안아줄 수 있는 분위기는 아니었다. 오키나와에서 만났을 때도 그랬는데 하여간 무언가가 민정과 나 사이를 가로막고 있었다.

"뭐 하러 힘들게 여기까지 먼길 오시느라고 애쓰셨어요? 저 같은 인생 잊어버리시면 되잖아요. 그동안 평생을 저의 짐을 대신 지고 오시느라고 힘들었을 텐데. 제가 아직 업보를 더 치러야 할 것 같아요. 그렇지 않으면 우민 당신이 대신 치를 수도 있다는 것 상상하기도 싫어요. 요즘 자꾸 그런 생각이 들어요."

그녀의 말에 대해 나는 할 말이 딱히 없었다. 민정을 환자로 생각하고 있었다. 그녀는 겉보기는 건강을 완전히 회복한 것으로 보일 뿐 심신이 지쳐있는 환자였다.

"오늘 제가 약주 대접해 드릴 테니 마음껏 취해서 그동안 저에 대해 쌓인 한을 날려 버리세요. 포르투갈 와인 '매튜스 로제' 좋아하시잖아요. 그리고 제가 온 힘을 다해서 수녀 시절 하나님께 약속해 드린 서원을 지키면 언젠가 우리 다시 만나게 해주실지 모르잖아요? 제가 아직도 정성이 많이 부족해서 우리가 헤어져 있을 수밖에 없는 것이라 생각하니 운명으로 우리 받아들여요. 이승에서 아니 될 운명이라면 내생에라도 이루어지게 목숨 바쳐 기원할 거예요."

그녀는 말을 마치고 투명한 크리스털 잔에 로제 와인을 가득히 따라주었다. 창 사이를 통해 바다 내음과 함께 낙조의 황혼 빛깔이 어우러져 분위기를 돋우었다. 할 말이 없었다.

"모든 것 민정 당신이 마음 내키는 대로 해요. 나는 신경 쓰지 말고. 건강만 해요. 우리 기다리면 또 만나게 해주실 거니, 그런 운명을 믿읍시다" 하며 나는 와인을 털어 넣듯이 마셨다.

한참 시간이 흐른 것 같았다. 취기도 올라와 있었다.

"제가 먼저 일어나 갈게요. 우민 당신 떠나가는 뒷모습 볼 수 없을 것 같아요. 어느 해 가을 성심여대 교정에서 어깨 늘어뜨리고 가던 당신 뒷모습이 생각날까 두려워요. 이리 오세요. 내가 안아

드릴 테니까."

나는 천천히 일어나 그녀가 시키는 대로 어린아이처럼 그녀에게 몸을 맡기고 안겨 있었다. 내 뺨으로 따뜻한 눈물 줄기가 그녀의 것과 함께 흐르는 것을 느끼며 가만히 그녀를 풀어주었다. 떠나가는 그녀의 뒷모습을 보기 싫어 뒤돌아 서 있었다. 도쿄만에 파도가 일렁였다. 나는 일상으로 다시 돌아왔다.

우리 둘은 거역할 수 없는 어떤 운명의 틀에서 그동안 만나고 헤어지고 하였던 것이 아니었나 하는 생각이 든다. 언젠가 민정이 말한 대로 어떤 형태의 인연으로 다시 만나게 되겠지 기대한다. 꼭 다시 만나게 되리라 생각한다. 그때도 그랬다. 다시 만날 거라고.

인연이 되어 다시 만나도, 마찬가지로 우리 둘 사이에는 아무것도 없을 것 같다. 재만 남아있는 질화로처럼 무채색일 것이다. 그녀가 나에게 남겨준 것은 언젠가 우리는 다시 만나게 될 거라는 작은 소망이었다. 그녀는 나에게 소품 하나를 남겨주었다.

나는 가끔 표지화로 쓰인 에메랄드그린의 색조를 띤 노르망디 해안의 이미지를 담고 있는 그림을 보곤 한다. 우리는 조금 별난 사람끼리 만났던 것 같다. 사랑이 없으면 못 사는 그런 군상이었다. 우리는 같이 있을 때는 앞에 앉아 있는데도 더 보고 싶어 하였고, 그리워하였다.

　멀리 떠나 있을 수밖에 없었기도 하지만, 떠나 있으면 잿빛 공간 속의 여백만이 있었다. 그리움만 있었지 긴 여운은 없었다. 그냥 회색의 시간이랄까 가끔 궁금해하는 정도가 우리의 사랑의 방식이었다. 이제야 알 것 같았다. 재가 안고 있는 불씨는 다시 타오르는 불쏘시개가 될 때까지 마냥 기다리지 못한다는 것을 오랜 세월이 지난 이제야 겨우 깨달았다. 진한 그리움은 시간과 더불어 바로 재가 된다는 것을 알았다.

흑장미와 함께 은빛 브로치를 보내다

이진규 교수한테서 오랜만에 전화가 왔다. 이 교수 장모님이 돌아가셨는데 망설이다가 선배님께 아무래도 알려드려야 할 것 같아 연락드리는 것이라 했다. 이 교수는 민정의 여동생 명희의 남편인데 나와는 공직의 선후배로 친밀하게 지내는 사이다. 이 교수와 명희도 나와 민정 사이를 잘 알고 있어 연락한 것이다.

조금 있으니 민정의 절친 후배인 조희연 박사로부터도 연락이 왔다. 같이 문상 가자고 하면서 민정이 일본에서 언제 올지는 모르지만 일단 조 박사와 삼성의료원 장례식장에서 만나 조문하자고 하였다. 민정이 선친상을 당했을 때도 조 박사가 연락해서 같이 문상한 일이 있는데 조 박사는 나와 민정에 관한 일이라면 친여동생처럼 따뜻한 시선을 가지고 살갑게 한다. 그리하여 조 박사에게는 마음속으로나마 늘 고맙게 생각하고 선후배 관계를 유지해왔다.

상가에 도착하니 이 교수가 반갑게 맞아주었다. 어제 편안하게 돌아가셨고 민정이는 일본에 연락했는데 오늘 아침에 일본에서 출발한다니 곧 도착할 거라 이야기하며 웃었다. 연락해 주어 고맙다고 어깨를 툭 쳐 주었다. 이 교수가 형님께는 아무래도 연락을 드려야 할 것 같아 명희한테만 이야기하고 전화 드린 거라고 하니 명희가 옆에 있다가 또 몇 년 만에 재회가 이루어지는 모습 보고 싶었다고 장난스럽게 이야기하는데 꼭 처제가 형부를 놀리는 듯한 기분이 나서 상중이라는 것도 깜빡하고 웃었다.

고인이 90이 되어 돌아가시고 별로 오래 병석에서 고생하지 않으셔서 유족들도 차분히 문상객을 맞는 분위기가 평생 곱게 사시면서 팔자 좋으신 분이라 그런지 호상이라 할 수 있었다. 유일하게 고인의 뜻대로 안 되고 속 썩인 자제가 있다면 민정이라 할 것이다. 어머니를 저세상으로 떠나보내는 마음이 다른 형제보다 더 감회가 남다를 것이라는 데 생각이 미치자 민정이 너무 애잔하고 불쌍하게 느껴졌다.

이진규 교수와 명희 씨가 빈소에서 담소하다가 명희 씨가 삼선교 살 때 내가 집으로 찾아가서 어머니를 만났을 때 이야기를 꺼냈다. 당시 K여중 3학년이었던 명희 씨는 "언니가 만나기 싫다고 하는데요."라고 내게 전했는데 "그러면 어머니를 뵙겠다고 말씀 드려 달라"는 내 말에 언니에게 다시 가서 내 의도를 전했다. 그러자 민정은 "나는 모른다" 하고 도망가 버리고 명희 씨는 어머니에게 내 말을 전할 수밖에 없었다.

어머니는 작은딸에게 "우리 집에 찾아온 손님인데 안방으로 모시라" 해서 나는 안방에서 어머니를 뵈었고 명희 씨는 나를 안내하고 나서 문밖에서 어머니와 내가 하는 이야기를 엿들었는데 배짱이 너무 좋은 것 같아 놀랐다고 하였다. 명희 씨는 내가 언니와의 이야기는 한마디도 안 하고 어머니께 인사드리게 돼서 감사드린다고 하며 본인 소개를 하고 어머니와 일상적인 이야기만 너무 자연스럽게 나누다 1시간쯤 후에 돌아갔다 했다.

어머니는 내가 마음에 드셨는지 "남자가 저 정도는 돼야지" 하시면서 언니를 불러 호되게 나무라셨다고 전했다. 언니가 집 떠나 수녀원에 있을 때나 미국에 가 있을 때도 가끔 내 이야기를 하셨다고 하였다. 그리고 아버지 돌아가셔서 내가 문상 갔을 때도 오래전 어머니가 옛 기억을 되살리며 나를 반갑게 맞았던 이야기도 하였다. 나도 어머니를 마음속에 오랫동안 좋은 분으로 마음속에 모셔 왔다. 민정과 헤어져 아무런 관계가 아닐 때도 어머니에 대해서는 존경할 만한 멋있는 분이라고 생각하고 있으며 언젠가 기회가 되면 식사로라도 한번 대접해야겠다고 생각하고 있었다.

민정이가 아버지상을 치르고 도쿄로 돌아간 뒤에도 이 교수와 나는 자주 만나 술잔을 기울이며 민정과 나의 연애 이야기를 하기도 하고 이 교수 댁에 가서 와인을 자주 마시기도 하였다. 이렇게 이 교수와 명희 씨와 자주 어울리다 보니 언뜻 민정 어머니를 찾아뵙고 싶어지고 오래전부터 민정 어머니께 식사로라도 한번 대접해야겠다는 생각이 났다.

노년의 고령이신지라 밖에서 모시는 것보다 댁으로 찾아뵙는 것이 나을 것 같아 이 교수에게 사당동 댁으로 안내를 부탁하니 좋은 생각이라고 같이 가자고 흔쾌히 수락했다. 미리 말씀드릴 거 없이 그냥 쳐들어가 뵙는 게 여러 가지로 자연스러울 것 같다 하니 명희 씨가 예전에도 "삼선교 집으로 갑자기 예고도 없이 쳐들어오셨잖아요." 하며 놀려댔다.

강남에 있는 내 단골로 다니던 일식집인 사유리스시에 부탁해 초밥이랑 준비해서 댁으로 찾아뵈었다. 많이 반가워하시며 무엇을 이렇게 많이 준비해왔냐고 하시면서 한 두어 점 초밥을 드시고는 나를 물끄러미 바라보고 하시는데 나 자신은 민정 어머니의 자애로우면서도 애처로워하시는 눈길을 뵈니 나도 모르게 안경이 흐릿해지는데 눈물이 날 것 같아 고개를 돌리고 꾹꾹 내 감성을 눌러 두었다.

어머니나 나나 많은 상념이 스쳐 지나간 것 같은 깜짝 이벤트였던 것 같았다. 민정이 얼마 있다가 이야기를 전해 듣고는 자신이 없으니 아주 사위 행세를 마음 놓고 하고 다니고 있구먼, 하고 빈정대면서도 은근히 좋아하더라고 명희 씨가 전했다. 이 교수와 명희 씨가 연애할 때 집에 조금만 늦게 들어가도 민정에게 혼난 이야기를 하면 나도 덩달아 민정의 흉을 보며 즐거워하였다. 민정의 흉을 보더라도 같이 민정 이야기를 할 수 있는 것만 해도 나는 좋아서 이 교수와 가끔 골프도 치며 친 동서처럼 자주 어울렸다.

이 교수나 명희 씨도 나를 진심으로 잘 대해 주었다. 이렇게 이 교수댁이랑 친하게 어울리다 보니 민정이 서울에 같이 있는 것 같아 좋았다. 어느 날, 이 교수댁에 가서 와인을 마시고 있는데 명희 씨가 목각으로 만든 작은 펜던트를 가지고 와 나에게 보여주며 언니가 수녀원에서 나와 명동에서 작은 소품 가게를 운영하였는데 그때 취급하였던 것 중 하나를 보관하고 있었다고 하였다. 언젠가 그 펜던트를 드릴 분이 있는데 명희 씨에게 잘 보관하라고 하여 소중하게 가지고 있었다고 웃으면서 이야기하였다.

명희 씨는 예전에 언니로부터 성심여대 다닐 때 자기 첫사랑에게 펜던트를 준 일이 있다는 이야기를 들었는데, 이 펜던트는 아무래도 그 당시에 펜던트를 회수당했던 사람 것 같다고 하면서 언니가 드리라고 한 분이 나인 것 같다고 웃으며 잘 간직하시라며 내게 주었다.

상가 빈소에서 이 교수 내외와 조 박사랑 지나간 이야기를 하며 시간을 보내다 보니 민정이 빈소에 도착해서 어머니 영전에 문안드리고 홀로 기도하며 있다고 전갈이 왔다. 조 박사와 나는 그녀가 올 때까지 기다렸다. 거의 한 시간이 지나서 빈소를 나와 우리를 만났는데 생각보다는 감정을 잘 추슬렀는지 평안한 얼굴이었다. 다소 여위어 초췌하였지만 우리에게 다가오며 엷은 미소까지 띠웠다. 나에게 눈길을 보내더니 지난번 아버지상 때도 문상 오고 오늘 어머니 때문에 바쁘실 텐데 이렇게 와 주셔서 감사하다고 정중히 말하길래 나도 얼떨결에 응대를 정중하게 하였다. 이게 또 몇 년 만인지 헤아리기도 전에 민정이 정적을 깨고 불쑥 한마디 하는 바람에 우리는 또다시 원래의 자리로 돌아와 버렸다.

"와! 우민께서 할아버지 모습일 거라 상상하고 왔는데 하나도 안 변하시고 주름도 별로 없고 아직도 젊은 모습 그대로시네" 하며 민정이 내 손을 잡았다. 일부러 과장이라도 하는 듯한 몸짓에 나는 조금 당황했지만 "민정도 그대로면서 뭐~" 하며 손에 힘을 들여 손을 꼭 쥐며 "나를 위하여 민정이 기도를 많이 해준 덕 아닌가" 하며 귀에 대고 장난스럽게 속삭이듯이 말했다.

그랬더니 "내 기도발은 일본에서도 영험하다고 소문났어요" 하며 큰 소리로 말하는 것이었다. 전혀 민정답지 않은 몸짓과 말투에 우리 모두 어색한 미소를 지었지만 민정의 어머니의 세상 떠나심에 대한 슬픔과 평생에 걸친 죄스러움을 감추느라 애쓰는 모습을 보는 것 같아 오히려 더 애잔한 마음이 들었다. 민정이를 혼자 있게 하는 게 나을 것 같아 조 박사와 나는 조금 더 있다가 빈소를 나왔다.

조 박사가 민정과 다시 만나기로 약속하는 것 같았다. 며칠 후 조 박사로부터 연락이 왔다. 민정이 일본 돌아가기 전에 같이 저녁을 하기로 약속을 하였다고 전하면서 시간과 식사 장소를 알려왔다. 이제 민정을 떠나보내고 나면 언제 다시 만날 수 있을지 모른다는 생각이 들고 어쩌면 민정이와 나의 생전에는 마지막일 수도 있다는 생각이 들었다.

나는 누군가와 한 번 약속하면 아주 특별한 상황 변경이 있거나 상대방이 원하기 전에는 그 약속을 철석같이 지켜야 한다는 신념을 가진 터라 융통성이 없다는 이야기를 듣곤 하였다. 민정과 나와의 약속이 어머니가 돌아가셨다고 달라질 것 없고 민정이가 이제 일본으로 돌아가면 한국에 또 올 일은 없을 것 같았다. 내가 죽는다고 해도 안 올 것이고 그렇다고 민정이 원하지 않는데 내가 민정이 만나러 일본에 갈 일도 없다 할 것이다.

민정과 마지막 만남이 될 수도 있겠다는 생각이 들었다. 나도 모르게 민정과의 마지막 만남을 어떻게 해야 하나 하며 골똘히 생각하게 되었다. 아무리 생각해도 할 말도 별로 없을 것 같고 둘 사이에 찌꺼기가 남을 만한 이야기를 하기도 싫었다. 솔직히 이야기하면 그동안 오랫동안 어머니가 돌아가시면 민정이 일본에서 올 것이고 그러면 생각도 많이 달라져 있어 우리가 다시 시작할 가능성도 내심 은근히 기대했었는데, 이번에 지켜보니 민정의 생각이나 태도의 변화를 볼 수가 없었고 나에게 직접 의사 표시를 하고자 하는 기미도 없었다.

단지 떠나기 전에 마지막으로 저녁 식사나 하자는 제의였다.

민정이 일본에서 문상 올 만큼 세상을 떠날 사람도 이제는 더 없을 것이며, 민정이 그 이상의 의미를 두지도 않을 것으로 생각했다. 민정의 마지막 모습을 보는 것이 싫었고 나의 마지막 모습이나 말이 민정에게 어떻게 보이고 민정이 그 나의 마지막 이미지를 평생 갖고 갈 수도 있다는 생각이 드니 자신이 없어지고 이 상태로 가는 게 차선책은 될 것 같다는 옹색한 생각이 들었고 그쪽으로만 생각이 치우치니 나 자신 어떻게 할지 몰라 판단이 서지 않았다.

본질은 놓치고 지엽적인 이기심에 집착하는 꼴이지만 외줄에라도 매달리려는 절박한 심정으로 차선책을 택하기로 마음을 굳혔다. 약속장소인 마지막 식사 자리에 안 가고 조 박사를 통해 내 마음을 최소한 표현할 수 있는 마지막 작은 선물을 전달하기로 하고 며칠 생각 끝에 선물을 고르고 고른 것이 한 송이 흑장미와 은 브로치였다.

흑장미는 꽃말이 `죽음이나 비극적인 사랑, 이별` 등의 부정적인 뜻도 있지만 `영원한 사랑`이나 `당신은 영원한 나의 것`과 같은 적극적이고 긍정적인 뜻도 있다. 쉽게 풀이하면 당사자가 생각하기에 따라 그 의미를 해석해도 되고 사랑을 표현하는 최상의 단어

즉 생명을 담보로 하는 가장 확실한 표현으로도 쓸 수 있다.

민정과 우민은 서로에게 '소유되어있는 영원히 헤어질 수 없는' 절대적인 의미가 있다고 생각해 그것도 '유일한 의미'를 함축하는 한 송이를 보내기로 해서 흑장미 한 송이를 민정에게 보내기로 마음을 정했다. 세속적인 의미로 은 브로치는 늘 여자들이 패용하기 용이한 장신구이고 은은 색깔이 변하면 독이 묻혀 있다는 속설이 있어 마음이 변치 말라는 암시도 있어서 한 송이 흑장미와 은 브로치를 민정에게 주는 마지막 선물로 택하였다.

조 박사에게 내 뜻을 잘 전하라 하고 선물을 거절하면 조 박사가 받아 사용하라고 부탁한 뒤 나는 약속장소에 나가지 않고 혼자 민정을 떠나보내는 술이나 한잔하러 내가 늘 민정이 생각나면 들르던 강남의 한 바에 가서 폭음하였다.

다음 날 아침에 눈을 떠보니 내 방이었다. 별일 없이 잘 들어온 모양이었다. 옷도 가지런히 잘 정돈되어 있었다. 조 박사로부터 아침 일찍이 전화가 왔다. 어제 저녁 식사 잘했고 선물은 민정에게 잘 전달했으며 민정이 오늘쯤 내게 전화하겠다고 했다고 전했다. 조 박사의 전화를 받고 민정이 왜 내게 전화할까 잠시 생각해 보았지만 조 박사도 별 이야기 없는 것으로 보아 일본 돌아가기 전에 안부 전화 정도일 테고 선물 잘 받았다고 하며 마지막 이별 말이나 하겠지 하면서도 내심 기다려졌다. 혹시나 하면서 도대체 무슨 말을 하려고 할까 이리저리 궁리하고 있는데 아니나 다를까 한 식경쯤 지나 생각보다 일찍 민정에게서 전화가 왔다.

"어제 조 박사와 저녁이나 같이 하려 했는데 본인은 나오지도 않고 뜬금없이 흑장미에 브로치를 인편에 보내고 나 보고 어떻게 해석하라는 이야기인지 모르겠다" 하더니 민정이 한숨을 자그마하게 내쉬었다. 그녀답게 조용조용히 따지듯 물었다. 내가 제대로 말을 못 하고 민정의 속내를 몰라 더듬거리며 마음에 없는 소리를 하니 "어머니 세상 떠나시고 이제 의지하고자 하는 사람이 우민 한 사람뿐인데"하는 푸념 조의 소리가 들려왔다. 잠시 쉬는가 싶더니 그녀가 깊은 심호흡을 하더니 큰 소리로 말을 이었다.

"이제 나 보고 어떻게 하라는 거예요? 소리 없이 사라지라면 사라질 테니 왜 그러는지 속 시원하게 이야기나 들어보고 일본으로 가버릴 거니 만나서 이야기 좀 해요. 일본 가는 비행기 편도 예약을 연기해 놨으니 당장 만나요. 어제 한잠도 못 잤어요. 잘 마시지도 못하는 와인 몇 잔 했더니 머리도 더욱 아파오고, 어떻게 할지 이야기나 들어 봐야겠어요."

전혀 민정답지 않은 격앙된 모습이었다. 대학 다닐 때 펜던트 돌려줄 때는 얄미울 정도로 교양 있는 척 차분해서 오히려 내가 속아 넘어갔는데 말이다. 나로서는 예상치도 못했던 일격을 졸지에 당한 꼴이 되었다. 어제저녁에 나 홀로 실연의 쌉싸름한 맛을 만끽해 보았는데 말이다. 하여튼 아무 말 없이 떠나가리라 생각은 했지만 약간의 기대도 하면서 '도 아니면 모'라는 심정으로 흑장미를 보냈는데 잘하면 의외로 모가 될 수도 있겠다 싶었다.

"차분히 이야기합시다. 그래요. 만납시다. 어디서 보면 돼요? 내가 민정이 지금 있는 그곳으로 갈 테니까" 하니 민정이 워커힐 커피숍에서 보자며 차를 운전하고 갈 테니 문 앞에 나와서 기다리고 있으라 했다. 아마도 차를 빌려 오는 모양인데 교외로 나가 조용히 이야기하자는 것 같아 내심 조금 긴장되고 왜 그러나 싶었지만 부딪쳐 볼 수밖에 없어 서둘러 준비를 하고 워커힐 약속 장소로 갔다.

조금 기다리니 민정이 차를 몰고 내 앞에 서더니 타라고 손짓을 하길래 엉겁결에 조수석에 앉으니 눈길도 안 주고 차를 몰아갔다. 처분에 맡기고 입 다물고 창밖만 내다보고 있을 수밖에 없었다. 차가 워커힐을 빠져나와 눈에 익은 경춘가도로 들어서 속도를 내길래 나도 소회에 젖어 끊은 지 오래된 담배를 한 대 물었다. 어제저녁 술김에 스카치 한잔하며 담배 한 갑을 사서 몇 개비 피다 남은 것이 주머니에 있었다. 남자가 할 말 없을 때 담배는 적당히 제구실을 해주는 묘한 재주가 있었다.

"담배는 웬일이에요? 끊은 지 오래 됐잖아요. 별일이네" 하며 민정이 정적을 깨고 처음으로 말문을 열었다. 나도 갑자기 대꾸할 말도 없고 창밖으로 북한강 기슭으로 펼쳐지는 아름다운 풍치를 내다보고만 있었더니 내 어깨를 툭 치는데 생각보다 힘이 들어간 것 같았다. 한바탕 뭐라고 퍼부을 것처럼 느껴졌지만 나도 모르게 안심되었다. 이래서 남녀 간에는 스킨십이 필요하구나 하며 나 혼자 빙그레 웃으며 쳐다보면서 " 깜작이야! 왜 사람을 치고 그래. 아이고 아파라. 일본에서 가라데라도 배웠나 보네" 했다. 이에 민정이 눈에 불을 켠 듯하고 조금 큰 몸짓으로 어깨를 으쓱하더니 "아이유 얄미워. 진짜로 두들겨 패버릴까 보다" 하면서 내 다리를 꼬집는 것이었다.

"아이, 열 받아 운전 못 하겠네, 운전할 줄 알지요? 하기는 높은 자리에만 계셨으니 남 시키기나 할 줄 알지, 직접 할 줄 아는 게 뭐가 있겠어? 꽃다발 보내는 것도 남한테 대신시키고, 어디서 어떻게 잘못 배웠는지 장미라고 흑장미나 보내지를 않나. 그나마 겁은 많아서 직접 못 가져오고, 내가 오늘 가만두나 봐라, 나를 뭐로 보고 그런 행동을 하고도 잠은 잘 주무셨겠지? 그리고 자기를 잊지 말고 늘 패용하고 다니라고 브로치나 던져주고, 아이고 욕심도 많으셔라."

그녀가 따발총 쏘듯이 한바탕 히스테리컬하게 내뱉더니 순간 짧게 흐윽 하며 깊은 한숨을 들이 마셔버렸다. 나는 민정에게서 처음 보는 거칠고 거의 폭언에 가까운 어투에 놀라 버려 어안이 벙벙한 채로 어쩔 줄 몰라 할 수밖에 없었다. 다시 차 안은 침묵이 흐르고 민정은 어느 정도 흥분을 가라앉았는지 언제 그랬냐 싶게 앞만 바라보며 침착하게 운전만 하면서 가끔 심호흡만 하였다.

민정의 옆얼굴 뺨으로 가늘게 눈물이 흘러내리고 있었다. 강물은 평화롭게 흘러가고, 나는 수습을 어떻게 해야 하는지? 그리고 민정의 진짜 속마음이 어떤지 헤아리고 있었다. 또다시 창문을 열어 놓고 담배를 꺼내 한 모금 깊이 들여 마시고 차창 밖으로 힘껏 뿜어버렸다. 그리고 잠시 있다가 얼굴을 민정에게로 향하고 다시 담배 연기를 들이마셔 조용히 담배 연기로 민정이 뺨에 흐르고 있는 눈물을 말리듯 귓불 가까이에 대었다.

"아니야! 오해야! 나는 영원히 당신의 노예야."

내가 착 가라앉은 목소리로 속삭이듯 읊조렸다.

"내가 민정 당신을 떠난다는 것은 상상도 하기 싫어서 한번 호소라도 하고 싶어 그런 식의 표현을 했고, 솔직히 겁도 나고 해서 조 박사에게 심부름시켰던 것인데…"

말하다 보니 내 목소리에도 물기가 배는 것을 나 스스로 느낄 수 있었다. 나도 모르게 처음으로 민정에게 '당신'이라는 표현을 써 보았다. 나도 모르게 상황이 자연스럽게 그런 말을 하게끔 하였고 그 말이 민정의 감성을 움직이게 한 것처럼 순간 느껴졌다.

"이번에 와서도 나에게 아무 말도 안 했잖아. 벌써 몇 년째 일본에 있는 당신을 지켜만 보고 있었고 소식도 인편에 간접적으로만 듣고, 나는 아무것도 할 수가 없었잖아. 나는 그 상태로라도 괜찮았어. 당신만 건강하게 잘 있으면 언젠가 예전처럼 돌아올 거라 생각하고 있었으니까. 그런데 어머니 돌아가시면서 나도 마음속의 내 지원군이 이제는 더이상 안 계시다고 생각하니 서서히 우리도 헤어질 시간이 가까이 와 있는 것 아닌가 하는 생각이 들고, 이제 더 죽을 사람도 없으니 민정 당신이 한국에 올 일은 없을 거라 생각되고. 내가 죽는다고 오겠어? 온다고 치자 무슨 의미가 있겠어? 그래서 조용히 당신을 떠나보내고 싶었을 뿐이야. 다시 또 볼 일이 없다 생각하니 절망스러운 생각도 들고 나도 이제 많이 지쳤다고 할까, 희망이 있어야 기다리는 것 아니냐?"

내가 차창 밖을 내다보며 가끔 한숨도 쉬면서 읊조리듯 되뇌니 차 안은 적막강산이 되고 북한강 강물은 느릿느릿 흘러가고 있었다. 우리는 아무 말 없이 서로 다른 방향을 보며 각기 다른 상념에 빠져있다고 생각하며 흘끗 민정 쪽을 보니 민정의 뺨에서 또 눈물이 흘러내리고 있었다. 얼른 고개를 돌려 창밖을 내다보니 차는 어느덧 청평을 지나고 있었다. 이를 어이할까 고심하고 있는데 민정이 내 어깨를 툭 쳤다. 툭 치는 버릇이 생긴 모양이라고 혼자 생각하며 돌아보니 민정 얼굴에 물기가 없어져 적이 안심되었다. 제풀에 주저앉았나 하는 느낌도 들었다.

민정이 "배고파요. 우리 밥 먹으러 가요. 아침도 못 먹었는데" 하더니 조금은 부드러운 목소리로 말을 이었다.

"어제 혼자 무드 잡느라 술 많이 마셨죠? 사랑하던 연인 떠나보내며 혼자 마시는 술이 얼마나 맛있었을까? 남은 열 받게 해놓고 혼자 청승을 다 떨며 좋아하는 술 한없이 마신 얼굴이잖아요. 얼굴은 부석부석해 가지고, 해장도 못 했을 거잖아요. 아이고 밉상이야! 이런 사람이 뭐가 좋다고 나 혼자 잠 한숨 못 자고 끙끙거리며 별 상상을 다 하고 그런데 자기는 멀쩡하게 미소까지 지으며 여자들 꼬드기던 말투나 흉내 내고 내가 그냥 넘어갈 줄 아나 봐라. 배고프다니까 왜 아무 말이 없어요?"

민정이 또 소리를 높이며 나를 흘겨보았다. 나도 빈속이 약간 쓰리기도 하고 사실 어제저녁부터 특별히 식사다운 음식을 안 먹어 출출하기도 하였다.

"그래, 밥이나 먹고 이야기하자. 해장도 해야 하니 불감청이언정 고소원이었는데 무엇을 먹을까? 벌써 강촌에 다 와 있네! 춘천 닭갈비에 막국수나 먹을까?" 하고 내가 말했다.

"예전에 우리 구곡폭포 다닐 때는 이런 안내판 없었는데 어디가 구곡폭포야?" 민정이 구곡폭포 입구 입간판을 보고 말했다.

"구곡폭포 기억이 나나 보지? 그때 좋았지. 경희도 예쁘고 싱그러운 향이 몸 전체에서 나아 내가 홀딱 반해 버렸으니까."

내 말에 민정이 잠시 눈을 감는 시늉을 하더니 "경희가 누구야? 으응 내 이름이지. 나를 꼬임에 빠지게 했던 어린애 이름이었지" 하고 받았다. 이어 눈을 흘기며 "여자 마음 읽는 거는 단수가 더 높아지셨어. 이런 플레이보이를 뭐가 좋다고 평생 따라다니는 내가 눈이 삐었지. 아휴, 내 가슴이야" 하며 자기 가슴을 쳤다.

민정의 말투나 이런 표현이 싫지는 않아 "말끝마다 트집이니 입 다물고 있자"고 그냥 짧게 대꾸하였는데 생각해 보니 민정의 태도도 무언가 예전과 달라진 것 같았다. 민정이 이번에 서울 와서 단둘이 대화하는 것은 오늘 처음이어서 생각을 할 겨를이 없었는데 몇 년 만에 만나서 오늘 직접 대화해 보니 종교인처럼 고요하고 약간의 미소만 띠고 필요한 절제된 말만 하였던 민정이가 오늘 아침 내내 보통의 여인이 되어 버린 것을 늦게 깨닫게 되었다.

자연스러운 여인으로 돌아온 민정이 거기 차 안에 나랑 같이 있으며 우리 둘이 보통의 연인 같은 말투와 태도로 두어 시간을 보낸 것인데 실로 오랜만에 대학 시절로 우리도 모르게 돌아와 있었던 것이다. 나는 이 사실을 문득 느끼니 너무 좋아 소리라도 지르고 싶은 심정이었다. 무엇이 민정이를 이렇게 변화시켰는지 모르겠다. 그 사이에 일본에서 작품 활동을 그전보다 더 열심히 하게 되었다는 이야기는 인편에 들어서 알고는 있었지만 수녀 같았던 분위기를 늘 간직하고 있던 민정인데 그 무엇이 이렇게 한 여인을 변화시켰는지 순간 궁금하였다. 오늘 알아봐야겠다고 마음먹었다.

"메밀국수 좋아? 예전에 돈이 없어 닭갈비 마음껏 못 먹었는데 막걸리에 우리 해장이나 해 볼까? 저기 괜찮아 보이는 집이 있는데 저 집으로 갑시다" 하니 민정이 "춘천 토종 닭갈비 좋지, 좋아요. 이 집에서 해장 겸 점심을 합시다" 하면서 그 집 앞에 주차하였다.

메밀로 만든 메밀 막걸리와 닭갈비를 주문하였다. 차분히 내 앞에 앉아 있는 민정이 얼굴을 보니 차 안에서 까칠하게 심통 부리던 모습은 간데없고 '경희'가 대학 시절의 소녀처럼 풋풋한 미소를 띠고 있는 그녀가 있었다. 그 순간 나도 모르게 경희의 얼굴을 감쌌다.

잠깐 시간이 흐른 것처럼 생각되는 그 순간 민정이 자그마한 소리로 "남들이 봐요, 갑자기 왜 그래요? 아직 어제저녁 마신 술이 덜 깼나?"라고 하자 나는 정신이 번쩍 들었다. 마침 점심시간도 지나 있어 그런지 평일이라 식당 안은 우리 둘뿐이었다. "뭐 어때, 아무도 보는 사람도 없는데, 깍쟁이 같으니" 하며 나 혼자 웅얼거렸다. 민망하기도 하고 순간의 내 착각을 민정에게 들킨 것 같아 분위기를 얼버무려 버렸다. 우리 둘이 어색하게 웃으며 "Trinken Sie!" 하며 건배하였다.

우리는 다시 돌아와 있었다. 미국에서 한국으로 돌아와 다시 사랑하게 된 민정과 우민으로 돌아온 둘이 막걸리를 마시고 있었다. 둘이 늘 그래와 있던 연인들이 거기 웃으며 행복해하며 낄낄대며 좋아하였다. 강촌 앞 북한강 물은 그냥 관심 없이 둘만의 분위기를 방해하지 않으려는 듯 흘러가고 있었다.

예전에 민정이는 화나는 일이 있거나 복잡한 문제가 생겨 답답할 때는 정신없이 먹어 대면 스트레스가 해소된다고 말했던 기억이 났다. 그래서 그런지 민정은 소리를 내며 말도 안 되는 이상한 이야기를 두서없이 떠들면서도 진짜 급하게 닭갈비와 네밀묵을 우걱우걱 먹어 대고 있었다. 나는 은근히 걱정되어 "좀 천천히 들어, 체할라. 배 많이 고팠던 모양이지" 하며 말을 시켰다.

"걱정되지요? 성심여대 시절에 우민이 축제에 안 오고 그다음에 춘천 왔을 때 같지요? 그날도 무지하게 많이 먹어 대니 속상하고 약 올랐던 게 풀렸었는데, 오늘 내가 그때 같지 않아요? 내 이런 모습 보며 기분 좋아하는 거 보니 또 먹어야겠다."

민정이 또 눈을 하얗게 흘기며 말했다. 기분이 좀 나아져 가는 모양이었다. 오늘은 민정의 말투나 감정이 하도 오락가락하고 감정의 기복이 심해 나는 다소 긴장하며 메밀 막걸리를 조금씩 입에

축이며 민정의 심기 변화를 파악하려고 건성으로 응대하며 눈치를 살폈다.

"무어를 생각하고 있어요? 예전처럼 내 행동을 찬찬히 또 들여다보고 있잖아요? 나쁜 버릇은 오래 간다니까" 하며 민정이 신경질을 내더니 막걸리를 홀짝 마시는 것이었다. 말없이 민정의 감정이 들쭉날쭉하는 것을 마음속으로 재어 보는 수밖에 없었다. 무슨 생각이 민정의 머리를 복잡하게 하면서 내 반응을 보며 왔다 갔다하는 것 같았다. 도대체 왜 그러는지 알 수가 없고 그렇게 조용하고 논리정연하던 사람이 왜 이럴까 하고 생각하니 나도 혼란스러워졌다.

"엄마도 춘천에 나 보러 오시면 메밀전병에 닭갈비 드시고 막국수로 식사하시면서 '우리 큰딸 덕에 서울에서 먹기 힘든 귀한 음식 맛있게 먹었네' 하셨는데 하늘나라에도 막국수 있을까? 엄마 속 썩이고 말썽만 부리던 큰 딸은 여기 엉뚱한 사람과 앉아 노닥거리고 있는데…."

민정이 또 한 잔 막걸리를 마시며 나를 쳐다보는데 눈에 눈물이 그렁그렁하였다.

"자기 때문에 엄마랑 얼마나 싸웠는지 알기나 알아요? 혼자 잘

나 가지고서" 하며 민정이 또 눈을 흘겼다. "나야 민정이 어머니를
한 번밖에 뵌 일이 없는데 내가 왜 이야기가 되냐고?" 말한 나는
아차 싶었다. 민정에게 트집 잡힐 말꼬리를 내 스스로 내준 형국
이 되었다.

내가 민정의 졸업 직전 겨울방학에 민정의 집에 찾아가 어머니
를 뵌 적이 있었다고 앞에서 이야기하였지만 대학 졸업을 앞에 두
고 있고 혼기를 앞에 둔 나이인 딸이 수녀가 되겠다고 하는데 불
쑥 말로만 듣던 내가 만나 뵈러 간 꼴이 되었으니 민정과 어머니
의 신경전에 더 불을 붙인 격이었을 것이었다.

민정의 어머니는 그 당시에 알아주었던 K여고를 나온 데다가
내 이종사촌 누나와 동기생이라 우리 집안도 웬만큼 아시고 계셨
을 터라 생각되었다. 그 당시 나는 전문 중매쟁이들의 리스트에
들어 있을 정도로 장래가 보장된, 외무고시 합격 엘리트 관료였고
민정 아버지도 중앙 부처의 고위 관료였으니 현직에 있는 젊은 관
료 중에 사윗감을 눈여겨보고 있었을 것으로 생각됐다.

더구나 민정과 나의 나이가 세 살 차이로 적당한 데다 내가 커
다란 문제를 가지고 있지 않은 한 부모님 입장에서는 나를 민정이
가 택하도록 강권했을 가능성이 충분히 있었다. 민정의 턱없는 고

집에다 막무가내 식으로 수녀가 되겠다고 하였을 테니 더더욱 그리 생각되었다. 민정의 집안은 가톨릭도 아니고 보통 서울의 중산층 집이라 할 수 있는데 수녀가 되는 것을 내심 탐탁지 않게 생각하고 계셨을 것이었다.

나중에 보니 민정의 여동생도 고시 출신 관료인 이진규 교수를 사위로 맞았고 민정의 말로는 아버지가 끔찍하게 아끼고 있으시다면서 이 교수가 맏사위 노릇을 한다고 한편 부러워하면서도 비아냥거리기도 하였다.

내가 민정 마음의 상처를 제대로 건드려버린 형국이 되었다. 울고 싶은데 뺨 때린 꼴이 되었다. 나 때문에 생긴 불씨는 민정과 어머니의 갈등에 항상 터질 수 있는 뇌관으로 남아있었다. 내가 본 바로는 민정이 그 집안의 맏딸이기도 하지만 어머니는 민정의 롤 모델이었다.

그러니 민정과 어머니 간 갈등은 늘 평행선을 달릴 수밖에 없었을 터였다. 그 후에는 어머니를 뵐 일이 없었지만 한 참 세월이 흘러서 민정이 부친상을 당했을 때 문상 가서 뵙고 인사드렸는데 반가워하시면서도 아쉬워하는 기색을 보이시며 이것저것 내 신상을 물어보기도 하시었다. 민정과 어머니 사이에 나는 내재하고 있는 불씨였다 할 것이다. 민정이가 어머니가 돌아가시고 문상 온 나를 봤을 때 당연히 복잡한 마음의 갈등이 있었을 것이었다. 일본에서 날아온 그녀가 상가에서 내게 냉정하게 대했던 것에 대한 의문이 조금은 풀리는 것이었다.

그러나저러나 내 생각대로 민정이 폭발하였다. 민정이 갑자기 흑 하고 흐느끼기 시작하더니 테이블에 머리를 박고 거의 통곡을 하다시피 하였다. 평일이라 손님은 우리밖에 없어 다행이었다. 여주인에게 양해를 구했다. "집사람이 어머니 산소에 갔다 오는 길 내내 울음을 참아 왔는데 여기 와서 메밀국수에 닭갈비 먹으면서 어머니 생각이 많이 난 모양이라 저러니까 이해 좀 해 달라"고 통사정하였다.

"당연하지요. 저도 어머니 돌아가셨을 때 식구들 앞에서는 눈물을 안 보였지만 집에 와서 저분보다 훨씬 더 크게 통곡하다가 남편 앞에서 기절할 뻔했다고요. 친정엄마와 맏딸은 애증이 많은 법에요. 다른 사람은 이해 절대로 못 해요" 하며 나를 거꾸로 위로하였다.

민정의 감정이 어떻게 폭발할지 몰라 자리를 옮겨야 할 것 같았다. 그 식당 근처에 친구가 운영하고 있는 골프장에 연수 시설이 있다는 것이 생각났다. 친구에게 저간의 사정을 이야기하고 골프장 내에 있는 조용한 타운하우스를 빌렸다. 대리운전자도 한 명 보내 달라고 하였다. 나나 민정은 운전하기 곤란하였다. 대낮부터 조금 취기가 둘 다 있었다.

식당 여주인에게 고맙다고 인사하고 서둘러 민정이를 안정시키려 장소를 바꿀 수밖에 없었다. 진땀이 났다. 민정이는 내가 자리를 뜬 사이에 조금 진정되었지만 눈물을 계속 흘리고 있었다. 연수 시설에 도착하고 타운하우스로 안내를 받아 짐을 옮기며 주위를 보니 독립된 건물이라 고즈넉한 게 민정이 본격적으로 통곡하여도 상관없을 것 같았다.

민정이 나를 보더니 "이제 나를 납치해서 어쩌려고? 오늘 나한테 혼 좀 날 거야" 하면서 못 이기는 체 안으로 따라 들어왔다. 조금 술이 깨고 정신이 드는 모양인데 본인도 바뀐 환경에 조금 당황하였던 거라 일부러 나에게 어깃장을 놓고 있지만 내가 별 대꾸를 안 하고 내 마음대로 하는데도 군소리 없이 조용하게 움직였다. 나는 그 순간 민정에게 일부러 눈길도 안 주고 무시해버렸다.

가끔 내 성격에 내성적이고 차가운 데가 있다고 민정이로부터 지적을 받은 일이 있어 그런 제스처를 썼더니 눈치챘는지 민정이 조용하게 소파에 기대어 눈을 감고 있었다. 그 모양을 보고 있으니 민정이 좀 안쓰럽고 불쌍한 생각이 들어 실내를 이것저것 정리하고 벽난로에 불도 지피며 어떻게 이 난관을 수습할까 고민했지만 민정이 하고 싶은 데로 내버려 두는 게 상책이라 생각했다.

프로숍에 가서 와인과 필요한 것들을 챙겨 타운하우스로 돌아오니 민정이 소파에 기댄 채 잠들어 있었다. 간편하게 옷을 갈아입고 샤워를 하고 나니 나도 조금 긴장했던 탓인지 노곤하여 잠깐 눈 붙이려 방에 들어가 누웠다. 어둑해지는 것 같아 일어나 보니 시간이 꽤 흘렀다. 거실로 나가 보니 민정이 없었다. 옆방에서 조용히 흐느끼는 소리가 들렸다. 숨죽여가며 우는 것 같아 더 마음이 안 좋았으나 한이 많을 테니 다 풀어질 때까지 기다릴 수밖에 없었다.

나도 기분이 좀 그래서 먹다 남은 스카치위스키가 있으면 얻으려고 밖으로 나와 친구인 사장을 만나러 갔다. 친구에게 저간의 사정을 이야기하고 하루 묵어가야 할 것 같다 하니 편하게 있다 가라고 하며 몇 가지 준비를 해주었다. 저녁 식사도 준비해 주었다. 타운하우스에서 모든 게 해결되게끔 해주어 고마웠다. 그 친구도 민정과 나 사이를 잘 알았기 때문에 따로 길게 설명을 안 해도 괜찮았다.

샤워하는 물소리가 들렸다. 나는 벽난로의 불길을 하염없이 바라보며 내 나름대로 상념에 젖었다. 은퇴 후에는 가끔 혼자 기차 여행을 다녔고, 봄여름도 좋지만 이맘때처럼 늦가을 또는 초겨울이 좋았다. 가능한 한 벽난로나 화롯불이 가능한 방을 찾아다녔다. 고구마나 밤을 구워 먹으며 불길을 바라보며 아무 생각이나 하는 그 한가함이 너무나 좋았다.

모든 잡스러운 생각은 조금씩 작은 불꽃 속에서 타들어 가다가 재만 남아버리는 것이 재미있어 괜히 부젓가락으로 재 속에 불씨라도 건질 양 뒤적거리다 보면 시간은 잘 흘러갔다. 거기에다 산골에서 담근 탁배기라도 한잔할 수 있으면 더할 나위 없이 좋았다. 벽난로가 있는 양실에서는 레드 와인이나 스카치위스키가 제격이었다. 혼자 빙그레 웃으며 지나간 아름답게 내 마음속에 남아 있는 영상을 재현하다 보면 가끔 실없이 혼자 웃고는 하였다.

갑자기 스카치 한잔이 생각나 크리스털 잔에 얼음과 섞어 한 모금 마시니 낮에 있었던 단편적인 일들은 이미 저만치 가 있었다. 그냥 편안하고 좋았다. 눈을 감고 소파에 기대어 보기도 하니 세상 부러울 것이 없는 안락함이 찾아 왔다. 그 상태로 산속이라

초저녁의 적막함이 사위에 가라앉아 있었다.

내가 앉아 있는 뒤쪽에서 부스럭 소리가 나며 인기척이 났다. 하얀 손이 내 눈을 감기며 작은 목소리로 소곤거렸다. "나 누구 게?"

짐짓 나는 모른 척하며 친구가 마담을 보내 장난하고 있다는 식의 반응을 보이려고 "아까 레스토랑에서 봤던 마드무아젤 아니 요? 저녁 가지고 온 모양인데 김 사장이 장난치라고 했구먼." 하였 더니 "어디 가나 여자들에 인기 있어 좋겠수다" 하며 민정이 내 얼 굴을 힘주어 거의 강제로 끌어 올렸다.

짐짓 놀란 척하며 "언제 일어났어?" 하며 깜짝 놀란 척하였다. 속으로 그 순간 생각했다. 왜 남자들은 여자 비위 맞추려 잔꾀를 생각해 내며 살아야 할까?

"왜 얼굴이 혼자만 무사태평해요? 부처님 반토막처럼. 아이 배 고파요" 말은 그렇게 불평 비슷하게 하고 있었지만 민정의 얼굴은 재미있다는 듯 장난기로 차 있었다. 나는 그녀의 손을 슬며시 끌 어다 내 얼굴을 감싸게 하였다. 좀 전에 눈에서 느꼈던 부드러운 따뜻함이 손을 통해 내 몸에 전달되어왔다. 나는 그녀를 끌어당겨 가볍게 안았다. 사랑스러웠다. 조금 있다가 그녀는 내 손을 가볍게 풀어 포옹을 풀어내며 "우리 이제 밥 먹어요" 하며 나를 달래듯 밀쳐냈다.

식당에서 음식이 배달되어 식탁에 차려 있었다. 로스편채와 초밥이었다. "김 사장이 신경 좀 썼구먼. 내가 좋아하는 것을 일부러 만들어 보냈네. 여기 음식이 괜찮은데 민정이 입맛에 맞는지 모르겠네." 하면서 민정을 건너다보았다.

"나도 이렇게 깔끔한 게 좋더라고요. 맛있을 거 같은데요?" 하면서 "사케도 한 병 곁들여 왔네요. 여기 사장님이랑 아는 사이에요? 친한 사이인 모양이지요. 오늘 난데없이 호강하겠네" 하며 청주병을 식탁에서 들어 내 잔과 민정이 잔에 익숙하게 따랐다. 너무 자연스러웠다.

하루 종일 울고불고하며 히스테리 부리던 민정이는 어디 가고 없었다. 그냥 평범한 주부 같았다. 조금 민정의 옷차림에 눈이 갔는데 단아한 차림인데 매력적인 코디였다. 밝은 자주색 스웨터인데 봄가을 실내용인지 얇어 보이는데 어깨에 걸치고 있었다. 아래에 받쳐 입은 스커트의 검은 색과 잘 어울렸다. 스커트도 실크인지 하늘하늘하고 맨발이었다. 이른바 민정이가 이야기하던 조선무 통다리가 스커트 아래로 쭉 뻗어 하얀 발로 이어져 있었다. 눈이 잠깐 부셔 고개를 갸웃거리니까 민정이 "무어 문제 있어요? 이상하네. 술 앞에 놓고 기도해요?"하고 타박을 주었다.

"왜 그러나 했더니 스커트에 관심이 가 있는 거잖아요. 스커트가 눈에 익지 않아요? 오래전에 일본에 와서 긴자에서 사 준 그 스커트 아니 쉬미즈인데 무얼 그렇게 봐요. 오래전에 자기가 사 준 것인데 기억도 안 나죠? 어쩌면 그리도 눈썰미가 없어요? 그때 입어보고 오늘 처음 걸쳐 봤는데 아직 사이즈랑 괜찮은 거 같아 편해요."

민정의 말이 끝나자마자 나는 얼른 술잔을 들어 건배하자고 하였다. 내 속마음이 잠깐이나마 들킨 것 같아 민망한 이야기 나오지 않게 한 잔 주욱 들이켰다. 그 순간 민정이가 참 섹시하게 느껴졌기 때문이었다. 나는 성격상 '섹시하다' 그런 표현을 거의 안 하는 편이고, 민정 앞에서는 더욱 그랬다.

배도 고팠고 하루 종일 시달려 그래서인지 술맛도 좋았다. 더 바랄 것 없다고 생각하고 있는데 "집에 가야 하는 거 아니에요? 더 늦기 전에 그런데 술을 마셔서 어떻게 하나" 하고 민정이 혼자 이야기하듯 중얼거렸다. "아까 그 기사분에게 미리 부탁해야 하는 거 아니에요?"하고 덧붙였다.

"웬 걱정을 하고 그래. 오늘 여기서 자면 되지. 그러니까 술도 마셨지. 내가 있는 여기가 집이야. 내가 있는 곳이 내 집이다 한 지 벌써 오래됐어. 왜 민정은 누가 기다려?" 하며 내가 호기 부리듯 느긋하게 말하였다.

"나야 괜찮지만 그래도…" 하면서 민정은 의아스럽게 나를 쳐다보았다.

말 나온 김에 민정과 헤어져 있는 사이에 내 신상에 변화가 다소 있었음을 이야기해야겠다는 생각이 들었다.

"차 빌려 왔을 텐데 오늘 못 간다고 연락은 해 두는 게 낫겠는데, 오늘 꼭 서울로 돌아가야 하는 거면 여기 사장한테 어떻게 부탁해 보지 뭐."

"아니 괜찮아요. 혹시 해서 내일까지 사용하겠다고 해놓았으니까 차는 문제 없는데" 하며 민정이 나를 빤히 쳐다보았다.

"그럼 됐어. 나도 오늘 서울 안 돌아가도 되니 식사나 하며 오래간만에 우리 둘만 오붓하게 이야기나 합시다."

"민정이 아까 낮에 보니 술 많이 늘었던데 자 우리 한잔 더 하지" 하며 분위기를 바꾸려고 그녀의 잔에 사케를 가득 채워주었다. 이곳 로스편채는 내가 특히 좋아했고 바다가 가까워 그런지 생선도 신선하여 입맛을 돋우어주었다. 민정도 맛있게 잘 먹고 있었다.

언제쯤 내 이야기를 할까 하다가 먼저 그녀의 이야기를 들어보는 게 순서일 것 같았다. 오늘 그녀의 태도나 행동이 여느 때와 많이 달라 민정의 심경을 들어보고 내 입장을 밝히는 게 나을 것 같았다. 어차피 나는 민정이가 하자는 데로 따라갈 수밖에 없지만 그래도 그녀에게 무언가 심경의 큰 변화가 있는 듯하였다. 우리는 별 이야기 없이 식사하였다. 거의 식사도 끝나가고 술도 얼큰하게 취기가 올랐다.

"그래 오늘 울고 싶은 만큼 다 울어버렸을 텐데 이제 한없이 웃어 보는 게 어때? 자 웃읍시다" 하는 내 말에 민정이 말을 뗐다.

"웃기는 이야기가 아직 남아있어 또 울어야 할지 몰라요. 천천히 이야기할게요. 오늘 내가 왜 변덕을 부리며 울고불고했는지 자기도 찔리는 데가 있을 거예요. 엄마가 내 인생의 롤 모델인 거 알잖아요! 내년에 일본에서 내 개인전을 하기로 일정이 잡혀 엄마를 모시려고 다 계획을 세워놓고 깜짝 놀라시게 하려 했는데 이렇게 세상을 떠나시다니…. 엄마한테 '과연 내 딸이다'라는 칭찬을 얼마나 듣고 싶었는데, 이렇게 훌쩍 떠나시니 나에게서 처음이자 마지막 기회마저 없어진 거잖아요.

아프고 나서 일본으로 돌아가 오로지 엄마한테 인정받고자 얼마나 밤잠 안 자고 모든 것을 다 접고 그림에만 몰두했거든요. 신앙생활과 자선활동도 대폭 줄여버리고 엄마한테 오로지 한마디 듣고 싶었는데 시간이 나를 버렸잖아요. 그래 엄마와는 여기까지가 나와의 인연이다며, 독하게 마음먹고 가족들 앞에서 눈물도 안 보이려고 얼마나 마음을 다잡아서 의연한 척했으니 가족들이 마음속으로 욕했을 거 아녜요. 평생 엄마 속만 쌔기더니 눈물 한 방울도 안 흘리고 어쩌고 하면서 비아냥거리는 소리가 지금도 들리는 듯해요. 누구 때문인지 짐작이나 해요?

그때 삼선교 집에 와서 느닷없이 엄마를 만나고 간 후에 결혼 이야기만 거론되면 자기가 늘 비교 대상이 되고 수녀원에서 버티지 못하고 나오게 되었을 때도 자기가 무책임한 일조를 하였잖아요. 내 마음 흔들어 놓고 언제 그랬냐는 듯이 딴청 피웠잖아요. 그래도 미국에서 다시 자기를 만나고 내 삶의 이정표 노릇을 해주어 얼마나 고마운지 마음속의 커다란 울타리가 되어 지금까지 잘 버티어 와서 내년에 일본에서 개인전 하면 엄마랑 같이 초대해서 엄마의 한도 풀어드리고 자기한테 크게 보란 듯이 인정을 받고 싶었는데 한순간 물거품이 된 꼴이잖아요.

어떻게 내가 해야겠어요? 엄마 떠나시고 나의 유일한 버팀목이 일언반구 없이 코빼기도 안 보이고 잘 가라 하며, 뭐 자기는 그래도 잊지 말라고 장민가 뭔가 인편으로 보내 버리고, 조희연이한테 내 꼴이 뭐가 되겠어요?"

속사포처럼 쏟아내는데 듣고 보니 내가 민정을 너무 피상적으로만 보고 속 깊은 이야기를 못 한 결과를 민정을 통해서 확인받은 셈이 되었다. 나는 게임 하듯이 '도 아니면 모' 하고 민정의 의중을 떠보는 짓이나 한 꼴이 되어버렸다. 그녀가 아파서 일본으로 간 후에 직접적인 대화도 별로 없었지만 나의 소극적인 자세가 또 이번에 사단을 일으켜버린 것이다. 나로서는 할 말이 뾰족하게 없었다. 난처하고 어떻게 대꾸해야 좋을지 몰라 궁여지책으로 담배를 찾아 불을 붙여 깊게 들여 마시고 한숨을 쉬었다. 난감할 때는 담배가 시간도 벌 수 있고 어색할 수 있는 침묵을 유지하는데 요긴하였다.

"할 말 있으면 해 봐요. 담배는 끊은 지 오래됐다면서 또 담배나 빼어 물고."

"내가 이야기할 기회도 안 주고 나를 몰아붙이면 나 보고 어떻게 하라고 하는 거야?" 하며 나는 짐짓 뻗댔다. 그리곤 "아이고, 내 머리야! 나 잠깐 바람 좀 쐬고 올게" 하고 일단 밖으로 피신하는 삼십육계 줄행랑 전략을 취했다. 그리고 저 멀리 불빛이 희미하게 보이는 클럽 하우스를 향하여 걸음을 옮겼다. 초가을이라 더욱이 산속이라 그런지 밤공기가 차가워 취기가 금방 달아났다. 정신이 맑아지기 시작하였다.

이번에는 진짜로 잘 대처해야 하는데 특별하게 묘안이 있을 수 없었다. 민정과 나의 후반기 인생에 관한 중요한 시점이기도 하였다. 한 삼십 분쯤 풀밭을 이리저리 걷다가 마음을 가다듬었다. 정공법으로 가자. 복잡하고 어려운 문제를 해결하는 데는 단순하고 투명한 길이 지름길이고 해법이 된다는 걸 경험으로 알고 있었다. 타운하우스로 돌아왔다. 그 사이에 민정은 식탁을 정리하고 과일을 깎으며 벽난로 앞 소파에 문에서 등지고 앉아 있었다. 스킨십이 분위기 전환에 효과가 있을 수 있다고 생각되었다.

살금살금 뒤로 다가가 민정을 안으면서 부드럽고 따뜻한 눈을 가리며 "나 회색 늑대가 실버 폭스 잡으러 왔다"고 말했다. 그녀가 불의의 기습에 요동을 치며 "미쳤어! 이제 완전히 팔난봉이 되어버렸네" 하길래 민정을 돌려 안으며 그녀의 입을 내 입술로 막

아버렸다. 그리고 그 자세로 민정을 안고 주저앉았다. 그리고 귓불에 대고 속삭였다. "내가 생각이 짧았어. 무조건 내가 잘못했어" 하며 민정을 풀어주고 무릎을 꿇었다. 그러다 보니 나도 순간 비감해져 "이번에는 나를 용서해 줘. 내가 입이 열 개 있어도 할 말이 없고 경솔했어, 그렇지만 나도 어쩔 수 없었어, 당신이…" 하며 나도 모르게 울먹이며 말을 이었다.

"당신이 내게 아무 말도 안 했잖아, 그래서 일본에서 건강관리 하면서 고요히 보내고 있다고만 생각되어 나로서는 달리 내 의사를 전달할 수도 없어 조 박사에게 부탁할 수밖에 없었던 거야."

그 순간 지나간 세월 동안의 오만가지 사연이 떠오르고 내 뺨에 눈물이 흘러내리는 것을 느꼈다. 진짜로 슬펐다. 우리 둘은 늘 왜 이 모양인가 하니 더 한숨이 나고 감상에 젖게 하는 것 같았다. 민정이 나를 안아 일으켜 세워 소파에 주저앉으며 "진짜 본론이 남아있어 혼내 주려 했는데 주객이 전도되어 말도 못 꺼내게 하네" 하더니 "무얼 잘했다고 울고 난리에요?" 했다.

순간 내가 많이 풀어져 있다고 생각이 들어 "에이 내 이 꼴이 무어야, 와인이나 한잔하자고, 아니 나는 좀 독한 거 스카치로 할 테니" 했더니 민정이 나를 내려다보며 한마디 툭 던졌다. "약주 드실

핑곗거리 산책하면서 궁리하셨구먼" 하고 미소 짓더니 주방에 가서 안주랑 얼음이랑 한 쟁반 준비해왔다.

가까스로 위기를 넘겼다. 나는 속으로 쓴웃음을 지으며 다음 전략을 궁리하였다. 벽난로의 불길을 좀 일으키니 크리스털 잔에 빛이 반사되어 소파와 벽에 와인의 핑크빛과 위스키의 갈색빛이 투영되었다. 초가을이라 벽난로가 제 역할을 하고 있었다. 민정이 내 옆으로 와 다소곳이 앉았다. 좀 계면쩍어하는 것 같았다. 나는 가볍게 민정의 어깨를 안아주었다. 레드 와인을 따라주고 나도 얼음에 스카치를 가득 채웠다. 치즈와 과일이 있어 술 먹기에 안성맞춤이었다. 민정에게 잔을 내밀어 부딪치며 "우리 둘이 영원히 함께!" 하고 외쳤다. 밤은 점점 이슥해 가고 그녀와 나의 실루엣이 벽에 식탁에 오로라처럼 길게 드리우며 흔들렸다. 나 혼자 중얼거렸다.

"원상 회복력을 상실한 용수철은 무슨 의미가 있을까? 처음부터 삐걱거리는 톱니의 규격이 안 맞고 강철의 소재가 달라 빨리 달아버리는 톱니바퀴를 그나마 힘겹게 받쳐주던 용수철이 세월의 시간이 흐름에 따라 원상 회복력을 잃으면 그 기계는 계속 작동은 하겠지만 헛바퀴 돌아가며 제 기능을 못 하게 되면 어떻게 해야지? 고장 난 벽시계는 고장이 나서 멈추어 있더라도 손목시계마저 필요 없는 이 시대에 벽을 장식하는 무늬만의 역할이라도 있지만 부부는 어떨까?"

가만히 듣고만 있으면서도 그녀는 나를 지긋이 바라보았다. 무언가 중요한 말이 내게서 나올까 하는 약간의 기대도 하고 있는 듯 귀를 기울이는 자세였다. 나는 얼음에 섞여 쌉싸름한 스카치를 한 모금 마시며 벽난로에서 나오는 불빛 때문에 내 얼굴색은 불쾌한 보기 좋은 모양을 만들어 주겠거니 하며 따뜻한 눈길로 그녀를 깊이 응시하며 다음 내 말에 공감해 주기를 바랐다.

"민정과 나 우리 둘 이외에 다른 사람들은 아무런 관련이 없어요. 단지 잘못된 톱니바퀴처럼 나를 만나게 된 것이 흠이라면 흠이었다 하겠지. 나는 내 나름대로 사회적으로나 가정에서 최선을 다했다고 생각해 왔어요. 그래 모든 사회적 일에서 은퇴하고 아이들도 제대로 다 독립시키고 휑뎅그렁하게 남아있게 되자 이제 나는 어떤 역할이 남아있나 생각해 보니 아무것도 없는 것 같다는 생각을 하게 됐다고요. 원심력 잃은 톱니바퀴는 그 기능을 다 하였고, 장식으로만 의미가 있는 고장 난 벽시계가, 내가 외로이 자리를 지키는 거예요. 내 파트너인 다른 톱니바퀴와 아귀가 느슨해져 계속 헛바퀴만 돌아갈 수밖에 없지 않겠어요?"

나는 깊은 한숨을 내 쉬고 담배를 물고 스카치를 차가운 얼음 위에 더 부었다. 취기를 느꼈다.

"그리 오래 생각할 게 별로 없겠더구먼. 내, 톱니바퀴를 놓아 주기로 했어. 내가 놓아 준 것이 아니라 이미 따로 돌고 있던 거잖아. 서로 잘못 맞추어진 톱니바퀴를 오래전부터 암묵적으로 양해하고 있었다고 봐야지. 용수철의 원상 회복력마저 상실되니 아무런 의미가 없는 기계만 기능을 잃은 채 모양으로서만 역할을 하는 거야. 우리 서로 놓아주고 장식으로만 역할을 하는 것에서 둘 사이를 인연으로 남겨두는 데 이심전심으로 양해가 되었고, 나는 나만의 공간을 가지고, 내 파트너도 그의 공간을 갖도록 내가 오피스텔 얻어 나온 지 몇 년이나 되었다고. 집에서 독립하여 나오고 나서 나는 내가 걸어온 인생이 어디서부터 잘못되었나 알아봐야 하겠다는 생각이 들어 로펌도 때려치우고 신학대학에 들어가서 신학 공부를 하기 시작한 지 벌써 몇 년이나 되었단 말야. 아시겠소? 당신만 신앙생활 하는 게 아니라고~~. 내가 목사나 신부 되지 말라는 법 어디에 있냐고? 나도 괴롭고 외로울 때 많지만 단지 내색하지 않고 속으로만 삭여 왔다 이거야! 어휴, 나도 성직자가 돼서 당신처럼 고상하게 속세를 떠나 민정 당신 옆에 가서 지켜봐 주고 돌보아 줄 생각으로 내 인생 후반기 마지막 계획을 실행에 옮기고 싶었다는 거지. 내 생각이 잘못됐어? 한번 내 입장에서 민정 당신 생각을 이야기해보라고. 내 생각이 잘못됐으면 지금이라도 신학대학이고 뭐고 다 집어치우고 내 있어야 할 곳을 다시 찾아볼 테니~~ 나를 그렇게 애잔한 표정으로 집도 없이 오갈 데 없는 불쌍한 사람이라고 생각하지 말라 이 말이오! 민정 씨~~ 알았소이까?"

취기가 더욱 오르고 벽난로의 불꽃이 날름거리는 듯했다. 내 혀가 돌아가는 것 같았다.

"그러니까 내가 있는 데가 내 집 아니겠어? 나 외로운 회색 늑대가 되어 동쪽 하늘에 떠 있는 달을 보고 울부짖게 된 거야. 왜 동쪽이냐고? 내 반쪽인 실버 폭스가 살았던 로키산맥 작은 봉우리에 떠 있는 달을 보고 울부짖었고, 후지산 기슭으로 옮겨 가버린 회색빛을 조금씩 띠어가는 내 반쪽이 달로 떠올라 나에게 손짓 좀 하라고 길게 목 빼고 울고 있잖아~!"

몸이 약간 기우는 것 같더니 나는 그녀의 어깨에 기대어 숨을 가다듬고 있었다. 그녀 어깨띠가 하나 가슴으로 흘러내린 것이 눈에 들어와 그녀의 가녀린 어깨띠를 올려 주었다. 내 뺨에서 눈물이 주르륵 흘러내리는 것 같았다. 뺨이 따뜻하게 느껴졌다. 그녀가 내 뺨을 어루만지는 듯하더니 그녀의 뺨을 내 볼에 겹쳐왔다.

"왜 나한테 이야기 안 했어? 그렇게 힘들게 마음고생 하며 보낸 세월이 얼마인데 내색도 안 하고 당신 우민이란 사람 너무 불쌍해 죽겠어!"

그녀도 울고 있었다. 나도 울었고 벽난로의 불길에 너울거리는 모습의 그녀와 겹쳐 나에게 안겨 오는 것이 어슴푸레하게 보였다. 밤은 깊어 가고 사위는 적막하기만 한데 가늘게 조용히 리드미컬하게 눈물을 삼키는 듯한 숨소리만 어우러지고 있었다.

몸에 한기가 들어 몸을 뒤척이며 모로 누우려니 부드러운 손끝이 내 코를 만지작거리는 듯하더니 가볍게 비틀며 귀에 대고 속삭였다. "늑대 아저씨 달도 넘어가고 새벽도 지나고 해가 중천에 떴어요" 하며 내 옆구리를 간질였다. 눈을 떠 보니 그녀가 재미있다는 듯이 그녀의 볼을 가까이 나의 뺨에 대려는 듯이 하며 미소를 지으며 그윽한 눈길로 나를 내려다보고 있었다.

짐짓 못 본 듯 뒤척이자 "이 잠꾸러기 아저씨가 안 되겠네, 일어나란 말이야!" 하고 빽 소리를 지르며 나를 강제로 일으켜 안았다.

내 양 볼을 조금 아프게 꼬집고 "정신 차려요" 하며 어린애 다루듯 하길래 못 이기는 척 내 몸을 느슨하게 안고 있도록 하는데 그녀가 너무 사랑스럽게 느껴졌다. "사랑해" 하면서 그녀를 껴안아 번쩍 들어 올리고 거실로 나왔다. 의외로 그녀의 몸은 가벼웠다. 거실을 한 바퀴 걸어 돌은 다음에 소파에 그녀를 내려놓았다.

거실이 다 잘 정리되어 있었다. 거의 반병이나 있었던 스카치 병이 완전히 비어있어 전날 나의 폭음이 있었음을 보여주고 있었다. 민정이 내 표정을 보더니 "어젯밤 일 기억 하나도 안 나시겠지, 완전히 야생 늑대였다니까" 하며 나를 보고 눈을 하얗게 흘겼다. 우아하지만 다시 한 번 사랑스러웠다. 그녀는 화장까지 끝내고 외출할 수 있는 차림이었다. 나에게 흐트러진 그녀의 모습을 보이기 싫어 미리 일어나 준비를 한 것 같았다. 민정의 어머니도 민정이 아버지께 평생 화장 안 한 맨 얼굴을 보인 적이 없다고 하는 이야기를 들은 일이 느닷없이 기억났다.

우리는 리조트를 서둘러 나와 춘천 춘천호에 있는 매운탕 집으로 향하였다.

"내가 얼마나 마셨지? 진짜 필름이 끊어졌나봐. 위스키만 마시지 않고 와인도 좀 마신 것 같은데 나 실수 안 했어? 최근 들어 별로 안 했는데" 하며 나는 머리를 긁적이며 얼버무리려 했지만 그녀가 지난밤 상황에 대해 말을 꺼냈다.

"나 수녀원에 있을 때 원장님께 나 바꾸어 달라 해서 전화 받았을 때도 많이 취해 일방적으로 소리 지르다 못해 울부짖다시피 해서 내가 그때 당황하면서도 무슨 이야기를 하는지 다 알아듣고 가슴이 철렁할 정도였는데. 어제 당신은 잘 이야기하다가 갑자기 폭발하며 나에 대한 불만을 표현하는데, 그동안 많이 새겨 놓은 분노 비슷한 섭섭함을 토로하다가 횡설수설하더니 마구 울부짖듯이 내 무릎을 안고 몸부림치며 소리치는데 좀 겁나더라. 운 거 기억나요? 물론 안 나겠지. '나 이제 민정 당신이 떠나면 더 이상 아무것도 못할 텐데 어떻게 해야 하냐'고 하는데 나도 눈물이 날 뻔해서 혼났다고. 에이 여기까지만 하지, 그 다음은 로키산의 회색 늑대가 달 쳐다보며 길고 애절하게 소리를 지르는 것처럼 그러더니 우리 같이 와인 한잔하자고 하며 나에게 와인을 강제로 먹게 하고 사랑한다고 껴안고 흐느끼고 대충 그 정도였으니 무어 그런 귀엽다 할 광란 이외에 실수는 없었어. 실수할 사람이 아니잖아. 여하튼 야생의 늑대였어. 이상 보고 끝."

나는 민정의 뺨에 뽀뽀를 해주며 "미안하고 고마워, 내 사랑! 아 이제 살았다. 그럼 됐어. 속 쓰리니 빨리 가서 속이나 풀자고" 하며 안도의 숨을 쉬었다. 필름이 끊기면 괜히 마음이 안정되지 않고 불안하였다. 쏘가리탕을 시키고 막걸리를 한 사발 들이켜고 나니 살 것 같았다. 민정은 맥주 한잔 입에 대고는 시원한 쏘가리 탕을 맛있게 먹고 있었다.

"어제 산속에서 지냈으니 오늘은 바다 내음을 맛보고 싶은데, 수평선도 보고 싶어. 하지만 오늘 서울로 돌아가야 하지? 이제 일본 가면 여기 언제 또 오지?" 하며 그녀가 가볍게 한숨을 쉬었다.

"이왕 길 떠난 김에 바다에 가지 누가 가지 말래?"하는 내 말에 "그래도 이틀씩 서울 비워도 돼요? 그리고 또 하여간 바쁜 사람이 잖아" 하며 그녀가 나를 쳐다보았다.

어제 아침에 심통 부릴 때는 민정이 몇 년 못 보는 사이에 이상하게 변해 버린 것 아닌가 하며 은근히 걱정하였는데 오늘은 다시 원래의 민정이로 되돌아와 제 자리를 찾은 것 같아 적이 안심되었다. 그녀의 매력은 역시 단아한 얼굴에 자애로운 미소를 머금고 조신하게 나를 대할 때 나는 마음이 안정되고 그녀의 노예가 되어 버리는 것이다. 수선화 같이 우아함과 순백의 청순한 아름다움이 그녀라 할 수 있다.

호수에 눈길을 보내고 있는 민정의 옆모습이 아침 햇살을 받아 더욱 싱그럽게 보였다. 아름다웠다.

"한계령 넘어 속초에 가서 생선회 먹고 바닷바람도 실컷 쏘이자. 나 없어도 서울은 잘 돌아갈 테고 나 찾을 사람도 없다고. 이게 은퇴한 사람의 삶의 기쁨이지 그렇지 않아?"

말을 끝내고 그녀의 볼을 살짝 꼬집는 시늉을 하자 "남들이 보면 어쩌려고? 아이고, 손버릇이 나빠졌어요. 이 늑대 아저씨야!" 하는 그녀의 반격이 돌아왔다.

평일이라 그런지 차량 통행도 적은 편이고 편안하게 이야기하며 드라이브하기에는 좋은 초가을 날씨였다.

그녀가 "오피스텔에서 생활하면 불편하지 않아요? 혼자 할 줄 아는 게 뭐 없을 텐데" 하며 걱정하는 투로 중얼거리고 혼자 무언가 골똘히 생각하는 표정이었다. 차는 한계령을 향하여 방향을 잡고 있었다.

잠시 침묵이 흘렀다. 내가 최근 5년간의 이야기를 해주리라 기대하는 것 같은 얼굴이었다. 그러고 보니 그녀가 아파서 일본으로 가고 정양하고 있을 때 만나고 별 소식도 전하지 않고 그녀로부터 연락이 오기를 반신반의 기다리며 세월을 보낸 지가 벌써 그렇게 되었구나 싶었다. 인제를 지나고 있었다. 어떻게 알기 쉽게 이해시키나 생각하였다

민정이 음악을 틀었다. 으레 산속으로 드라이브하거나 할 때는 '솔베이지의 노래'나 '푸른 도나우강' 이런 음악을 듣게 되는데 의외로 찬송가 비슷한 흑인 영가를 번안한 재즈가 흘러나왔다.

그녀가 일본에서 정양하기 시작하고 나도 인생의 이것저것 두루 한 번쯤 정리할 때가 된 것 같았다. 일단 민정과의 이야기, 그녀와의 관계는 내 가슴 저 밑의 창고로 내려보내 오래 깊이 간직할 수밖에 없었다. 그녀도 그것을 원한다고 생각하게 되었고 젊은 날 그녀가 수녀가 되었다는 이야기를 전해 듣고 그녀는 나와 같은 공간에 사는 사람이 아니라고 정리하니 그녀에 대한 나의 집착이나 정을 거둬 드릴 수 있었다. 체념하면 빨리 받아드릴 수가 있다는 것을 알게 되었다.

일본에서 그녀를 마지막으로 보고 서울로 돌아와 사회와 관련 있는 나의 자리를 둘러보니 1~2년 내에 임기 만기가 돌아오고 어느 정도 정년이 남아있는 일도 있었다. 이제 나의 후반기 삶을 준비할 때가 된 거라 생각되었다. 조금 일찍 당겨서 정리하면 마음

도 가벼울 것 같아 다른 사람에게도 기회를 줄 수 있을 것 같아 미리 주위에 이야기 해두고 가족들에게도 이해시켜 편하게 받아드리도록 하였다.

차근차근 하나씩 정리를 하였다. 좀 가벼운 이야기라고 남들이 폄하할지 몰라도 나는 내 능력 범위 내에서 사회나 가족에 대해서 최선을 다했다고 생각하였다. 이제 내 삶을 살아야겠다고 마음을 정리했다. 사실 삶을 어떻게 사는 게 제대로 사는 건지 알지 못하였고 구체적인 계획도 없었다. 단지 나를 얽매고 있는 구속에서 벗어나고 싶었다. 그래서 나만의 공간을 마련하기 위하여 오피스텔을 마련하였고, 거기서 하루 대부분을 보내며 후반기 인생의 마지막 삶의 계획을 짜나가고 있었다.

가족에게 충분한 이해를 구하였다. 같이 동의해주고 이해해 주어 고마웠다. 사실상 나만의 세계를 만드는데 가족과의 관계가 정리되었다. 나와 가족 때문에 고생해준 이를 놓아주고 싶기도 하였다. 파트너도 나름대로 자기만의 세계를 가져야 하고 가지고 있다고 믿고 있었다. 둘은 서로 오랜 기간 같이 하였던 공간에서 떠나기로 하였다. 물론 가족이라는 바꿀 수 없는 큰 테두리는 허물지 않고 각자의 남은 삶에 관여하지 않기로 하였다.

일본에서 유행한다는 졸혼 비슷한 거지만 많이 달랐다. 파트너십은 유지하되 서로 관여하지 않는다는 것이다. 제3자가 보면 아무것도 달라진 것이 없지만 둘은 정신적으로 완전히 자유로워지고 자기만의 삶을 만들어 가기로 하였다. 아이들에게도 이야기 안 하기로 하고 말이다. 시간이 조금 지나면서 보니 파트너와 오래된 친구처럼 편하게 지내게 되었고 아무런 갈등이나 충돌이 없을 수밖에 없었다. 내 삶에 활기를 불어넣을 수 있게 되었다. 그동안 못 하고 생각으로만 하던 일과 취미생활을 하게 되었고 건강도 훨씬 좋아지는 것 같았다.

이렇게 지내고 있을 때 민정이 잠깐 다시 나타났으나 나는 그녀를 다시 떠나보내는 데 어려울 것이 없다고 생각하였다. 그녀가 그대로 일본에서 자기만의 정양 생활과 자선사업으로 그녀의 삶을 지켜나가고 있다고 생각했고 그녀 역시 자기만의 세계를 이미 가지고 있으니 나로부터 놓아주어야 한다고 생각하고 하였다. 그녀에 대한 연민의 정과 미련이 조금은 남아있었지만 존중해 주고 싶었다.

그녀 또한 나의 과거의 굴레였기에, 민정이 그녀의 어머니상을 마치고 아무 말 없이 일본으로 돌아갈 것이라고 여겼다. 그래서 마지막이라 생각을 다지고자 흑장미와 은 브로치를 조 박사 인편에 보내는 것으로 작별을 고하려 했던 것이었다. 그런데 어제부터 내 예측과 다르게 일이 다르게 전개되어 버린 것이다.

차는 6.25 전쟁 때 펀치 볼 전투로 널리 알려진 양구를 지나가고 있었다. 여기서 금강산까지 십여 리 길인 금강산 입구의 길목이라 그런지 경치가 수려해지고 있었다. 내가 그사이 신상의 변화를 그녀에게 간단히 이야기하여 주었다. 민정이 아무 말 없이 운전하며 밖에 전개되는 경치를 가끔 보는 듯하고 고개를 끄덕이기도 하고 가끔 가녀린 한숨을 쉬기도 하였다.

"그랬어요? 나는 아무것도 모르고 있었는데 하여튼 어제 미안했어요. 내가 너무 거칠고 함부로 했지요? 아이 창피해 어쩌지! 나 쳐다보지 말아요. ~내 참"하며 민정이 고개를 돌리는 시늉을 하였다.

"뭐가? 나는 좋기만 하던데, 민정이 어제 아침에 나에게 보여준 새로운 모습에서 감추어 두었던 끼가 드디어 나타났구나 싶어 홀딱 다시 반해 버렸는데, 근사하잖아! 새침데기도 좋지만 못 보는 사이에 다른 사람이 되어버렸어. 너무나 매력적이었어. 무슨 변화를 시킬만한 일이 일본에서 생긴 것 같은데, 백마를 탄 기사가 나타나기라도 했나?"

말끝에 통증이 뒤따랐다. 민정이 내 다리를 꼬집었던 것이다.

"또 그런 말 해 봐라. 여기다 내려놓고 나 혼자 서울로 가버릴 테니. 그래 식사는 어떻게 해요? 늘 밖에서 사 먹어요? 왜 어려운 길 택해서 왜 사서 고생해요? 그동안 잘하던 대로 살지 새삼 자유는 뭐 나이 들어가면서, 어떻게 해? 아이 속상해. 어젯밤에 그래서 그 난리를 치셨구먼. 내가 그렇게 많이 변했어요? 어제가 우리 둘에게는 이상한 날이었네."

나를 쳐다보는데 민정의 눈가에 물기가 잠깐 비쳤다. 그리고 방향을 서서히 옆으로 틀어 근처에 보이는 휴게소에 차를 천천히 멈추어 세웠다.

민정이 차에서 내리며 "잠시 기다려요, 커피 사 올 테니, 눈 좀 붙이시든지" 하고 휴게소 식당으로 가다 힐끔 돌아보며 손 키스를 가볍게 보냈다. 민정이 많이 변한 것 같다. 저런 끼가 원래의 모습일 수도 있는데 어떻게 그 끼를 평생 억누르고 살았지 하는 생각이 들었다. 애잔하였다. 차 안에서 노래가 흘러나오는데 많이 귀에 익은 멜로디였다.

스코틀랜드의 민요 '애니 로리'였다. 내 18번인데 민정이가 나에게 들려주고 싶어 준비해온 모양이다. 나는 눈을 감고 잠시 상념에 빠져들며 우리는 어디로 가고 있고, 방향은 잘 잡았는지, 어떻게 가야 하는지 생각해 보았다. 그녀의 의견을 듣고 하자는 데로 맡기는 게 좋을 것 같았다. 그녀 자신의 변화를 나에게 꾸밈없이 보이는 이유가 있을 거라는 생각이 들었다.

잠시 후 민정이 내 어깨를 툭 건드리더니 "많이 피곤하셨나봐. 그 새 잠이 들다니, 눈 떠요, 커피 마시고 정신 차려요. 누가 그렇게 많이 마시라고 시킨 사람이 있나? 나를 그렇게 못살게 굴더니, 술 이제 적당히 하기에요. 손가락 내봐요, 손가락 맹세하게." 하며 내 손가락에 깍지 끼고 흔들면서 커피 컵을 내밀어 주고 차를 움직이기 시작하였다.

"엄마가 돌아가시어 막막하고 말없이 허전하여 내 인생이 뿌리가 없어진 것처럼 정신이 없어진 채로 일본으로 돌아갈 뻔했는데 우민 당신한테 조 박사 통해 흑장민가 뭔가 받아들고 나서 적개심이 생기며, 한편 어쩌면 자기와 나의 연결고리 역할을 하였을지도 모르는 엄마가 떠나시니 그 사람은 나보다 훨씬 더 타격을 받았을지도 모른다, 엄마와 나 둘 다 한 번에 잃어버렸다고 생각할 수도 있는데 하는 생각이 들더라고요. 그냥 떠나 버릴까 하다가 그래 그 사람 원하는 데로 한번 마지막으로 얼굴이나 보자 해서 전화해서 만나게 되었는데 당신 얼굴을 보는 순간 이 사람마저 떠나 버리면 나는 어떻게 하나 하는 생각이 들었다고요. 진짜로 절망의 나락으로 빠져버릴 것 같아 무서웠어요. 그런데 내 마음과 달리 태평한 당신 얼굴을 보니 약이 올라 당신한테 덤벼들었는데 차 타고 가면서 살펴보니 당신 마음을 읽게 되더라고요. 이 사람도 나를 원하는데 어쩔 수 없이 또 보내야 하니 체념하는 게 아닌가 싶더라고. 그래서 몇 년 안 보는 사이에 내가 변한 걸 모르는 것 같아 나의 지금 변한 모습 있는 그대로 보여주고 싶었어요. 그렇게 된 거예요. 일본에서 정양 생활을 하면서 젊었을 때 수녀원 생활과 똑같이 하면서 신앙에 몰두하였는데 수녀원 떠날 때 그 상태에서 한 발자국도 못 나가더라고요. 다시 그때처럼 또 방황하다가 나하고 인연이 안 되는 거라 생각되어 다시 그림에 몰두하니 마음의 안정을 얻고 건강도 찾게 되더라고요. 그래서 다시 한 번 내 끼를 마음껏 발휘해서 그림에서 승부를 보자 그리고 성공한 모습으로 엄마를 만나 인정을 받아야겠다 하며 내년 개인전을 준비하고 있었는데 갑자기 엄마가 세상을 떠나 버리시니 나는 내 평생을 가두었던 엄마의 보이지 않는 속박에서 벗어나기는 했지만 그래서 자유를 얻었다고 생각하면서 바로 일본으로 되돌아가 내 끼를 다 드러내는 작품을 만들겠다는 생각까지 하였는데 어제 당신을 마주치는 순간 그 생각이 물거품처럼 사라지고 엄마의 그림자까지 가진 더 큰 굴레가 나를 놓아주지 않는다고 느꼈어요. 너무 나 자신이 미워지고 바보 같아져서 당신에게 화풀이하다시피 되었던 거라고요. 이제 알아들으시겠어요? 얄미워 죽겠어요. 그냥 떠나버려야 했었는데….”

민정이 가만히 한숨을 쉬고 “아이고 내 팔자야! 내가 왜 이 모양이야. 엄마를 내가 어떻게 벗어나고 극복을 해? 나처럼 어리석은 사람이 또 어디에 있을까” 하더니 나를 쳐다보고 혼자 키득대며 웃음을 간신히 참아내는 것 같았다.

“여기 있어! 나 말고 또 하나의 바보가 바로 이 사람 당신이란 말이야! 나는 우리 엄마 때문에 바보가 되었지만 당신 우민 아저씨는 민정이 때문에 바보가 된 거야. 우민과 민정이 두 바보 민이 아름다운 한 쌍의 바보가 되어 버린 거라고….”

민정이 낮은 소리로 중얼거리며 차를 몰아갔다. 저 멀리 한계령이 보이기 시작했다. 나는 또 창밖을 내다보며 담배를 찾아 한 가치를 입에 물었다. 민정은 그녀의 어머니를 평생의 롤 모델로 생각하고 스스로의 규범과 목표로 삼아 자신을 옥죄였구나, 한편 그녀는 어머니를 극복의 대상으로 생각하고 어머니가 기대하는 것과는 다른 모양으로 자신을 몰아갔었구나 하는 생각이 들었다. 충분히 그녀를 이해할 수 있을 것 같았다. 거기에 내가 덤으로 끼어들었던 거였다는 생각이 들었다. 오래전에 민정이 지나치듯 나에 관한 그녀 어머니의 생각을 이야기한 일이 있었다.

"엄마가 우민이 당신이 바라던 사윗감의 요건을 다 갖추었다고 이야기하시곤 하셨어요. 그때 나는 속으로 '저 잘난 사람끼리 잘들 해보세요' 하였거든요. 엄마가 우민을 힘담이라도 조금 하셨으면 아마도 엄마에게 우민을 옹호하고 편들었을 텐데."

반드시 어머니 때문이라고는 이야기할 순 없지만 그녀가 수녀의 길을 택하고, 특별한 이유 없이 나를 떠난 것도, 그리고 그림을 택한 것도 그녀의 어머니와 민정과의 관계를 넣어 생각하니 그녀의 지나간 세월이 내 나름대로 이해가 되었다.

"혼자 얼마나 힘들었을까? 긴 시간 동안 스스로 자신을 옭아매는 틀을 만들어 놓고 외롭게 몸부림치며 후회하고, 오기로 버티고, 절망하고" 하고 나 혼자 조용히 뇌까렸으나 그녀가 눈치로 알아 버렸는지 "혼자 무슨 염불 외어요? 담뱃불 꺼요, 피지도 않으면서 다 타들어 가 재 떨어지겠네" 하고 핀잔을 주었다.

차는 한계령에 도착하였다. 초가을이라 단풍이 들기 시작한 설악산 풍광이 절경이라 저절로 탄성을 지를 수밖에 없었다. 민정이 내 손을 잡더니 가게 안으로 들어가며 "우리 오늘 맛있는 거 해 먹을 수 있는 시설이 갖추어진 곳으로 숙소를 잡아요" 하여 나는 아무 생각 없이 "그렇게 합시다" 하고 머루주를 시켰다. 민정은 칡즙을 마셨다. 어제 묵었던 리조트의 김 사장에게 바다가 한눈에 들어오는, 어제 같은 숙소를 속초 근처에 잡아 달라고 부탁하였다.

멀리 바다가 눈에 들어오기 시작하면서부터 민정의 바다 예찬이 시작됐다.

"와 바다네! 바다만 보면 속이 다 확 풀리고 잡념이 사라져요. 안 그래요? 이제 서울 떠나 모처럼 여행 온 것 같네. 우리 숙소에 가서 편한 복장으로 갈아입고 바닷가로 나가요. 나 오늘 한없이 모래사장을 걷고 싶어요. 바다 내음이 벌써 나기 시작하잖아요. 아이 시원하고 좋아라!"

리조트에 도착해 보니 바다가 한눈에 들어오고 골프장을 끼고 한적한 곳에 있는 3층으로 되어 있는 단독형의 빌라로, 우리는 베란다를 가진 3층에 자리를 잡았다. 김 사장이 많은 배려를 해준 것 같아 오래된 친구이기는 하지만 고마웠다.

이제 민정의 기분을 풀어주고 싶었다. 짧은 시간이라도 마음껏 몸과 마음을 쉬게 해주고 싶었다. 어머니 장례식 치르느라 쉬지 못하였을 테고 어제 아침부터 지금까지 울고불고하며 나랑 실랑이하느라 피곤할 터인데 이제 하고 싶은 이야기 다 한 것 같고 내 이야기도 듣고 충분히 이해가 되어서인지 한계령부터는 얼굴이 밝아 보였다.

빌라에 들어가 짐을 풀어놓고 민정이 이것저것 살펴보더니 "취사도구가 완벽하네요. 오늘 내 실력 한번 발휘해 자기를 뒤로 나가떨어지게 해줄 테니 기대하시라" 하며 아이들 소꿉장난하는 것처럼 좋아하였다. 벽난로도 있었고 불을 어느 정도 지펴놓아서 실내가 따뜻하였다.

민정이 주방에 가서 차를 끓이려 준비하고 있는 뒷모습이 매력적이었다. 사랑스러웠다. 행복하게 보였다. 지금 이 순간 그녀의 밝게 빛나는 얼굴을 보고 싶었다. 그녀의 뒤로 조용히 다가가 꼭 껴안아 주었다. 그녀의 귓불에 입을 맞추고 "당신 지금 너무 아름다워. 행복해?" 하니 돌아서 나에게 안기며 고개 끄덕이고 말했다.

"자기 만나고 나서 일본 가기로 한 것 너무 잘한 거였어요. 이제 우리 아무런 앙금도 없고 말끔하니 투명해서 좋아요. 너무 행복해요. 엄마가 사람 보는 눈이 정확하신 것 같아요. 이제야 엄마가 맏딸인 나를 얼마나 사랑하셨는지 실감이 나요. 당신 정말 고마워요. 이제 마음껏 당신 사랑할게요. 내가 키스해 줄게요. 아, 당신 사랑하게 돼서 너무 기뻐요. 사랑해요."

우리는 오래 껴안고 있으면서 서로의 몸이 새삼 따뜻해 온다는 것을 느꼈다.

평일이고 초가을이라 그런지 바닷가에는 사람들이 별로 없었고, 드문드문 젊은 데이트족이 몇 쌍 보였다. 민정은 소녀처럼 모래톱에 철썩이는 잔물결 파도 끝에 맨발을 적시며 걷고 또 걷고 하였다.

나도 평온한 마음이 되어 그녀의 뒤를 따라 걸었다. 순간 생각하였다. 남자는 여자의 뒤를 따라 주위를 보살피며 걸어갈 때가 행복한 거라고, 젊었을 때는 여자를 뒤에 따르게 하고 앞서 장애물을 걷어 내며 걷는 게 멋있을 것으로 생각했었는데 말이다.

점심 먹을 때가 조금 지났다 싶어 근처에 '자연산 횟집'이라는 간판이 낯익어 그 집으로 갔다. 그 전에 친구들이라 몇 번 왔던 곳이라 주인장이 알아보고 반가워하며 "변호사님은 항상 친구분들하고만 오시더니 오늘은 사모님 모시고 오셨군요. 친구들은 가끔 버려도 되요" 하며 너스레를 떨었다. 잡어로 세꼬시를 해 달라고 하고 해삼, 전복, 멍게도 같이 주문하고 소주와 맥주도 같이 달라고 하였다.

"오늘은 운전하지 맙시다. 그러니 한잔 때려 먹읍시다. 알았지? 바닷가에서 술 먹으면 잘 안 취하니 제대로 한번 마셔 보자고요" 하자 민정이 좋아라 하며 "폭탄주는 내가 만들게" 하여 그러라고 하니 능숙한 솜씨로 두 잔을 만들어 건배하자고 하였다. "많이 해 본 솜씨인데" 하니 "일본 화단에서는 한국의 폭탄주가 인기가 있어요. 그곳 화단에서 회식을 자주 하는데 나 보고들 만들라 해서 나를 '폭탄주의 선녀'라고들 해요. 나도 인기가 조금 있다고요. 자기만 마담들한테 인기 많은 줄 아나 봐" 하며 내 속을 긁는 시늉으로 눈을 살짝 흘겼다.

좋다. 다 좋았다. 바닷바람이 시원하게 불어 왔다. "자, 자! 우리 선녀를 위하여! 그리고 나무꾼을 위하여! 한숨에 주욱 멈추지 말고" 그녀를 먼저 마시게 하고 나도 뱃속 저 밑에까지 맛있는 소맥을 마음껏 들이켰다. 세꼬시와 다른 횟감들도 바닷가라 더 그렇겠지만 신선하여 달디 달았다.

얼큰하게 취기가 돌고 세상이 돈짝 만하게 보이고 옆에는 그녀가 있고 그 순간만은 세상에 부러울 것이 없었다. 그녀를 오래오래 기다린 보람이 있었다. 하나님께 진심으로 감사하다고 마음속으로 인사드렸다. 그녀도 마냥 행복해하면서 누군가에게 두 손 모아 감사드리는 것이었다. 천천히 걸어서 그녀의 손을 잡고 모래톱을 밟으며 빌라로 돌아왔다.

그녀가 커피를 타 왔다. 벽난로의 불길이 이글거리며 따뜻한 온기를 전해 왔다. 나도 모르게 스르르 잠이 들었던 모양이다. 사위가 너무 고요하였다. 상당히 시간이 흘러간 것 같았다. 거의 저녁 무렵이 되었다. 그녀가 눈에 띄지 않아 밖을 내다보니 무언가를 양손에 들고 민정이 저만치에서 오고 있었다. 빌라 계단을 얼른 내려가 짐을 받아 들었다. 묵직하였다.

"나도 한숨 자고 나서 당신 깨우려다 너무 곤하게 주무시고 있어 혼자 어시장 구경하고 저녁거리 좀 사 왔어요."

"저녁을 밖에 안 나가고 안에서 하려고?"

"밤낮으로 밖으로만 돌며 외식하시는 것 같아서 당신이 너무 불쌍해 보여 오늘은 내 밥 좀 해 드시게 하려고 저녁거리 좀 사러 갔다 왔어요. 오늘 저녁 메뉴 무엇인지 알아맞혀 보아요. 맞추면 당신이 원하는 거 뭐든지 다 들어줄게요."

"김치찌개 아니면 삼겹살구이겠지 여기서 갑자기 무엇을 준비할 수 있겠어?"

"아니, 틀렸어요."

잠깐 생각해 보니 일본에서 그녀와 식사할 때 스키야키를 좋아한다는 이야기기 얼핏 생각났다.

"스키야키일까? 잘 모르겠는데 혹시 일본 야채라면?"

"설마 내가 라면을?"

"그럼 스키야키."

"빙고! 내가 오늘 맛있는 스키야키 해드릴게요. 여기 한우가 좋고 야채가 싱싱하니 좋더라고요. 맞추었어요. 당신이 원하는 것 상 줄게요, 눈 감아요. 무어 이게 상이지" 민정이 나의 목을 휘어 감더니 볼에 입을 맞추고는 주방으로 도망가며 "기다려요. 맛있는 스키야키 준비할 테니까. 와인 사다 놓았으니 상차림이나 준비해 주면 돼요" 하고 덧붙였다.

내가 상 차린 경험이 있었나 되돌아봐도 별로 기억이 안 났다.

어설프기는 하지만 그녀가 시키는 대로 상차림을 하면서 내가 어디에 와서 꿈을 꾸고 있는 게 아닌가 싶었다. 갑자기 식재료도 구하고 주방시설이 되어 있다 하더라도 여러 가지로 미비한 데 도 불구하고 언뜻 보기에 구색은 웬만큼 갖추어진 스키야키였다.

날계란 깨어 넣는 솜씨나 버섯, 양파, 대파 등 야채나 곤약 등도 벼락치기 솜씨로는 훌륭하다 할 것이었다. 문제는 스키야키에서 맛을 좌우하는 쌀밥의 맛이 어떻냐는 것이었다. 쌀밥이 어느 정도 찰지면서도 윤기가 나는 게 그렇게 질지도 않고 맛있었다. 하기는 레스토랑을 운영한 경험이 있으니까 하면서도 기대는 안 했는데 맛있었다.

민정과 와인으로 건배를 하면서 "생각보다 맛있는데" 하니까 "천천히 맛을 음미하면서 많이 들어요. 식당 밥하고 어떻게 달라요?" 하고 민정이 물었다. '그게 그거지 무어가 그렇게 다르겠어?' 하고 속으로 생각하며 먹다 보니 조금 다르기는 다른 것 같은데 표현하기가 좀 애매하였다. 먹을수록 입맛이 당겨 허겁지겁 먹었다.

"천천히 와인 한잔하며 들어요. 체하실라" 하며 민정이 잔소리를 했다. 스키야키는 양념도 별로 안 하는 요리라 대충 어슷비슷한 것인데 맛있었다.

"밤낮으로 밖으로만 나돌아다니시니깐 집밥이 무언지도 모르죠?"

"집밥이라니? 밥이 다 거기서 거기지, 요리 솜씨가 좋으면 맛있게 하는 거 아닌가?" 친구들 중에 집밥 타령하는 이들이 있는데 나는 그 친구들 유난스럽다고 생각했었다. 민정이 애잔하게 나를 쳐다보더니 "집밥이 무언지도 모르고, 왜 그렇게 살았어요? 아이 속 터져 못 살겠네" 하며 눈시울을 붉혔다.

내가 다시 한술 뜨며 천천히 맛을 음미했다.

"왜 집밥이 맛있는지 알아요? 그건 만드는 사람의 정성 때문이에요" 민정의 말에 머리가 확 깨었다.

오늘 스키야키가 몇 년 전에 도쿄 데이코쿠 호텔에서 먹어 봤던 스키야키에 비할 바는 아니었다. 어제부터 민정이 집밥 이야기를 했다. 오늘 밥맛이 바로 그녀의 정성이었다.

"아, 알겠어. 이제야 그것을 알다니 나 참 바보지. 그렇지만 어떻게 해? 모르고 살았는데" 하며 민정에게 다가갔다. 그리고 그녀를 일으켜 세워 안았다. "밥 먹다 왜 이래요?" 하며 나를 쳐다보는 민정의 눈에 이슬이 맺혀 있었다. 아무 말이 필요 없었다. 그녀의 허리를 당겨 으스러지라 안았다. "당신 정말 고마워. 집밥 먹게 해 주어서" 나도 눈시울이 더워지는 것을 느꼈다.

밤이 깊어갔다. 파도 소리만이 가늘고 여리게 문풍지 바람에 소리를 내듯이 고요를 가끔 깨곤 하였다. 벽난로의 불꽃이 민정의 얼굴에 슬쩍슬쩍 닿아 그녀의 뺨에 홍조를 띠게 하곤 하였다. 그녀의 와인 잔을 거의 반쯤 가득 채우고 나는 스카치를 얼음에 채운 크리스털 잔에 가득 부어 민정의 어깨를 휘어 감싸 안고 러브샷을 하였다. 더 바라고 자시고 할 것 없이 이 상태 이대로가 좋다 생각하였다.

검은 슈미즈의 그녀의 어깨띠가 한 가닥 흘러내렸다. 그녀의 어깨가 가만히 떨리는 듯하더니 그녀의 몸이 비스듬하게 기대어 오면서 그녀의 얼굴과 함께 내게 안겨 왔다. 파도 소리만이 멀리서 조금 더 크게 들려오고 비가 오는지 베란다 창문을 통해 희뿌연 검은 바다의 그림자가 아득히 보이는 것이었다. 이어서 빗방울이 후드득 창가를 때려 왔다. 꿈같은 평화로운 밤이 지나가고 있었다.

아침이 되니 언제 비가 왔는지 흔적도 없이 초가을 바다 위의 하늘이 눈이 시릴 정도로 푸르렀다. 속초를 떠나 우리나라의 가장 아름다운 호수 길을 따라 서울로 가는 드라이브 길로 들어섰다. 양구 위쪽에 있는 평화의 댐을 거쳐 화천댐이 있는 파로호에서 아침을 하였다. 어죽을 시켰다. 맛있었다.

파로호를 무심히 바라보고 있는 민정의 얼굴이 투명하게 맑아 보였다. 그냥 아름다운 여인의 편안하기 이를 데 없는 행복한 프로필이었다.

"춘천 거쳐 가요, 거기 공지천 이디오피아하우스에 가서 커피 한잔하는 게 좋을 것 같은데 어때요? 춘천 좋아한다고 하면서 나 때문에 좋아하게 됐다고 순진한 소녀를 꾀어서 내가 이렇게 천하의 한량에게 빠져있는 거 아녜요" 하며 민정이 눈을 흘겼다.

긴소리 토 달면 오늘 하루가 편치 않을 것 같아 "선녀님 하시고 싶은 데로 하세요. 소생 한양 건달은 그냥저냥 마님 따라 어디라도, 이왕이면 천국까지라도" 하면서 능청였다.

"이제부터 공지천까지 아마 한 시간은 걸릴 텐데 가면서 다 털어놓아요, 나와 헤어져 있는 동안 파리에서 다시 만날 때까지 연애했을 거 아녜요? 오늘 솔직히 이야기하면 불문에 부치고 다 용서해 줄게요." 민정이 눈을 크게 뜨며 재촉하였다.

"내가 당신 이외의 누구와 연애를 할 수 있겠어? 괜히 사람 떠

보지 말아요, 생사람 잡으려고. 나는 평생 다른 여자를 쳐다보며 다른 생각을 한 일이 없다고요" 내가 강하게 잡아떼었다.

"그러면 일단 그런 일 없다는 당신 말 믿어 줄 테니까. 어떤 여자를 우연히 선의를 가지고 도와주거나 호의를 베푸는 것은 할 수 있지 않나 생각하는데 내가 그런 것 가지고도 속 좁게 뭐라고 할 사람은 아니잖아. 착한 일 무어 자선사업 같은 거, 예컨대 박정수 교무님 도와드린 것 같은 거. 심심해서 그래요. 알았지? 자, 시작해 봐요. 5분 이내에."

차는 절경인 북한 강변을 음미하듯 천천히 가고 있었다.

어느 해 초겨울 싸락눈이 회색 하늘에 뒤덮인 북경 하늘에 흩뿌리고 있었다. 북경 변두리에 조선족이 한족과 어우러져 밀집하여 사는 서민층 동네의 넓은 공터에서 보기 드문 광경이 연출(?)되고 있었다. 마을 사람들이 빙 둘러싸고 신기한 듯이 구경하다가 박수치고 야단법석이었다. 중국 사람은 아닌 것 같은, 정장 차림의 버버리코트의 깃을 올리고 은발이 듬성한 초로의 노신사가 어느 여인을 깊게 포옹하고 있었다. 둘이 깊이 공감하는 듯이 아름답게 보이는 영화의 한 장면 같았다.

여인은 30대 초반의 기품이 풍기는 숙녀였다. 상당한 미모에 늘씬한 몸매를 가지고 있었다. 언뜻 보면 한족의 전형적인 미인처럼 보였다. 초창기 북경의 한국계 유흥가에서는 그녀가 유명한 여배우였다고 소문이 나기도 했다.

그녀는 중국 하얼빈 출신의 조선족 여인으로 북경 시내에서 고급 카페를 운영하고 있었다. 그 마을에서는 성공한 사람으로 부러움을 받고 있는, 중국 개방드림의 성공 신화의 모델이라 할 수 있는 여인으로 알려져 있었다. 그녀의 어머니는 그 동네에서 웬만한 한국 식당을 경영하고 있었다.

그 두 사람을 둘러싸고 있던 신사들 중에 북경에 주재하고 있는 한국 특파원이라고 하는 사람이 자청하여 저간의 사정을 보충 설명하였다. 카페를 하여 모은 돈으로 만주에 있던 부모를 북경으로 모시고 와 식당을 차려 주었다고 하였다.

게다가 중국에 많은 이른바 '무적자(산아제한 정책을 펼치던 시절 중국은 신생아 중 한 명만 호적을 인정해 주어 나머지는 호적이 없었다)'를 위한 고아시설과 공민학교 비슷한 야학을 운영하고 있다 하였다.

특히 만주에 사는 조선족에는 무적자가 많아 이들을 위한 도움이 절실한 형편이었는데 이 여인이 이 어려운 봉사 사업을 하고 있어 더욱 높이

평가를 받고 있다고 하였다.

초로의 노신사는 그녀를 한국계 유흥 카페에서 만나 그녀의 매력에 취하여 북경에 올 때마다 그 여인을 찾았다고 한다. 그런 와중에 그녀가 북경에서 돈을 모아 조선족의 무적자 보호를 위한 봉사 사업을 하는 것에 크게 감명을 받아 북경에 올 때마다 그녀를 찾았고 이른바 팁이라는 명목으로 적지 않은 후원을 하여 왔다고 한다.

그 신사는 처음에 그녀를 여인으로 관심을 두는 듯하였지만 사연을 들은 뒤부터는 그녀의 숨은 후원자 역할을 하고 있었다. 그럼에도 노신사는 "커다란 사랑 앞에 작은 이성 간의 연정이 녹아 큰 사랑으로 승화하게 되는 것"이라며 그녀가 자신을 구원한 셈이라며 오히려 그녀에게 고마워하였다.

그날은 그녀의 부모가 그 신사를 특별히 식사에 초대한 날인데 북경 특파원들도 같이 초대받아 오게 되었다고 설명해 주었다. 아마도 특파원들도 그녀의 후원자들이었던 것 같았다.

이러한 이야기가 북경에 사는 호사가들 사이에서 입에 오르내린다고 이야기를 들었다고 민정에게 전했다.

"나는 오늘처럼 먼 훗날 인연이 되어 당신을 만나게 되면 나도 자랑스럽게 어린아이처럼 할 이야기가 하나쯤 있다고 말할 그런 날이 올까 생각해 보며 피식 웃기도 했었지. 그런 이야기를 지인들에게 하면서 민정이를 상상하는 것만으로도 나는 행복했었지. 그 무렵의 당신은 도쿄에서 변두리 지방자치단체에서 운영하는 성인들을 위한 미술교실에서 당신의 화업을 계속하며 평화로운 초로의 시간을 보내고 있고 하느님으로부터 받은 소명으로 아무 것도 가진 것이 없는 이들을 위한 봉사활동에 전념하고 있다고 당신의 교우가 나에게 전해 왔었어. 왜 당신 후배인 최선희 씨가 재정적으로 든든한 후원자 역할을 하고 있다며 나 보고 너무 걱정하지 말라고 힐난조로 놀리고는 하였던 때였지."

차는 공지천에 거의 다 와 있었다.

"아주 당신답게 좋은 일을 하기는 한 것 같은데 그 여자가 연애하자는 눈치는 안 주었어? 나 다 이해하니까 괜찮아. 다 지나간 일이잖아. 뭐 어때, 여자가 먼저 그러면 그럴 수도 있는 거지."

민정의 말에 나는 정신이 번쩍 들어 "당신이 강제로 말 시켜놓고 이럴 거냐?"며 짐짓 화내는 시늉을 하였다. 차가 이디오피아하우스에 닿자 민정이 먼저 내려 차 문을 열어주며 말했다.

"장하다! 우리 한량 아저씨, 하여간에 여자라면. 미심쩍기는 하지만 앞으로도 혹 비슷한 일이 또 생기면 내게 허락받고 해요, 알았지? 하여튼 이번 건은 약속대로 용서해 줄게요."

민정이 생긋 웃고 팔짱을 끼었다. 어이없었다. "북 치고 장구 치고 혼자 다 하고 나는 어릿광대" 라는 내 중얼거림을 들었는지 민정이 나를 돌려세우고 가볍게 안으며 나의 뺨에 키스해 주었다. 파리지엔들에게서 배운 것 같았다.

이어 "이로써 한량에 대한 나 선녀의 시상식 마치겠습니다" 하며 눈을 또 흘겼다. 정다운 미소로 신뢰를 나에게 보낸 거라 할 것이다. 방법도 여러 가지라 생각했다. 이틀 동안 민정이는 나에게 종전과 많이 다르게 변한 모습을 보여주었다.

이디오피아하우스에서 커피를 마시는 동안 그녀는 "그때가 좋았어! 첫사랑이라 소설에서만 읽었던 백마를 탄 기사가 나한테 오다니 '대학신문'을 받아들고 너무 좋아 깡충거리며 뛰어다녔다니까. 며칠 동안 신문을 껴안고 잤다니까요" 하며 나름의 추억에 잠긴 듯 조용히 눈을 감고 있었다. 우리는 잠시 쉬다가 일어났다.

다음 청평댐으로의 드라이브가 이어졌다. 독일의 유명한 드라이브 도로인 코블렌츠 코스보다 훨씬 아름다운 북한강을 따라 달리는 환상의 드라이브 코스다. 민정이 계속 운전하여 피곤할 것 같아 말했다.

"내가 운전할까? 내 미국 유학 시 북미 대륙을 왕복 횡단한 실력이 있다고. 히말라야 빼고 세계 4대 산맥은 운전하여 다 넘어 보았다고. 운전대 나한테 넘겨 봐. 내가 VIP 운전이라 차가 움직이는지 모르게 부드럽게 모실게."

"지난번에 왔을 때도 기사에게 나 맡겨 버리고 택시 불러 가더구먼. 운전은 무슨 운전?! 이 교수와 엄마 뵈러 갈 때도 기사가 있었다고 엄마가 말씀하시던데" 민정이 다 보지도 않고 대꾸했다.

"내 실력 아직 인정을 안 하고 싶겠지. 내가 잘하는 꼴은 못 보시니까" 하자 민정이 소리를 죽이며 웃었다.

"아직은 누구랑 정사(情死)하고 싶지 않네요, 잠이나 자요, 자장가 틀어 드릴 테니."

"예전에 춘천역에서 기차를 타고 경희가 사 준 소주와 오징어 다리를 안주 삼아 한잔하면 한 시간쯤 걸리는데 석양에 비치는 해에 겹쳐 경희가 눈앞에 삼삼하게 어려 왔지. 그때는 고분고분하게 말도 예쁘게 잘하였는데" 하며 못 이기는 체 또 담배를 빼어 물었다.

"장롱 면허 가지고, 하여간 허세에 순진한 내가 지금까지 끌려다니고 있지"하며 민정이 나를 슬쩍 흘겨보며 손으로 내 입을 막아버렸다. 손이 따뜻했다. 대성리에서 두물머리로 방향을 틀었다. 시간이 많이 지나 점심때가 되었다. 연꽃으로 유명한 '세미원' 앞 '산마루'라는 식당에 차를 세우게 하고 안으로 들어가며 내가 말했다.

"영양 보충해야지 않나. 우리 장어와 참게 매운탕 먹어 봅시다. 이 집이 웬만큼 하거든."

"어제 그제 그 난리굿을 했으니 이제 기력을 보충해야겠지. 누구랑 잘도 찾아다니시네, 이러니 언제 집밥을 챙겨 드시겠어. 하여간 미운 짓만 골라서 하고 다닌다니까" 하면서 민정이 내 손을 비틀었다.

"언제 일본 가기로 예약해 놓았어?"

"모래 오후에 컨펌 해났어요. 당신 때문에 모든 게 엉망진창이 되어버렸어. 어떻게 보상하려고요? 내일 오전에 엄마 뵙고 떠나야지요. 내일 시간 있어요? 오전에 엄마에게 같이 갔으면 하는데…."

"당연히 함께 가야지, 이야기 해봐요."

"돈암동 길상사에 엄마 위패를 모셔 놓았는데 내일 가겠다고 해놓았거든요. 내일 어제 워커힐 그 장소로 갈 거니 거기서 만나요."

"알았어요. 그렇게 합시다."

그러는 사이에 식사가 나와 장어를 한 입 그녀의 입에 넣어주었다. 맛있게 먹었다. 우리 둘 다 아침에 어죽 먹은 것밖에 없었다.

"길상사라면 법정 스님과 관련 있는 절인데…."

"엄마가 생전에 법정 스님 법문 들으시러 가끔 길상사에 가시고는 했어요. 이번에 서울 왔더니 원불교 박정수 교무님이 연락하시고 문상 오셨어요. 박 교무님이 법정 스님과 친하시잖아요. 그래 부탁 좀 드렸죠. 그래서 도와주셔서 엄마를 길상사로 모시게 되었어요. 이래저래 박 선생님께 내가 아팠을 때도 신세 지고 전생에 특별한 인연이 있나 봐요."

길상사에서 다시 맺어지고
- 이제 행복을 기다려도 된다며

차가 팔당댐을 지나고 어느덧 서울로 들어섰다. 민정이 워커힐 어제 그 장소에 차를 세우고 말했다.

"내일 10시에 여기서 봐요. 사시는 오피스텔엔 가보고 싶지 않아요. 속상할 것 같아요. 알아서 택시 타고 들어가요. 술 너무 마시지 말고" 민정의 잔소리가 듣기 좋았다. 이틀 동안의 민정과의 여행이 생각보다 훨씬 좋았다. '도 아니면 모' 전략이 맞아떨어졌다는 생각이 드니 설핏 웃음이 나왔다.

아침 일찍 일어나 목욕재계하고 검은 정장을 하고 약속 장소로 갔더니 좀 있다가 렉서스 은색 차가 내 앞에 와 섰다. 민정이 창문을 열고 빨리 타라고 손짓하였다. 그녀도 검은 정장 차림이었다. 순간 왜 그녀는 검은 옷이 나름대로 잘 어울릴까 생각이 들어 히

죽 웃었다.

"아침부터 왜 혼자 웃고 그래? 싱겁기는~~ 어제 뭐 예쁜 마담이랑 한잔했어요?" 하며 민정이 손등을 꼬집었다. 길상사로 가면서 차 안을 보니 내가 준 흑장미가 있었다. 그리고 은 브로치는 그녀의 왼쪽 가슴에 매달려 있었다. 가슴이 덜컹 내려앉는 것처럼 속으로 놀랐다.

"놀랐죠? 내가 간밤에 마음 변했을까 봐. 브로치는 당신이 자기를 잊지 말라고 준 거니 달았고, 흑장미는 이제 나에게는 필요 없어 세상 떠나신 엄마에게 드리려고 가지고 왔어요. 그렇게 기다리던 사윗감인 당신이 엄마를 떠나보내 드리라고 가지고 왔으니 이따가 엄마 영전에 올리세요." 민정이 나를 빤히 바라보며 말했다.

민정의 말에 나는 할 말을 잃고 그녀를 외경스러운 마음으로 우러러봤다고 해야 할 것이다. 위패를 모시고 있는 대웅전으로 신을 벗고 민정이와 같이 들어가 나란히 꿇어앉았다. 흑장미 한 송이를 위패를 모신 불단에 올렸다. 영전에 큰절을 하고 마음속으로 민정이 어머니께 감사를 드렸다. 떠나시면서 민정과 나, 우리 둘을 맺어 주셨다고 생각하니 나도 모르게 두 뺨으로 눈물이 흘러내렸다. 민정을 보았다. 말없이 고개 숙이고 눈물을 펑펑 쏟아내고 있었다.

우리 둘은 나란히 앉아 말없이 각자의 회한을 담은 눈물을 흘리고 또 흘렸다. 민정의 손을 꼭 쥐었다. 민정의 손이 따뜻해지고 있었다. 그녀도 나를 잡은 손에 힘을 주고 있었다. 그녀를 부축해 일으켜 세우고 둘이 나란히 서서 어머니를 올려다보는 심정으로 서 있었다. 시간이 조금 지나고 우리 둘은 법당에서 나와 스님에게 인사드리고 경내를 한 바퀴 돌아 나왔다.

길상사 경내에 단풍이 들기 시작하였다. 민정과 우리 둘은 손을 꼭 잡으며 마음속으로 빌었다. 다시는 이 세상을 떠날 때까지 헤어지지 않겠다고 다짐을 이심전심으로 하였다. 삼선교로 내려오니 민정이 어렸을 때 추억이 새록새록 난 모양이다.

"이 동네에서 점심 하는 게 어때요? 여기 칼국수 잘하는 데 있어요. 명희네랑 한 번 와 봤는데 맛있었어요" 하며 차를 세웠다. 보통 볼 수 있는 여느 식당인데 칼국수와 홍어찜을 하는 집이었다. 실내가 깔끔하니 메뉴판을 보니 민정이 잘 선택했다는 생각이 들었다. 어떻게 된 게 민정이 하는 것은 다 좋아보였다. 내가 단단히 실버 폭스에게 홀린 모양이다.

길상사는 백석 시인과 대원각 여주인이었던 김영한 자야 여사와의 로맨스가 얽혀 있는 절로 유명하였다. 물론 법정 스님이 기거하는 절이라 많이 알려지기는 하였지만, 자야 여사가 대원각을 법정 스님에게 십여 년을 졸라 기증했지만 기증하면서 천억 원에 이르는 거금에 대해 백석의 시 한 수에도 못 미치는 가치라고 언론에 인터뷰하면서 호사가들 특히 젊은 연인들의 로망이 되었다.

사실은 백석이 재북 시인이기 전에 조선일보 기자로서, 시인으로서의 필명을 날려 여류시인들과의 염문이 소문나기도 했던 바람둥이란 것이 또 매력이있다. 서울 서촌에 백석의 대표작인 흰 당나귀를 따서 이름을 지은 '백석'이라는 카페가 몇 년 전에 생겨 시인들과 지식인을 자처하는 한량들의 문화 공간 역할을 하고 있었다.

커피 등 차류와 와인을 취급하는 와인 바인데 파리의 살롱 분위기를 내려고 서가에 시집 등 책들이 몇 권 꽂혀 있고, 실내 장식이 거의 없어 담백하고, 꾸밈이 없는 것이 오히려 편안한 공간 분위기를 연출하고 있었다. 어느 싱거운 단골 고객이 몇 년 전 크리스마스에 분위가 너무 썰렁하다고 가스등을 본뜬 램프를 한 쌍 기증하여 고전적인 낭만을 내려고 하는 집이다.

자야 여사의 길상사 기증으로 이름이 인구에 회자 되었던 재북 시인 백석은 북한에서 이름 없이 파묻혀 살다 몇 년 전에 세상을 떠났다 한다. 사후에 남쪽에서 문명을 얻어 박미선 시인, 안도현 시인 등 백석 연구자들이 평론집 등을 내어 백석 붐을 일으키며 여성들의 구원의 연인으로 재탄생되었다고 보면 된다. 여하간 여인들의 사랑의 방정식은 오묘하다. 백석의 연애 행각은 불멸의 로맨스가 되어 버린 것이다.

몇 년 전에 우리나라에서 상영되어 인기를 모았던 '매디슨 카운티의 다리'도 불륜인데 여성들은 환호한다. 메릴 스트립과 클린트 이스트우드가 주연했던 이 영화는 시사하는 바가 적지 않다.

영화는 일상에서 흔히 일어날 수 있는 두 남녀에게 어느 날 갑자기 찾아온 3~4일 정도의 짧은 기간의 사랑 이야기를 다루고 있다. 두 사람이 맺어지지 못하고 스트립(프란체스카 존슨 역)의 이스트우드(로버트 킨케이드 역)에 대한 사랑의 갈등이 섬세하게 묘사되어 보는 사람들에게 감동을 안겼다. 스트립은 비 오는 날 남편을 옆에 두고 차마 이스트우드를 따라가지 못한다. 만나자마자 헤어진 연인들의 애잔한 감성이 오래 사람들 마음에 남아있는 이유는 여러 가지가 있겠지만 두 사람이 헤어져서도 서로의 사랑을 간직하고 있다가 기존의 질서를 깨지 못하고 세상을 떠났는데 자식들이 이들의 사후에 사연을 알고 공감하고 안타까워했기 때문이 아닌가 싶다.

영화 속의 주인공이나 시인 등 문인들의 불륜에 대해서는 관대하고 오히려 로망이 되어 부러워하면서도 자신들의 파트너에 대해서는 한없이 인색하다. 내가 하면 로맨스, 남이 하면 불륜이라는 억지 논리다. 사랑은 아름다운 일이고 사랑할 수 있을 때 하면 된다고 이야기하면 욕을 하는 이들이 많겠다 싶어 이쯤 사랑 타령 마무리하겠다.

점심 식사하면서 이런 이야기를 해주었더니 "세상사 다 그렇지 뭐" 하는 민정의 대답이 돌아왔다. 백석 흰 당나귀 카페를 민정에게 안내해 주고 싶어 가보자고 하니 "좋아요. 역사가 어떻게 왜곡되는지 가서 봐야지" 하며 흔쾌히 동의했다.

박미선 시인에게 전화를 걸어 백석으로 지금 갈 테니 문을 좀 일찍 열어 달라고 부탁하였다. 보통 3시에 여는데 조금 시간이 일렀다. 어젯밤 내내 생각하던 이야기를 민정과 의논해야 하는데 번거로운 장소보다 백석이 단출해서 편할 것 같기도 하고 오늘 그녀를 떠나보내면 또 언제 또 만날지 몰라 기분도 그렇고 하여 와인 한잔하며 이야기하기에 백석이 좋을 것 같았다.

평일 낮이라 그런지 손님이 없었다. 박미선 시인을 민정과 인사시키고, 와인과 커피를 주문하고 한쪽 창가에 자리를 잡았다. 서로 마주 보는 것보다 나란히 앉는 게 이야기하기에 편할 것 같았다. 곤란한 이야기 할 때 상대방 눈길을 피할 수 있고 설득하려면 약간의 스킨십도 필요하다고 생각했다.

"이리와 앉아."

"왜 그렇게 앉아요? 거북하잖아."

"내가 조용히 할 이야기가 있어 그래. 잠깐이면 돼."

분위기가 갑자기 진지하게 되어버렸다.

"별일이야. 오래 못 보는 사이에 못된 것만 배웠나 봐, 자 이제 됐어? 무언데 사람을 겁나게 하고 그래?" 하며 민정이 옆으로 와 앉았다.

"우선 와인이나 한잔하자고."

"나 운전해야 하잖아. 저 박 시인도 보고 있고."

"취하면 대리운전 부르면 되니까. 자, 우선 건배나 하자고." 우리 둘은 토스하고 와인을 한 모금 마셨다.

"왜 뜸을 들이고 난리야, 또 흑장미 주고 싶어졌어?"

"아이 조금만 기다려. 당신 얼굴에 잡티가 전혀 없는데 어머니가 다 정리해 주시고 떠나신 거 아냐? 지금 민정 당신 얼굴 투명하리만큼 맑아. 너무 아름다워. 성모 마리아 같아." 그녀의 손이 내 다리를 힘껏 꼬집으며 눈을 하얗게 흘겼다. 아팠다. 그러나 기분은 좋았다.

"알았으니까 빨리 이야기나 해요, 결론부터 이야기해 봐요. 속터지겠네." 하며 몸을 내게 기울이며 내 입을 쳐다보고 또 꼬집을 기세로 그녀의 손을 내 다리 위에 얹었다.

"알았어. 또 꼬집으면 도망가 저기 앉아서 아프다고 소리 지를테야." 나는 와인을 한 모금 더 마시고 말을 이어나갔다.

"그동안 많이 생각해 봤는데 내가 당신한테 해준 게 아무것도 없잖아. 이유가 어디에 있든 간에, 남은 내 여생은 당신을 위해 미력이나마 다 쓰고 싶어. 내가 은퇴했지만 아직 이 사회에서 내가 당신을 위해 할 수 있는 게 있다고 생각하고 있어. 예컨대 당신을 위한 기획사 같은 것을 하나 만들어 당신이 귀국하여 활동할 수 있는 공간을 마련할 생각이야. 아직 구체적인 것은 없지만 당신이 내 작은 소망을 받아주면 좋겠어. 이제 서울로 돌아와. 귀국하기 싫으면 일본에 그대로 있어도 돼. 한일 문화 교류에 관한 비즈니스 하고 있는데, 앞으로 한일 양국이 여러 분야에서 교류가 확대될 거야. 특히 문화 교류에서는 그림 쪽이 활발해질 거야. 일본 화단은 이미 서구사회와 교류가 18세기부터 있어 왔잖아. 일본은 미술 분야에서는 세계에서 한 역할을 하고 있어 상당히 진취적이잖아. 앞으로 동북아 특히 한국과의 교류가 늘어나고, 그러면 그 분야에서의 관련 시장이 생겨나고 비즈니스가 활발해질 수밖에 없어. 만일 지금 이야기한 비즈니스에 관심 없으면 아파서 일본으로 다시 돌아가기 전에 당신이 기차게 하던 거 예컨대 화랑 레스토랑 비슷한 거 해도 되잖아. 나이 먹어 가며 당신만의 공간과 영역이 있어야 모든 면에서 자유로울 수 있고, 쉬엄쉬엄하고, 싶은 거 하며 삶을 즐길 수 있잖아. 그런데 외국에서는 여러 가지로 한계가 있잖아. 이제 돌아와. 나도 기다리는 거 이제 그만해도 되게 해줘. 아니면 내가 일본으로 가서 당신한테 얹혀살까? 사실 그게 좋겠다. 당신 밥 해주고, 살림 내가 다 하고, 노예 역할 제대로 해보게."

"또 싱거운 소리, 그렇게 하고 싶으면 일본에 와요. 내가 본때를 보여 줄 테니까, 내가 얼마나 독한 사람인데, 매일 눈물 나게 부려 먹을 테니" 하며 민정이 눈을 흘겼지만 이내 오래전부터 준비해 온 것 같은 말을 이었다.

"알았어요. 당신이 하자는 대로 할게요, 나는 이미 당신한테 돌아왔어요, 먼길을 돌아오느라 시간이 걸리기는 했지만, 다시는 안 떠나요. 우리는 하나로 합일됐어요. 누구도 떼어 놓을 수 없다는 거 당신도 오늘 길상사에서 어머니 미소로 보셨잖아요. 서울로 돌아올게요. 이제 우리 각자의 세계를 가지고 다시 만났고, 정신적으로 한 몸이 되었잖아요. 일본 가서 정리하는 데 시간은 걸리겠지만, 왔다 갔다 하면서 가능하면 빠르게 정리하면 돼요."

시원스럽고 명쾌한 민정의 대답에 나는 기뻤다. 실로 오랜만에 내가 고대해 왔던 답을 얻었다. 민정이 천천히 자리에서 일어나 앞자리로 가 앉았다.

"나는 또 무어라고, 당신은 못 말려. 엉뚱하기는, 또 헤어지자고 하는 줄 알고 간이 콩알만 해질 뻔했잖아요. 이제 당신이 떠다밀어도 안 갈 거고, 모든 일은 당신이 구상하는 대로 따를게요. 단지 우리 각자의 세계를 갖기로 했고 서로 존중해야 하니 살림 차리자 하는 이런 뜬금없는 싱거운 소리는 없기에요. 각자의 공간을 갖는 게 현명할 것 같아요. 유럽 중상류층도 대개 그렇잖아요? 이제 도쿄로 돌아갔다가 엄마 49재 때 올 테니 천천히 구상을 구체화 해봐요. 나는 당신만 있으면 돼요. 알았어요? 도망가지 않고 반드시 돌아올 테니까요. 이제 나도 헤어졌다 다시 만나고 하는 게임 하기 싫어요. 또다시 기약 없이 기다리는 데도 지쳤어요. 당신과 나 사이에는 이제 아무런 거리낄 게 없잖아요. 운명도 어머니가 가지고 가버리셨잖아. 당신 우민과 그리고 민정이 저 우리 이제 항상 같이하는 거예요. 자아! 우리 오늘 축배를 들어야 하잖아요, '우리의 영원한 한 몸 됨을 위하여!'

중견 시인으로 카페 주인을 겸하는 박미선 시인에게 샴페인을 주문했다. 그리고 민정에게 다짐하듯이 중요한 말을 해야 했다.

"하나 더 중요한 게 남아있어. 당신이 일본을 떠나기 전에 신칸센 타고 일본 열도를 종단하고 싶어. 북해도를 거처 알래스카에 가서 하늘을 휘황하게 밝히며 황홀하게 춤추는 오로라를 당신과 같이 보며 우리도 함께 춤을 추어 보자고요. 여름이 좋대나 봐! 내년 여름에 우리 대장정을 해 보자, 이의 있어?"

"어머나! 당신 스케일은 알아줘야 돼. 허풍 아니지? 나는 상상도 못 하던 일인데, 나 오로라를 내 화폭에 담고 싶어. 우리 꼭 가서 엄마에게 우리 춤추는 모습 보여 드려요? 맹세!"

민정이 손가락을 내밀기에 나도 손가락을 그녀의 손가락에 깍지 꼈다. 우리는 손을 위로 올리고 천천히 일어나 우리 둘만 들을 수 있는 작은 소리로 외쳤다.

"민정과 우민은 영원히 하나다. 사랑해!!"

박미선 시인이 샴페인을 가지고 왔다. 마침 일본의 아사히신문에 한국 문화를 소개하는 칼럼을 쓰는 정인숙 여행작가도 와 있었다. 정 작가에게 민정을 소개했더니 "일본에서 윤 화백님 유명하시잖아요. 말씀 많이 들었어요" 하며 우리 둘을 호기심 어린 눈으로 슬쩍 보았다. 두 여인이 앉아 합석하였다.

"오늘 두 분 무슨 좋은 일이 있으신가 보죠? 대낮부터 샴페인을 시키시고, 두 분 표정이 너무 행복해 보여요."

민정이 재치 있게 분위기를 끌어갔다.

"아주 의미 있는 일이 방금 생겼어요. 이분이 제게 프러포즈하셨거든요. 그래 제가 좀 손해 보는 느낌은 있지만 응낙하기로 했답니다."

"청혼을요? 여기 변호사님이요?"

결혼도 안 하고 작가 생활을 하는 순진한 정 작가가 의아스러운 표정을 지으며 놀라워했다.

"재미있다, 청혼이라. 아이 그러면 얼마나 좋겠어요, 그게 아니라 유감스럽게도 사업 같이하자는 프러포즈를 저한테 하셨다고요." 민정의 말에 다 같이 배꼽을 잡을 수밖에 없었다.

"우리 둘의 사업 번창과 백석의 발전을 위하여!!!" 우리는 샴페인을 터트렸다. 여걸들과 축배를 드는 호사를 나 혼자 누리게 되었다. 친구들이 알면 많이 부러워하며 나를 욕할 것 같았다. 상관없었다. 나는 더없이 행복하였다. 우리 넷은 다 같이 "브라보!!!"를 연호하였다.

그녀는 다음 날 도쿄로 떠났다. 행복한 웃음이 그녀의 입가에 가득하였다. "다녀올게, 식사 거르지 말아요." 나는 기쁜 마음으로 그녀를 기다리게 됐다. 항상 마음 아프게 헤어졌는데 이제는 그녀를 기다리면 되었다. 즐거운 사업을 구상하면서, 영종대교를 스치는 바람이 한결 시원하게 내 뺨을 간질여 왔다. 인생이 이럴 때도 있구나, 기다리면 스스로 찾아온다.

외쳤다.

"인생이여 즐거워라!!!"

오로라와 춤을

초판 1쇄 발행 2023년 11월 3일
초판 2쇄 발행 2023년 11월 10일

지은이 정다경(鄭茶耕)
펴낸이 방성열
펴낸곳 다산글방

출판등록 제313-2003-00328호
주소 서울특별시 마포구 동교로 36
전화 02-338-3630
팩스 02-338-3690
이메일 dasanpublish@daum.net
       iebookblog@naver.com
홈페이지 www.iebook.co.kr

ⓒ 정다경, 2023, Printed in Korea

ISBN 979-11-6078-292-9 03810